KB109308

언니는
연극 중

초판 1쇄 인쇄일 2015년 6월 24일
초판 1쇄 발행일 2015년 6월 29일

지은이 ┃ 고지영
펴낸이 ┃ 김기선
편집장 ┃ 김은지

펴낸곳 ┃ 와이엠북스(YMBOOKS)
출판등록 ┃ 2012년 7월 17일 (제382-2012-000021호)
주소 ┃ 서울 도봉구 노해로 379, 1005호(창동, 대성빌딩)
전화 ┃ 02)906-7768 / **팩스** ┃ 02)906-7769
E-mail ┃ ymbooks@nate.com

ISBN 979-11-322-2190-6 03810

값 9,000원

※파본은 구입처에서 교환하여 드립니다.
※저자와 협의하여 인지를 붙이지 않습니다.
※이 책은 저작권법에 따라 보호를 받는 저작물이므로 무단 전재와 복제를 금하며,
이 책 내용의 전부 또는 일부를 사용하려면 반드시 저작권자와 와이엠북스의 동의를 받아야 합니다.

언니는 연극 중

YMBOOKS
ROMANCE STORY

고지영 장편소설

Ym
BOOKS

목차

프롤로그

"언니."

같은 배 속에 있다가 그녀보다 3분 먼저 세상 밖으로 나왔다는 이유로 이렇게 불렸었다. 딱 14년 전까진 매일매일 불렸던 이 호칭이 지금은 그렇게 어색할 수가 없다. 그도 그럴 것이 강산이 한 번 변하고, 또 반쯤 더 변한 시간이 흐르지 않았는가.

"어, 그래."

그녀의 곱게 화장한 볼은 긴장한 듯 조금 붉어져 있었다. 천천히 시선을 올리자 새까맣게 빛나는 그녀의 눈동자가 보였다. 나를 올곧은 시선으로 보고 있던 그녀의 큰 눈을 마주한 나는 어색하게 웃었다.

"오랜만이네."

부모에게 버려져 10살이라는 알 거 다 아는 나이까지 고아원에서 자랐던 우리는 이 세상에 서로밖에 없다고 생각했고, 그렇게 믿었었다. 각자 다른 집으로 입양이 되기 전까진 말이다. 그때 그녀는 준재벌에 가까운 부유한 집으로, 그리고 나는 지극히 평범한 집으로 입양이 되었다.

"갑자기 찾아와서 미안."

"아니야."

"……."

"……."

내가 그녀를 이토록 데면데면하게 대하는 이유는 그녀만이 준재벌가로 입양이 되어서가 아니다. 문제는 나에게 있다. 입양된 집에 잘 적응해서 사는 동생과 달리 나는 세 번이나 파양을 당했기 때문이다.

그래도 명색이 언니라는 작자가 열다섯까지 어느 집에도 적응하지 못하고 떠돌면서 산 건 창피한 일이지 않은가. 그러다가 그때쯤 겨우 아들 하나 있는 네 번째 집으로 입양을 가게 되었는데, 입양이 되자마자 양부모님이 사고로 돌아가시고 졸지에 나는 다시 고아가 되었다. 꼭 내 존재가 그 집에 화를 불러들인 것만 같이 느껴졌다.

이렇게 이 언니의 인생이 너무 파란만장해서 공주같이 자랐을 동생이 조금 부담스럽긴 했다. 솔직히 방금까지, 나랑 닮은 저 얼굴을 보기 전까지 나는 나에게 쌍둥이 자매란 게 있는지도 잊고 살았으니 말이다.

"들어가도 돼?"

어색하기만 한 동생이 옥탑방인 우리 집까지 찾아온 건 굉장히 의외였다. 전문가에게 정성스럽게 받은 듯한 네일아트로 꾸며진 여린 손과, 역시나 전문가의 손길이 느껴지는 화려한 헤어스타일, 백화점에서 구입했을 게 분명한 가방과 원피스를 주욱 훑은 나는 힘겹게 고개를 끄덕였다.

"어, 물론이지. 들어와."

나는 그녀를 우리 집으로 들이며 눈으로 빠르게 방바닥을 체크했다. 내가 청소를 언제 했더라? 쓰레기나 머리카락은 없는지 둘러보는 사이 그녀는 조신하게 바닥에 앉았다. 그러곤 두 눈으로 좁은 거실을 훑으며 말했다.

"집에 소파가 없구나. 내가 하나 사줄까?"

14년 만에 찾아온 동생은 꽤 시건방져져 있었다. 부잣집으로 가더니 애가 변해도 너무 변했다. 어렸을 땐 천사같이 착했는데 말이다. 그런데 그렇다고 내가 화를 내기엔 그녀의 표정이 너무나 순진무구했다.

"오빠들한테 사달라고 하면 바로 사줄 거야. 아님 그냥 내 카드로 사도 되고."

그녀가 명품 브랜드로 보이는 가방을 열어 카드를 하나 꺼냈다. 그리고 그것을 내 얼굴 앞으로 들이밀었다. 그래서 나는 그녀의 악의 없는 하얀 얼굴을 보면서 피식 웃었다.

"카드라곤 교통카드밖에 없는 이 언니를 놀리는 게 아니라면 그 카드 당장 집어넣어."

"나 돈 많아, 언니. 우리 오빠들은 더 많고."

아까부터 그놈의 오빠, 오빠. 나도 있다, 그놈의 오빠.

순간 욱한 마음이 들어 나는 다시 입을 열었다.

"아니야, 나도 오빠한테 사달라고 하면 돼."

네 번째 입양된 집에 유일하게 남은 아들 하나. 나보다 두 살 많은 그는 집안의 불운이 된 내가 원망스러울 만도 한데 지금까진 그런 티 한 번 내지 않고 정말 친오빠처럼 날 대해주고 있다.

내 말이 끝나기가 무섭게 옥탑방 문이 벌컥 열렸다.

"내가 소파 살 돈이 어디 있어? 카드라곤 크리스마스카드밖에 없는 이 오빠를 놀리는 게 아니라면 그 말 당장 집어넣어."

밖에서 우리의 대화를 엿들었는지 오빠는 내가 한 말을 그대로 인용했다.

"오빠……."

갑작스럽게 등장한 내 서류상 오빠의 모습에 나는 창피함을 느꼈다. 새 둥지를 연상시키는 헤어스타일과 고추장을 연상시키는 빨간색 트레이닝복 차림의 그가 내 유전자상 동생의 요정 같은 모습과 너무 비교되었던 것이다.

그런데 그는 그런 내 맘도 모르고 특유의 긴 다리를 신발장에 올린 채 자기소개를 시작했다.

"안녕? 난 한라현 오빠, 한량현. 그냥 한량 오빠라고 불러줘. 별명이 한량이거든. 얼굴이 우리 라현이랑 똑같이 생긴 걸 보니까 네가 그 쌍둥이 동생 신애구나? 입양 한 방으로 인생 쫙 폈다는 그……."

저 인간이 지금 뭐래는 거야? 나는 잽싸게 오빠에게 달려가 그의 트레이닝복을 쭉 잡아당겼다.

"입술이 있다고 다 입이 아니야. 그러니까 입조심해."

내가 나직하게 경고하자 량현 오빠는 조용히 고개를 끄덕였다. 그런 다음 나는 재빨리 몸을 돌려 당황한 표정으로 앉아 있는 신애를 향해 말했다.

"네가 이해해, 신애야. 우리 오빠가 뇌에 막말 거르는 필터가 장착이 안 된 인간이라."

"그래, 미안. 내가 지나치게 솔직했구나. 내 성격이 원래 이러니까 그냥 이해하렴, 신애야. 그런데 넌 성이 뭐니, 신애야?"

옆에서 사과의 말을 하던 량현 오빠의 생뚱맞은 질문에 나는 그의 옆구리를 팔꿈치로 푹 찔렀다. 전에 한번 얘기해준 적이 있는데 까맣게 잊어버린 모양이다.

"'신'이잖아."

"아하, 신신애구나."

"아니, 외자야. 성이 신, 이름이 애."

또다시 아하, 하고 소리치며 고개를 끄덕이는 오빠의 장난스런 얼굴에서 시선을 떼는 순간 작게 웃음소리가 들려왔다.

"풋."

그리고 자연스럽게 내 시야로, 입을 가리며 웃고 있는 신애가 들어왔다. 신애가 웃는 거 참 오랜만에 본다. 그러고 보니 그녀는 아까부터 단 한 번도 웃질 않았다. 어렸을 땐 꽤 잘 웃었던 것 같은데 말이다.

그녀의 웃는 얼굴을 보며 따라 웃다가 무심코 고개를 돌렸는데, 오빠의 트레이닝복에서 미세하게 담배 냄새가 풍겨왔다. 그래서 순간 미간을 찡그렸다.

이 인간, 담배 끊었다고 하지 않았나?

"담배 냄새 난다?"

내가 오빠를 노려보며 말하자 그가 쌍꺼풀 없이 옆으로 길고 큰 눈으로 나를 내려다보았다. 그러곤 이내 억울하다는 듯 고개를 세차게 저었다.

"내가 피운 거 아니야. 나 담뱃값 올라서 끊은 거 알잖아. 너, PC방 옆자리 애가 피운 거야."

"걔 거 뺏어서 피우셨겠지."

"안 피웠다니까. 맡아볼래?"

"싫어. 하지 마."

"일단 한번 맡아봐."

싫다고 했는데도 오빠는 내 얼굴에다 대고 '후후.' 하고 입김을 거칠게 불어댔다.

아아. 불쾌지수가 수직으로 올라간다.

"내가 하지 말랬지. 입 냄새 나잖아!"

"입 냄새는 나도 담배 냄새는 안 나지? 나 진짜 결백하다니까."

"알았으니까 가서 좀 씻든지, 아니면 방으로 들어가."

"집에 손님이 왔는데 내가 어딜 가?"

신경질적으로 밀어내는 내 행동에도 아랑곳 않고 오빠는 빠른 걸음으로 냉장고를 향해 걸어갔다. 냉장고에서 요구르트를 하나 꺼낸 다음 나를 돌아본 그가 한쪽 눈을 찡긋하며 윙크를 날렸다.

"내가 이래 봬도 한가네 장남이잖니."

한가네 장남으로서 오빠는 우리 집에 온 손님에게 요구르트를 대접했다.

"대접할 게 이거밖에 없네. 마셔, 신애야."

그리고 그는 자리에 앉아 요구르트를 손에 든 신애를 신기하다는 듯이 빤히 쳐다보았다. 말없이 그렇게 한참을 쳐다보는데 나는 그게 왠지 불안했다. 그래서 그들 곁으로 빠르게 다가섰다. 그런데 그 순간 오빠의 목소리가 들려왔다.

"근데 너희 둘 중에 왜 하필이면 신애가 그 집으로 입양된 거야? 얼굴은 똑같이 생겼는데, 대체 뭐 때문에? 아하! 우리 라현이가 머리가 더 나빴나? 아님 성격이? 하긴, 둘 다 박빙으로 나쁘긴 한데. 그래도 이유가 뭘까 궁금하네."

저 인간은 왜 아까부터 쓸데없는 소리만 하는 거람? 안 그래도 어색한 자매한테!

다음 순간 신애는 말없이 고개를 푹 숙였다. 그런 그녀를 보며 안절부절못하던 나는 결국 오빠의 팔을 잡아 그를 일으켜 세웠다. 참고로 나는 힘이 좀 센 편이다.

"제발, 방으로 좀 들어갈래?"

"왜? 내가 창피해?"

량현 오빠는 내 힘에 못 이겨 일어나긴 했어도 방엔 들어가지 않겠다고 버텼다. 그런 오빠의 새둥지 머리를 힐끗 올려다본 후 나는 나직하게 물었다.

"머리는 언제 감았어?"

"그끄저께."

"그끄저께 감은 주제에 되게 당당하다?"

"그래도 안 감은 거보단 낫지 않냐?"

"그끄저께 감은 거면 그냥 안 감은 거거든?"

"그게 어떻게 같냐?"

억울해하는 오빠를 보고 있는데 또 웃음소리가 들렸다. 그래서 나는 신애를 향해 고개를 돌렸다. 그때 그녀가 웃는 얼굴로 작게 중얼거렸다.

"부럽다."

부럽다고? 나는 순간 어이가 없었다.

"우리가? 지금 네 앞이라 그나마 손이랑 발이 안 나간 거지, 보통은 이런 대화, 플러스 욕설, 플러스 폭력까지 오고 가는데?"

"그래도 부러워. 오빠랑 사이좋은 거."

그녀의 의미심장한 말에 나는 미간을 구기고 말았다. 설마, 입양아라고 오빠들이 구박하나? 슬그머니 걱정이 되었다.

"왜? 오빠들이 잘 안 해줘?"

"아니, 그런 게 아니라…… 우리 오빠들은 날 과보호하거든."

과보호?

나 참, 그건 좋은 거 아닌가? 괜한 걱정 했네.

내가 쓴웃음을 짓는 사이 내 옆에서 굉장히 놀란 듯한 량현 오빠가 격앙된 목소리를 냈다.

"아니, 왜 동생한테 그런 걸……? 보호도 이해할 수 없는데, 거기다 '과'? 과보호? 과잉보호? 대체 왜?"

"오빠 입 좀 닥치고 있어봐."

지금 우리 남매를 바라보고 있는 신애의 표정은 어쩐지 조금 서글퍼 보였다. 가족들한테 과잉보호를 받고 온몸을 명품으로 두르고 있으면서 뭐가 저렇게 슬프단 말인가. 나라면 복에 겨워 24시간 춤이라도 출 텐데 말이다.

그때 옆에서 량현 오빠가 뭔가 생각났다는 듯 '아!' 라고 외치더니 말했다.

"근데 나 아까부터 묻고 싶은 게 있었는데, 문밖에 여행용 트렁크 뭐야?"

"여행용 트렁크? 그게 왜 있어?"

영문을 몰라 내가 고개를 갸웃하는 사이 이번엔 신애 쪽에서 '아!' 소리를 내더니 자리에서 벌떡 일어섰다.

"그거, 내 거야."

"네 거라고?"

"응. 나 사실은 열흘 동안 미국에 다녀왔거든. 오늘 아침에 공항에 도착했어."

팔자 좋네. 하마터면 이렇게 중얼거릴 뻔했지만 가까스로 참았다.

미국이라……. 난 10년 안엔 가볼 수나 있으려나. 아, 그 전에 여권부터 만들어야 하지만 말이다. 역시 나랑은 인생 레벨 자체가 다른 아이다.

그러나 그 뒤에 이어진 그녀의 말은 날 더 부럽게 만들었다.

"그리고 이제 앞으로 한 달 동안 유럽 여행을 다녀오려고 해."

취업준비 하면서 주 7일 아르바이트를 하는 나에게 그녀의 말은 부러움을 넘어서 잔인하기까지 했다. 그러나 나는 최대한 속마음을 숨기고 덤덤하게 말했다.

"그래? 조심히 잘 다녀와."

"근데 오빠들이 허락을 안 해주고 있어."

또 그놈의 오빠들이냐. 나는 절로 쓴웃음이 났다.

"오빠들한테 유럽 가고 싶다고 계속 얘기했는데, 씨알도 안 먹혀. 절대 안 된대. 미국 다녀왔으면 됐지, 또 어딜 가냐고. 근데 난 정말, 정말 가고 싶거든."

그래서? 뭘 어쩌라고?

내 속말을 듣기라도 한 듯 신애가 비장한 얼굴로 이어 말했다.

"그래서 나 오늘 저녁 비행기로 유럽 가."

나는 순간 미간을 찡그리고 말았다.

"뭐? 간다고? 허락 못 받았다며? 너 설마 몰래 가려는 거야? 그래도 그렇지, 말은 하고 가야……."

"나 겨우 미국에 열흘 가 있었는데, 그사이에 나를 만나러 오빠들이랑 남동생이 차례대로 왔었어. 삼 형제가 이틀 걸러 한 명씩! 정말 미치는 줄 알았단 말이야. 숨이 콱콱 막혀."

지금 이 순간 신애의 표정이 너무나 절박해 보여서 나는 움직임도 멈추고 가만히 그녀의 말을 들었다.

"게다가 나 다다음 달이면 잘 알지도 못하는 남자랑 결혼까지 해야 돼. 나 정말 불쌍하지 않아, 언니? 그러니까 정략결혼 전에 꼭 오빠들의 간섭 없이 자유를 만끽해보고 싶어. 그래서 유럽으로 가려는 거야."

대체 나보고 뭘 어쩌라고 이 아이는 이토록 열변을 토하는 걸까.

"그런데 오빠들은 내가 눈에 안 보이면 불안한가 봐. 항상 나를 감시하려고 들거든. 돌겠어, 진짜. 그래서 몇 날 며칠 고민 끝에 생각해냈지. 내 자유에는 언니가 필요하단 걸."

"무슨 소리야, 대체? 내가 왜 필요해?"

그녀의 말을 이해할 수 없어서 나는 조금 차갑게 되물었다. 그랬더니 곧 그녀의 입에서 굉장한 말이 튀어나왔다.

"언니가 딱 한 달만 나인 척해줄 수 없을까?"

저절로 입이 쩍 벌어졌다.

"뭐?"

애가 14년 동안 공주처럼 드라마틱하게 살더니 현실감을 많이 상실한 모양이다.

001

　"귀찮게."

　내 하반신에서 계속 풀럭거리는 레이스 치마를 손으로 꾹 잡아 눌러보았다. 어색함에 볼멘소리가 또 튀어나왔다.

　"거, 되게 나풀나풀거리네."

　험난한 이 세상을 억척스럽게 살아온 탓에 교복 이외엔 치마를 별로 입어본 적이 없었다. 레이스 달린 건 더더욱.

　하지만 14년 만에 찾아온 동생의 부탁을 도저히 거절할 수가 없었다. 10살 때 헤어져 14년간 남처럼 살았지만, 그래도 나는 명색이 그녀의 언니였으니까.

　"언니가 우리 집에 가서 딱 한 달만 나인 척 연기해주라, 응?"

"말도 안 돼. 난 못 해."

아무리 쌍둥이여도 무려 14년이나 떨어져 살았다. 행동, 언어습관 등
등 달라도 너무 다른 신애와 나의 차이점을 그 형제들이 눈치채지 못할
리가 없다. 바보가 아닌 이상.

그리고 나도 나지만 우리 오빠가 받아들이질 않을 것이다. 지금도 내
옆에서 적극적으로 그녀의 제안을 거부하고 있지 않은가.

"야, 야, 신애야. 아무리 그래도 그게 말이 되냐? 너는 우리 라현이
랑 달리 피부 관리를 받아서 트러블도 없고 탱글탱글한 데다 머리카락도
윤기가 좔좔 흐르잖아. 게다가 우리 라현이는 막 자라서 그런지 목소리
도 더 걸걸한 편이고 얼굴도 너보다 좀 더 큰 것 같……."

"적당히 해."

거절을 빙자해서 나를 디스하고 있는 오빠에게 내 날카로운 목소리가
날아갔다. 그런데 그때였다.

"사례는 충분히 할게요."

신애의 다부진 말에 나도 오빠도 움직이던 입을 멈췄다. 곧 나는 어이
가 없어서 코웃음을 터뜨렸지만, 오빠는 세상의 모든 고민을 짊어진 듯
한 심각한 표정을 지었다.

뭐야? 설마 망설이는 거야, 저 인간?

겨우 그깟 돈 때문에?

순간 울컥 화가 난 나는 신애의 팔을 덥석 잡아 그녀를 현관 쪽으로
밀어버렸다.

"야, 너 그런 소리 할 거면 당장 나가."

나는 지금 신애가 하는 말들이 다 철부지 어린애의 투정으로만 들렸

다. 저게 다 배가 불러서, 복에 겨워서 까부는 거다.

"한라현, 그만해."

놀란 신애가 어깨를 움츠리자 량현 오빠가 급하게 그녀에게서 내 손을 떼어냈다. 그러곤 내 얼굴을 향해 목소리를 높였다.

"너는 애가 왜 그렇게 매정하냐? 동생이 스트레스로 미쳐버릴 것 같다잖아."

"쟤 지금 행복에 겨워서 헛소리하는 거야."

"나한텐 그렇게 안 들리는데?"

조금 전과 태도가 180도로 달라진 오빠 때문에 나는 속이 상했다. 그래서 아랫입술을 질끈 깨물며 물었다.

"오빠 지금, 사례금 얘기 때문에 이래?"

"그런 거 아니야."

"아니긴 뭐가 아니야? 아까까진……!"

"신애 좀 똑바로 봐."

진지하게 빛나는 오빠의 눈빛을 마주한 나는 신애에게로 천천히 고개를 돌렸다. 그러자 그녀는 내 눈을 피해 시선을 바닥으로 떨어뜨렸다.

"넌 저게 정말 행복한 여자의 얼굴인 것 같냐? 나는 솔직히, 자신이 제일 불행하다 여기는 너보다 신애가 더 불행해 보여."

"무슨 그런 말도 안 되는……!"

"동생이라며? 그럼 질투심 같은 거 빼고 똑똑히 봐봐. 정말 신애가 행복해 보이니? 그냥 투정부리는 것 같아?"

아니다. 신애의 웃음을 잃은 마른 얼굴은 분명 행복과는 거리가 있어 보였다. 어쩌면 나는 정말 질투심에 눈이 멀어 그녀를 제대로 보지 못했던 걸지도 모른다.

"불쌍하잖아. 겨우 한 달이라는데, 좀 도와줘라."

다음 순간 나는 오빠를 슬쩍 올려다봤다. 내 시야로 그의 덤덤한 얼굴이 들어오자 나는 멋쩍은 기분이 되었다.

"치사하게……. 왜 이럴 때만 오빠인 척 굴어?"

"그야……."

입을 뗀 량현 오빠가 손을 올려 내 머리를 쓱쓱 쓰다듬어주었다. 그러곤 특유의 눈웃음을 지으며 말을 이었다.

"오빠니까."

오빠, 형, 누나, 언니. 이런 호칭들이 갖는 힘은 생각보다 대단하다. 내 동생 내가 욕하고 까는 건 괜찮아도 남이 괴롭히면 열 받고 짜증 나는 게 바로 언니, 오빠들이지 않은가.

'그래도…….'

신애처럼 보이려고 정성 들여 화장한 얼굴을 손으로 만져보았다. 그러자 입 사이로 한숨이 새어 나왔다.

'이게 잘하는 짓인지 모르겠네.'

한 달. 그깟 한 달 못 버티겠냐 싶어서 호기롭게 오긴 왔지만, 내심 며칠 안에 들켜서 쫓겨날 것만 같아 불안하긴 했다.

신애를 과보호한다는 신가네 형제들을 내가 한 달이나 속일 수 있을까? 솔직히 자신이 없었다.

게다가 유럽으로 떠난 신애가 내게 남긴 이야기들은 지나치게 간단했다.

"우리 사 남매 이름은 외우기 쉬워. 희노애락. 신희, 신노, 신애, 신락. 기쁠 희, 힘쓸 노, 사랑 애, 즐거울 락! 희 오빠는 올해로 서른, 노 오빠는 스물아홉, 락이는 나보다 한 살 어려. 아, 참고로 난 오빠들한텐 존댓말을 써. 근데 미안한데 언니, 나 비행기 시간 때문에 이제 가봐야 돼."

"잠깐만, 잠깐만. 큰오빠랑 작은오빠, 그리고 락이 특징은? 성격은?"

"잘생겼어! 다들 다른 느낌으로 잘생겼어."

"그게 특징이야? 암튼, 그건 그렇고, 그럼 성격은? 삼 형제가 다 눈치가 빠른 편이야? 특별히 내가 조심해야 할 건 없어?"

"으음. 작은오빠가 좀 예리한 편이긴 한데, 난 그렇게 말이 많은 타입이 아니니까 평소처럼 조용히만 있으면 금방 눈치채진 못할 거야. 그러니까 한 달만 버텨줘, 언니. 사랑해."

그러고는 가버렸다.

뭔가 좀 더 상세한 설명이 필요하지 않을까, 이 지지배야?

불안한 눈빛으로 올려다본 신애의 집은 그야말로 대저택이었다. 끝이 안 보일 정도로 높은 담벼락을 올려다보다가 빳빳하게 긴장한 손을 들어 대문의 초인종을 눌렀다.

곧 문이 열렸고 나는 조심스럽게 안으로 들어섰다. 눈앞에 펼쳐진 드넓은 정원과 대저택의 위엄에 나는 살짝 기가 죽었다.

천천히 안으로 걸어 들어가고 있는데 인기척이 느껴졌다. 그쪽으로 고개를 돌리니 큰 나무가 보였고, 그 옆에 과수용 사다리에 앉아 있는 정원사도 보였다. 나이 지긋한 정원사 아저씨는 나와 눈이 마주치자 인자한 얼굴로 웃었다.

"아가씨, 오셨어요?"

오셨냐고? 이제 이십 대 중반 정도인 여자애한테 무슨 저런 존댓말을 쓰신담?

그렇지만 내가 여기서 반응하는 건 이런 게 익숙한 신애답지 않은 행동일 것이다.

"아, 네."

말 놓으세요, 라고 말하려다가 꾹 참은 나는 아저씨에게 묵례를 하고 다시 현관으로 걸음을 옮겼다.

무거운 현관문을 열자 깔끔한 메이드복을 입은 중년 여성이 날 맞이했다.

"어서 오세요, 아가씨."

허리를 숙이는 그녀를 따라 나도 같이 허리를 숙였다가 황급히 들어 올렸다. 신애한텐 이런 것도 다 익숙한 일일 테니 말이다. 행동이 그녀답지 않으면 금방 의심을 살 것이다.

"피곤하시죠? 목욕물 준비할게요. 아로마 오일은 어떤 걸로 준비해드릴까요?"

아로마 오일? 그런 거 잘 모르는데…….

내 대답을 꼼짝도 않고 서서 기다리는 아주머니에게 나는 한참 동안 말을 고르다가 겨우 입을 열었다.

"오늘은…… 스트레스를 많이 받았어요."

"네, 알겠습니다. 그럼 베르가못으로 준비해드릴게요."

잘 넘어간 건가?

모르겠다. 모든 게 낯설고 어색해서 미치겠다.

아주머니가 가버리고 혼자 남겨진 나는 길 잃은 어린애처럼 넓은 거실을 방황했다. 이리 갔다 저리 갔다 하면서.

……그도 그럴 것이 나는 신애의 방을 모르지 않는가.

방문은 많은데…… 도대체 어디가 신애 방인 거야?

사전정보가 없어도 너무 없다. 사전정보 없는 계획은 망하기 십상이다. 난 곧 망할 거다.

절망한 얼굴로 거실을 배회하다가 걸레를 들고 나타난 메이드복 차림의 여자애와 눈이 마주쳤다.

"오셨어요, 아가씨."

"아, 네."

저 여자애한테 내 방이 어디냐고 물어보고 싶었지만, 기억상실증 걸린 것처럼 보일까 봐 꾹 참았다.

"……?"

내 나이쯤 되어 보이는 여자애는 내가 이런 곳에 어정쩡하게 서 있는 것이 이해되지 않는다는 듯, 의아한 눈빛을 보냈다. 그래서 나는 무작정 2층으로 향하는 계단을 저벅저벅 올라갔다. 느낌상 왠지 신애의 방이 2층에 있을 것만 같았기 때문이다. 그냥, 내 촉이 그랬다. 원래 내가 촉이 좀 좋은 편이다.

그런데 2층으로 올라왔는데 여기도 방이 많다. 무슨 고시원도 아니고 뭔 방이 이리 많담?

"……."

이렇게 된 이상 그냥 모든 방문을 열어보는 수밖에 없다. 아마 제일 공주방스러운 게 신애의 방일 테지.

그래서 나는 제일 먼저 눈에 들어오는 방의 문을 열기 위해 걸음을 옮겼다. 방문 앞에 선 나는 작게 한숨을 내쉬면서 손잡이에 손을 올렸다. 그런데 그 순간 손에 힘을 주지도 않았는데 거짓말처럼 문이 열렸다.

"……!"

그리고 그 안에서 나보다 머리 하나는 더 큰 남자가 나타났다. 그의 속쌍꺼풀 진 강렬한 두 눈이 나를 내려다보았다.

"뭐 해? 남의 방 앞에서."

자, 잘생겼다. 저 굵고 진한 눈썹과 새까만 눈동자, 그리고 베일 듯한 높은 콧날. 엄청 잘생겼는데, 넌 대체 누구냐? 희, 노, 락 중에 누구지?

생각해보니까 내가 미처 신가네 형제들의 사진까진 보질 못했다. 이래선 누가 신희인지 신노인지 신락인지 모르겠잖아.

그때 내 앞에 선 남자가 다시 나직한 목소리로 물었다.

"언제 왔어? 지금?"

누군지를 모르겠어서 입이 안 떨어진다. 실수를 하고 싶진 않았기 때문이다. 그래서 나는 그냥 고개만 끄덕였다. 남자의 까만 눈동자가 그런 내 얼굴을 지그시 바라보았다.

그 순간 심장이 쿵쾅쿵쾅 뛰고 난리가 났다. 이것이 들킬까 무서워서 뛰는 것인지 설레어서 뛰는 것인지 잘은 모르겠지만 말이다.

볼일 끝났다는 듯 남자는 나를 스쳐 지나갔다. 방금 그 포스는 분명 오빠의 포스 같았는데, 그럼 희, 노 중 하나인가?

그렇게 고민에 빠져 있는데, 간 줄 알았던 그가 다시 목소리를 보내왔다.

"근데 너……."

역시. 날 '너'라고 부르는 걸 보니 오빠들 중 한 명이 맞는 모양이다.

나는 천천히 어깨를 틀어 그를 돌아보았다. 조금 전과 달리 그는 다소 비장해 보이는 표정으로 나를 보고 있었다. 설마 벌써 들킨 건가 싶어서 심장이 뛰었다.

그때 그가 입을 열었다.

"그새 살쪘다?"

"……!"

엄머. 숙녀한테 무슨 그런 실례되는 말씀을……!

순간적으로 감정이 상한 나는 눈에 힘을 주고 그를 노려보고 말았다. 그런데 나를 보는 그의 눈빛이 더 무섭다. 그 탓에 굴욕적이게도 금방 시선을 바닥으로 내리고 말았다.

그치만 난 정말 억울하다. 신애가 마른 거지, 내가 찐 게 아니란 말이다.

"미국에서 군것질을 너무 많이 했더니……. 헤헷."

내가 할 수 있는 최선을 다해 귀엽게 웃었는데 별 반응이 없다. 그의 표정 없는 반듯한 얼굴에 나는 조금 무안해졌다.

신애가 분명 오빠들이 자길 과보호한다고 했는데, 반응이 뭐

저리 뚱해? 사실은 그동안 과보호는커녕 이런 냉대를 받고 있었던 거 아니야, 우리 신애?

"다이어트 할 거예요."

계속되는 오빠의 살벌한 눈빛이 무서워서 비굴하게 말했다. 그랬더니 그의 입술이 다시 열렸다.

"어, 좀 빼라."

내, 냉정한데, 저놈?

어느새 남자는 고개를 홱 돌려 1층으로 내려가고 있었다. 남자의 드넓은 등판에서 시선을 거두고 벽시계를 보니 시간이 낮 3시였다.

……평일 이 시간에 집에 있는 걸 보면 백수인가?

내 촉이 그는 잘생기고 냉정한 백수라고 말하고 있었다. 그런데 그때 갑자기 뒤에서부터 누군가 내 머리카락을 쭉 잡아당겼다.

"아앗!"

"머리 잘랐네?"

머리를 감싸 쥐며 고개를 돌렸더니 웬 노랑머리의 남자애가 개구쟁이처럼 웃고 있는 게 보였다.

날라리같이 생겼는데, 얘가 막냇동생인가? 신락?

"어, 조금."

신애는 단발인 나보다 조금 더 긴 생머리였다. 그래서 나를 신애로 아는 이들에게는 신애가 머리를 자른 것처럼 보일 것이다.

"근데 2층엔 웬일이야, 누나?"

신락이 두껍게 쌍꺼풀진 커다란 눈을 내게 들이밀며 물었다.

"누나 2층엔 잘 안 올라오잖아. 우리 형제들 방만 있어서."

……앞으론 내 촉 따위 무시하고 살 테다. 신애 방이 2층에 있을 거라던 내 촉 따위.

신락 덕분에 나는 신애 방이 1층에 있음을 알아챘다. 그리고 신락은 또 다른 사실도 알려주었다.

"아! 작은형 때문이구나? 아까 보니까 한 3일 만에 집에 왔던데. 요즘 회사가 엄청 바쁜 모양이야."

아. 작은형이구나, 아까 그 사람. 게다가 백수도 아니었다.

아아. 정말 앞으로 내 촉은 그냥 완전히 무시하고 살아야겠다. 아무짝에도 쓸모가 없으니 말이다.

내가 굳은 결심을 하고 있던 그때 신락이 어깨를 으쓱거리며 작은 목소리로 중얼거렸다.

"어차피 회사는 큰형 차지가 될 텐데 뭘 그렇게 열심히 일하나 몰라, 작은형은."

회사라면 신애의 양부모님이 회장, 사장 자리에 있는 그 건설회사를 말하는 건가? 예전에 신애가 입양 갈 때 정말 괜찮은 집인지 아닌지 불안해서 한번 인터넷으로 검색해본 기억이 있다. 그땐 중소기업이었는데, 이제는 아들 둘이 경영에 참여해서 더 크게 키우고 있는 모양이다.

문득 신락의 주머니에서 휴대폰이 울렸다. 그런데 신락은 휴대폰을 꺼내 발신자를 확인하고는 전화를 받지 않고 다시 주머니에 넣어버렸다.

"왜 안 받아?"

호기심이 생겨 조심스레 묻자 신락은 나를 향해 어깨를 으쓱해 보였다.

"대학 후밴데, 내가 좋은가 봐. 자꾸 전화를 해, 시도 때도 없이."

확실히 신락은 작은 얼굴에 이목구비가 큼직큼직하니 뚜렷해서 꽤 잘생긴 얼굴이었다. 작은오빠 신노가 샤프하고 반듯하게 잘생긴 느낌이라면, 신락은 아이돌 같은 느낌의 상큼한 잘생김이었다.

신애 말대로 이 집 남자들은 정말 다른 느낌으로 잘생겼구나. 이쯤 되니 신희 오빠의 얼굴도 심히 궁금해진다.

"그래도 전화는 받지. 여자애 상처받겠다."

내가 안타까운 마음에 이렇게 중얼거리자 신락은 피식 웃음을 터뜨렸다.

"뭔 소리야? 여자애 전화면 당연히 받았지."

"응? 그 말은 즉……?"

"남자애니까 안 받는 거야."

"……!"

절로 두 눈이 커지는 나를 향해 장난스럽게 우는 표정을 지어 보인 신락이 그대로 나를 지나쳐 갔다.

와, 확실히 이 집 남자들은 보통 이상이다, 이상.

어쨌든, 노랑머리 신락 덕분에 나는 신애의 방이 1층에 있다는 걸 알았고, 세 개의 방문을 열어본 끝에 신애의 방을 찾아낼 수 있었다. 유일하게 침대에 핑크색 캐노피가 쳐져 있었던 것이다. 그곳에서 나는 겨우 휴식을 취할 수 있었다.

"저녁 드세요."

저녁 시간이 되자 메이드 아주머니가 내 방문을 두드렸다. 긴장한 탓에 피곤해서 누워 있던 나는 몸을 일으켜 신애의 옷장을 열어보았다. 그리고 제일 편할 것 같은 옷을 찾기 시작했다. 밥 먹을 땐 추리닝이 최곤데 어째 여기 있는 옷들은 죄다 치마다. 불편하게.

어쩔 수 없이 제일 캐주얼한 치마를 찾아서 입고 있는데 문득 불길한 예감이 들었다.

'……얘 혹시 잠옷도 치마인 거 아니야?'

치마 입고 자면 다 말려 올라가는데……! 그래서 하반신 완전 추운데! 속옷만 입고 자는 거랑 별반 다르지 않은데!

배가 고팠기에 잠옷 확인은 나중에 하기로 하고 나는 일단 방을 나와 식탁으로 향했다. 나보다 먼저 신노 오빠와 신락이 자리에 앉아 밥을 먹고 있었다. 신희 오빠는 아직 오지 않은 모양이다. 나는 그나마 조금 편한 락이의 옆자리에 앉으며 식탁 위를 두 눈으로 빠르게 슥 훑었다.

보도 듣도 못한 음식들이 나를 보며 싱긋 웃고 있었다. 명절도 아닌데 전과 떡갈비, 생선구이, 연어말이 등등 군침이 도는 음식들로 가득했다.

시선을 슥 올려서 반대편에 앉아 있는 신노 오빠의 반듯한 얼굴을 쳐다보았다.

'큰일이네. 저 오빠한테 다이어트 한다고 했는데, 살이 더 찌겠어.'

고민이 되었지만 일단 배는 고프니 젓가락을 먼저 들었다. 그리고 주저 없이 식사를 하기 시작했다. 음식들의 맛 또한 매우 훌륭했다.

한창 밥을 먹고 있는데 순간 뭔가 이질감이 느껴졌다.

이상했다. 뭔가 아주 이상했다.

"……?"

뭐지? 계속 생각해보았다. 뭐가 이상한 거지? 뭘까? 뭐더라?

음식이 너무 맛있어서? 아님 나랑 같은 식탁에 앉아 있는 남정네들이 너무 잘생겨서?

둘 다 아닌 것 같은데……. 그럼 내가 지금 느끼는 이 이질감은 뭐지?

"……!"

음식물을 씹어 삼키다가 문득 나는 깨달았다.

'맞아, 그거야. ……너무 조용해!'

식탁에 앉아 있는 신노 오빠와 신락은 둘 다 말 한마디 없이 식사에 집중하고 있었던 것이다. 게다가 신노 오빠는 밥 옆에 신문까지 펴놓은 채 읽고 있었다.

우리 오빠랑 밥 먹을 땐 밥알까지 튀면서 수다를 떨어서 그런지, 이런 조용한 식사 분위기는 적응하기가 힘들었다.

견디기 힘든 조용한 분위기가 계속되자 나는 밥알이 목에 딱 걸릴 것만 같았다. 그래서 내가 먼저 말을 시작했다.

"근데…… 아버지, 어머니는 아직 안 오셨어요?"

"……."

"……."

그러나 둘 다 내 질문에 바로 대답을 해주지 않았다. 신노 오빠는 그저 그 무서운 눈빛으로 나를 지그시 쳐다보았고, 신락은 그런 내가 이상하다는 듯 미간을 좁혔다.

"네?"

그래도 내가 꿋꿋이 대답을 들어야겠다는 식으로 다시 묻자 신락 쪽에서 답이 들려왔다.

"내가 그때 미국에서 말해줬는데, 벌써 잊어버렸어? 어머니는 마카오 여행 중, 아버지는 스페인 출장 중이라고 말했잖아. 언제나 그렇듯이."

"아, 그랬나? 잊어버렸다. 미안."

뻘쭘해진 나는 다시 젓가락을 움직여 밥을 먹었다.

부모님이 집에 잘 안 계시는구나. 나한텐 참 다행스러운 일이긴 하다.

그렇게 잠시 조용히 밥을 먹다가 아무래도 어색해서 고개를 들고 주변을 둘러보았다. 그러다 문득 식탁 뒤쪽에 서 있는 메이드 아주머니를 발견했고, 반가운 마음에 나는 이렇게 말했다.

"이거 맛있네요, 아주머니."

그러자 메이드 아주머니는 두 눈을 크게 뜨더니 이내 고맙다는 듯 고개를 숙여 보였다. 그런데 그때였다.

"신애."

갑작스럽게 나를 부르는 신노 오빠에게로 내 고개가 돌아갔다.

"네?"

"조용히 먹자."

신노 오빠의 포스에 나는 조용히 입을 다물었다. 이 불편한 식사 분위기는 다 저 무서운 오빠 때문이었나?

대체 왜 밥 먹을 때 말을 못 하게 하는 거지? 밥만 묵묵히 먹으면 체할 것 같지 않나?

불만으로 입이 삐죽거려졌지만 하고 싶은 말을 애써 꾹 참았다. 신애한텐 익숙하고 당연한 일일 테니 말이다.

그렇게 나는 묵묵히 식사를 마쳤다. 숟가락을 놓고 자리에서 일어선 나는 자연스럽게 늘 집에서 하던 것처럼 내가 먹은 밥그릇과 숟가락, 젓가락을 손에 들고 싱크대로 향했다.

"너 뭐 해?"

그런데 갑자기 신노 오빠의 낮은 목소리가 들려왔다. 나는 고개만 슥 돌려 그에게 대답했다.

"그릇 가져다 놓으려고요. 밥 다 먹었으니까……."

"그걸 네가 왜 해?"

"네?"

"네가 메이드야?"

헛. 이 집은 식사 후 자기 그릇을 싱크대에 가져다 놓는 그런 당연한 것도 안 하는 집이었구나.

이번엔 신락도 적잖게 놀란 눈치였다.

"누나 진짜 왜 그래? 미국에서 약이라도 하고 왔어?"

그 순간 반대편에 앉아 있던 신노 오빠가 신락에게로 보고 있던 신문을 던졌다.

퍽!

"헛소리하지 마."

……저, 저 오빠 아까부터 느낀 거지만 무섭다. 너무 무서워.

신문으로 맞은 이마를 손으로 짚으며 신락은 눈썹을 찡그렸다.

"아우, 농담이야, 농담. 오늘 누나 행동이 너무 이상하니까."

"미, 미국에선 제가 먹은 거 제가 치우고 그래야 됐으니까요. 그게 버릇이 돼서요."

신애는 미국에 겨우 열흘 있었다고 하지 않았나? 열흘밖에 안 머물렀으면서 무슨 버릇? 하지만 무슨 변명이라도 해야 했다. 급하게 둘러댄 내 변명이 너무 허접했던지 신노 오빠가 나를 지그시 쳐다보았다.

"……."

"……."

제발 날 그렇게 쳐다보지 말고 무슨 말이라도 해라. 들킨 것 같아 피가 마르니까.

우리 사이에 무거운 침묵이 흐르던 그때 갑자기 큰 목소리가 들렸다.

"애야!"

애야?

다음 순간 조금 큰 덩치에 키까지 큰, 굉장히 덥수룩한 헤어스타일을 자랑하는 남자가 내 앞으로 달려오더니 내 얼굴을 두 손으로 잡았다.

"언제 왔어? 오면 온다고 오빠한테 콜하지. 그럼 이 큰오빠가 데리러 갔을 텐데!"

큰오빠? 그렇다면 신희 오빤가?

그는 다른 두 형제들과 달리 눈이 좀 작고 구릿빛 피부에 선이 굵은 얼굴이었다. 신노와 신락과 달리 상당히 상남자 같은 느낌이었다.

"보고 싶었어, 애야!"

애야? 설마, 신애의 이름을 외자로 부르는 건가, 이 남자?

그때 신희 오빠가 내 얼굴에서 손을 떼더니 내 두 손을 덥석 잡았다. 그러곤 이곳에 오기 전 집에서 대충 매니큐어를 발라둔 내 손톱을 빤히 쳐다보았다.

"손톱이 이게 뭐야? 당장 네일숍 다녀와."

뭐, 뭐야. 여동생 손톱까지 상관하는 오빠가 다 있네. 우리 량현 오빠가 내 손톱을 볼 때는 등 긁어달라는 신호일 뿐인데.

신희 오빠의 작지만 예리하게 보이는 두 눈이 나를 머리에서부터 발끝까지 훑기 시작했다.

"머리도 염색해야겠다. 헤어 매니큐어도 할 때 되지 않았어?"

손톱이면 됐지, 머리카락에도 매니큐어를 바른다고? 대체 왜? 그럼 매니큐어 지우고 싶을 땐 아세톤에다 머리 감으면 되는 거야? 그런 거야? 응?

"반응이 왜 그래? 헤어숍 갈 때마다 신나하던 애가?"

순간 신희 오빠가 이상하다는 눈빛을 보냈기에 나는 얼른 변명을 시작했다.

"아, 아뇨. 그게, 제가 시차 적응 때문에요. 지금 좀 멍해서……."

다행히 신희 오빠는 내 말을 믿는 눈치였다.

큰오빠는 이런 부산스런 캐릭터인가? 어쩜 삼 형제가 이리도 다를까. 정신이 하나도 없다. 이럴 땐 그냥 도망가는 게 상책이다.

"저 이제 가서 좀 쉴게요."

나는 오빠들과 신락에게서 벗어나기 위해 피곤한 척 연기에 들어갔다.

"안녕히 주무세요."

인사를 하고 내 방으로 가려는데 그런 내 팔목을 신희 오빠가 그 큰 손으로 덥석 잡았다.

"응. 잘 자."

"아, 네. 근데 이걸 놓으셔야 제가 자는데."

나는 그에게 잡힌 팔을 놓아달라고 흔들어 보였다. 그러나 신희 오빠는 이를 무시하며 내 팔을 더욱 잡아당겼다. 영문을 모르겠어서 두 눈을 크게 뜨자 그가 빙그레 웃으며 말했다.

"항상 하는 허그는 하고 가야지."

"……!"

나는 순간 내 귀를 의심했다.

"허, 허그?"

"잘 자, 라는 밤 인사지."

허그? 그딴 걸 남매끼리 왜 해? 신애는 정말 이걸 밤마다 했단 말인가?

"저는, 좀, 오늘, 몸이 안 좋아서…… 생략할게요."

낯선 남자와 포옹 따위 하고 싶지 않단 말이다.

"뭐? 왜?"

그런데 내 대답에 삼 형제가 다 놀라는 눈치였다. 하지만 난 물러설 생각이 없었다. 그래서 내 의견을 분명히 전했다.

"아, 그리고, 허그 같은 거, 앞으로도 안 하고 싶은데."

나는 앞으로 한 달 동안이나 당신들이랑 허그 할 생각이 전혀 없단 말입니다.

그런데 내 선언에 대한 리액션들이 생각보다 격했다.

"뭐? 대체 왜 그래, 누나?"

"우리한테 화난 거 있니, 애야?"

"왜?"

믿었던 카리스마 신노 오빠마저 짧게 질문을 던졌다. 그래서 나는 조금 답답하다는 뉘앙스를 담아 말했다.

"제가 나이가 몇인데요, 스물넷이에요."

"그게 뭐?"

삼 형제는 모두 도저히 이해를 못 하겠다는 얼굴들이었다. 그래서 나는 신노 오빠와 신희 오빠를 물끄러미 쳐다보았다. 그리고 잠시 고민하다가 말했다.

"솔직히 오빠들…… 홀아비 냄새 나요. 그게 싫어요. 그동안도 그게 싫었어요."

"뭐?"

솔직히 신애라면 이렇게까진 말하지 않았겠지만, 그래도 싫은 건 싫은 거다. 아무리 지금 내가 신애인 척 연극하는 중이래도 모르는 남자들이랑 밤마다 포옹을 할 순 없지 않은가. 이건 신애도 분명 이해할 거다.

"바, 방금 오빠들이라고 했으니까 나는, 락이는 냄새 안 나죠, 누나?"

곁에 서 있던 신락이 두 손바닥으로 자신의 작은 얼굴을 감싸며 귀엽게 물었다. 나는 잠시 말을 고르다가 대답했다.

"너는…… 땀 냄새가 나."

순간 신락의 눈이 더 커졌다. 하지만 이내 그는 억울하다는 표정을 지었다.

"나, 운동하고 와서 그래. 이제 운동을 끊을게! 허그 해줘."

미안하다는 느낌을 담아 나는 그에게 어설프게 웃어주었다.

사실 그들에겐 어떤 냄새도 나지 않았다. 그냥 허그가 싫었을 뿐이다. 남자라곤 우리 량현 오빠밖에 몰랐던 나에게 세 남자와의 매일 밤 허그는 도저히 무리다.

"잘 자요, 오빠들, 그리고 락이도."

지쳤다. 나는 너무 지쳤다.

한 달 중 이제 겨우 하루 지났을 뿐인데, 못 해먹겠다.

신애는 아직 비행기 속에 있으려나. 그렇다면 정말 갖은 진상을 부려서라도 회항시키고 싶다. 당장이라도 그녀의 멱살을 잡아서 이곳으로 끌고 오고만 싶다.

내 선택이, 너무 후회된다.

002

아침부터 신희 오빠는 그 큰 덩치로 계속 울고 다녔다.

"우리들의 신애가 변했어. 이제 오빠들한테 독설도 다 하고…… 엉엉."

난감하다. 어젯밤 내가 깊게 생각하지 않고 충동적으로 내뱉은 말들의 결과는 의외로 상당히 피곤했다.

"큰형 어제 거품 목욕했어. 저 덩치에 안 어울리게도 말이야."

신락의 말에 의하면, 내가 홀아비 냄새 난다고 했더니 신희 오빠는 거품 목욕을 시작했다고 한다. 게다가 쿨해 보이던 신노 오빠 역시 상태가 좋아 보이진 않았다. 잠을 잘 못 잔 듯 눈 밑에 다크서클이 선명했던 것이다.

"안녕히 주무셨어요?"

주방으로 향하는 신노 오빠에게 내가 아침 인사를 건네자 그가 낮은 목소리로 말했다.

"말을 하지 그랬어."

"네?"

"냄새…… 난다고."

아아. 역시 마음에 담아두고 있었구나.

내가 내뱉은 거짓 독설이 조금 미안해지는 순간이었다.

"민감한 부분이니까요."

"……."

그는 다시 말없이 나를 스쳐 지나갔다. 스쳐간 그에게선 산뜻한 샤워코롱의 향이 풍겨왔다. 주방으로 가는 신노 오빠의 등을 물끄러미 보고 있는데 그런 내게로 신락이 다가왔다. 앞머리가 귀찮았는지 은색 머리띠를 차서 올린 그가 신노 오빠를 돌아보며 재미있다는 듯 큭큭거렸다.

"어제부로 작은형은 담배를 끊었어. 담뱃값 인상도 형의 흡연을 못 막았는데, 누나가 해낸 거라고."

날 신애로 알고 있는 형제들에게 내 말 한마디의 영향이 이렇게까지 큰 걸 보면 신애가 그동안 구박만 받고 살아온 건 아닌 모양이다. 그건 다행스러운 일이긴 한데…… 신애는 뭐가 그렇게 힘들었던 걸까?

"그리고 난 운동을 새벽에 다니기로 했어."

이렇게 말하며 락이는 허공에다 대고 섀도복싱을 해 보였다. 그 행동이 참 은색 머리띠랑 안 어울려서 웃음이 났다.

"누나한테 다시 허그를 받으려고 우리 형제들이 얼마나 노력하고 있는 줄이나 알아?"

"그래. 열심히 해서 내 마음을 돌려봐."

헛수고일 테지만 말이다.

"오케이! 두고 봐! 일단, 아침부터 좀 먹고."

나에게 찡긋 윙크를 날린 신락이 주방으로 손짓을 했다. 그래서 나는 그와 함께 주방으로 들어가 식탁에 앉았다. 아까까지 울고 다니던 신희 오빠는 어느새 말끔한 얼굴로 자리에 앉아 있었다. 하지만 심한 반곱슬인지 머리는 여전히 덥수룩했다.

"밥 맛있게 먹어, 애야."

"네."

작은 눈이 안 보이게 눈웃음을 짓는 신희 오빠에게 얌전히 대답을 한 후 나는 젓가락을 들었다. 그리고 밥을 먹기 시작했는데, 문득 시선이 느껴졌다.

뭐지? 고개를 들자 바로 신노 오빠의 까만 눈동자가 보였다. 그가 움직임도 없이 가만히 나를 보고 있었던 것이다.

헛.

너무 빤히 쳐다보는 거 아닌가, 사람 민망하게. 그만 좀 쳐다봐라. 나 밥 좀 먹자, 응?

그 집요한 시선이 불편해서 젓가락을 입에 문 채 난감해하고 있는데 드디어 그가 목소리를 보내왔다.

"신애."

"네?"

드디어 나를 왜 그렇게 쳐다보는지 그 이유를 들을 수 있을 것 같다는 생각에 내 표정이 밝아졌다. 그러나 그가 던진 다음 말에 내 표정은 계속 밝을 수가 없어졌다.

"얼굴이 많이 부었구나."

"이건 부은 게 아니라 원래…… 가 아니라, 어젯밤에 잠을 잘 못 자서요."

내 얼굴이 원래 신애보다 큰 걸 뭐 어쩌란 말이냐. 그냥 얼굴에 살이 많은 걸 뭐 어쩌라고. 별수 없이 나는 그냥 잠을 못 자서 부은 거라고 둘러댔다. 그리고 솔직히 잠을 좀 못 자긴 했다.

"왜?"

뭘 또 난감하게 그 이유까지 묻는 건가, 저 남자는. 낯선 집, 낯선 가족들, 낯선 침대에서 내가 잠을 잘 잤을 리가 없지 않은가. 하지만 그걸 사실대로 말할 순 없었다.

"그냥, 뭐, 그, 침대 매트가 불편해서요."

이번에도 대충 둘러댔는데 조금 전보다 신노 오빠의 얼굴이 더욱 딱딱하게 굳어졌다. 이내 그는 심각해진 표정으로 말했다.

"오늘 당장 갈자, 그 매트."

"네?"

그 튼튼한 걸 왜 갈아? 어제 누워보니까 스프링도 엄청 좋은 거더만. 그래서 나는 다른 이유를 댔다.

"아뇨. 매트가 아니라, 그냥, 창문이……."

"그럼 창문을 갈자."

뭐야, 이 남자.

내가, 아니 신애가 잠을 못 잔 원인을 다 갈아엎겠다는 건가? 발상 한번 어메이징한 남자다.

"아니요! 그냥 제 탓입니다. 제가, 잠을 못 든 제 잘못입니다."

당황해서 솔직하게 말해버렸다. 그러자 신노 오빠가 입을 멈췄고 나는 그의 눈치를 보면서 이어 말했다.

"제가 양이라도 세서 억지로 잠을 잤어야 되는 건데, 그렇게까지 하질 않았어요. 그러니까 제 탓이 맞아요. 아, 그렇게 되면 저를 갈아야 되나요?"

그러자 순간 식탁 위가 조용해졌다. 삼 형제 모두 눈이 커진 채 나를 쳐다보았다.

"풋."

잠시 후 내 옆에 앉아 있던 신락이 웃음을 터뜨렸다. 그는 그렇게 한참을 웃더니 나를 향해 말했다.

"누나, 위트가 늘었네. 아니, 위트가 생겼어. 꽤 웃겨졌네. 미국에서 뭐 잘못 먹었어?"

혹시 지금 나 너무 평소처럼, 너무 나처럼 말했나?

들켰으면 어쩌지?

불안한 눈동자를 굴려 신노 오빠의 표정을 살폈다. 그는 생각에 잠긴 듯, 하얗고 긴 손을 들어 자신의 턱을 만졌다. 그런 그를 물끄러미 보고 있는데 옆에서 락이가 작게 중얼거리는 말이 들려왔다.

"암튼 작은형은 표정만 시크했지, 제일 동생 바보라니까."

내가 고개를 돌려 신락의 얼굴을 쳐다보자 그는 특유의 그 큰 눈으로 나를 보며 개구쟁이처럼 웃었다. 내가 그를 따라 웃는 순간 신희 오빠의 밝은 목소리가 들려왔다.

"이제 밥 먹자, 얘들아. 얼른 안 먹으면 맛있는 거 내가 다 먹어버린다?"

우리를 향해 배시시 웃은 신희 오빠가 젓가락을 움직이자 우리들의 식사는 다시 시작되었다. 그때 신락의 목소리가 아주 조그맣게 들려왔다.

"큰형이 겁나 빙구처럼 웃고 다녀도 제일 무서운 사람이고."

그래? 굉장히 의외의 말이었다.

나는 고개를 들어 신희 오빠를 슬쩍 쳐다보았다. 선이 굵어 남자답게 생긴 얼굴이지만 웃는 상이어서 제법 정감이 가는 스타일이었다. 그런데 무서운 사람이라고? 의외네.

그 순간 나와 눈이 마주친 신희 오빠가 웃는 얼굴로 물었다.

"왜? 아침부터 이 큰오빠가 너무 잘생겼니?"

"네? 하하하……."

딱히 대답할 가치를 못 느껴서 웃음으로 얼버무리고 있는데 옆에서 신락이 콧방귀를 뀌는 게 들렸다.

"큰형은 솔직히 잘생긴 얼굴은 아니고, 그냥 남자답게 생겼지."

"아니야. 나 웃으면 훈남 소리 많이 들어."

"웃으면 그냥 빙구 같던데……."

빙구를 직접적으로 얘기하다니. 신락 이 녀석, 예의가 없는데? 신희 오빠 기분 많이 상하겠다 싶었는데, 역시나 신희 오빠는 불같이 화를 냈다.

"빙구? 형한테 빙구가 뭐니, 빙구가! 차라리 방구라고 해!"

순간 나는 어이없는 웃음이 터졌다. 그런 나를 신희 오빠가 쳐다보았고 나는 웃는 입을 가리며 그를 향해 말했다.

"방구가 더 심한 것 같은데요."

"그래? 그럼 다시 빙구."

이 사람이 무섭다고? 대체 어디가? 신락이 잘못 말한 거 아니야?

저렇게 나사 하나 빠진 사람처럼 친근하게 구는데, 도대체 어디가 무섭다는 건지 이해가 되질 않았다.

내가 혼란스러워하고 있던 그때 신희 오빠가 다시 나를 향해 물었다.

"아, 근데 애야, 너 주말에 김성식 씨 만나기로 했지?"

김성식? 그건 대체 누구지?

하지만 저렇게 '했지?'라고 확신하는 어투로 묻는 걸 보니 그냥 묻는 게 아니라 확인차 묻는 것이렷다. 그렇다면 아마 신애는 주말에 김성식 씨를 만날 예정인 게 확실할 거다.

"네."

그래서 일단 대답은 했다. 하지만 그게 대체 누구인지 몹시 궁금했다.

그리고 이내 다행히도 김성식 씨를 아는 이가 나타났다. 그것도 바로 내 옆에서, 은색 머리띠를 두른 채 말이다.

"근데 난 성식이 형 별로야. 너무 재미없어. 누난 큰일이다.

그런 재미없는 남자랑 평생 살아야 되니까."

아. 다다음 달에 신애랑 결혼한다는 그 남자구만, 김성식 씨가.

암튼 신애 얘는 사전정보를 너무 안 줬어, 너무. 이 지지배 나중에 혼내줘야지.

씁쓸한 입맛을 다시고 있는데 신희 오빠에게서 또 다른 질문이 들려왔다.

"애야, 오늘 외출할 거야?"

동생의 외출을 신경 쓰는 오빠가 다 있네. 우리 오빠는 내가 나갔는지 들어왔는지도 몰라서 집에 있는데도 올 때 아이스크림 사오라고 문자 보내는데.

"네! 하고 싶어요."

"그럼 내가 김 기사 시켜서……."

내 저럴 줄 알았다. 두 팔, 두 다리 튼튼한데 웬 김 기사? 바로 이것이 신애가 말하던 과보호의 일종인가? 너무 지나치다는 생각이 든다. 그래서 나는 다부지게 말했다.

"아뇨. 그냥 차만 빌려주시면 운전은 제가……."

"누나 면허 없잖아."

아뿔싸.

옆에서 들려온 락이의 지적에 나는 순간 굳어졌다.

이런. 신애가 운전면허가 없을 줄이야.

곧바로 쏟아지는 삼 형제의 시선에 나는 힘겹게 다시 입술을 열었다.

"무면허 운전을 한번 해보려고…… 헤헷."

짓궂은 농담이었다는 듯 나는 일부러 개구쟁이처럼 웃어 보였다. 그랬더니 삼 형제의 눈이 동그래졌다.

"누나 미쳤어?"

"농담이 지나치다, 신애."

"애야, 아무리 우리 집이라도 무면허 운전까지 봐줄 힘은 없어. 제발 그러지 마."

신노 오빠는 고개를 절레절레 저었고, 신희 오빠는 두 손까지 모으며 나에게 제발 그러지 말라고 부탁을 했다. 그래서 나는 최대한 귀엽게 말해보았다.

"당연히 농담이었죠, 오빠들."

등줄기를 타고 식은땀이 흘러내린다.

앞으로 얼마나 더 식은땀을 흘리게 될까.

과연 얼마나 더 흘려야, 한 달이 될까.

신애가 떠날 때 주고 간 그녀의 휴대폰으로 전화가 걸려왔다.

–지낼 만해?

우리 오빠였다. 그 목소리를 듣는 순간 눈물이 날 뻔했다. 겨우 이틀 만인데 왜 이리 감성적이 된 것인가, 난.

그래서 나는 코를 훌쩍거리며 칭얼거리듯 말했다.

"아니, 집에 가고 싶어."

그랬더니 휴대폰 너머로 량현 오빠가 타박을 했다.

–야, 누가 들으면 어쩌려고 그런 말을 해?

"괜찮아. 지금 방에 혼자 있어."

-암튼 조심해, 너. 이제 겨우 이틀 지났는데 벌써 쫓겨나면 어떡하려고?

내 우울한 기분은 생각도 않고 그저 들킬 게 걱정이라는 듯한 오빠의 말에 나는 울컥 서운한 마음이 들었다.

"오빠 진짜 솔직하게 말해봐. 신애가 얼마 주고 갔어?"

-아니야. 돈 안 받았어, 나.

"거짓말하지 마."

-진짜라고오!

오빠가 목소리를 높이기 시작했다. 이러면 둘 중 하나다. 큰돈을 받았거나 적은 돈을 받았거나. 어쨌든 받은 건 받은 거다. 찔리니까 목소리가 커지는 거고.

에효, 하는 한숨을 내쉰 다음 나는 제일 걱정인 것을 먼저 물었다.

"공부는 하고 있어?"

-어. 가끔.

우리 오빠는 잘 안 씻고 빨간 추리닝만 입고 다녀서 그렇지, 나름 잘나가는 의대생이다.

"PC방만 가지 말고."

-어. 안 가.

그 좋은 머리를 컴퓨터게임 하는 데에만 써서 그렇지, 고등학교 다닐 땐 늘 전교 1등만 하던 우등생이었다.

"여자 친구는 안 만나?"

-어. 귀찮아.

게다가 키도 크고 나름 훈훈한 얼굴을 지니고 있어서 인기도 많다. 잘 안 씻고 빨간 추리닝만 입고 다녀서 그렇지.

"밥은 먹었고?"

―어.

"또 대충 라면으로 때운 건 아니지?

―아니, 냉동만두, 전자레인지, 띵.

"……말하기 귀찮냐?"

―빙고.

후우, 또다시 내 입에서 한숨이 새어 나왔다. 이 인간은 동생을 생판 남의 집에 보내놓고 걱정도 안 되는 모양이다.

"오빠 나한테 뭐 궁금한 거 없어?"

―…….

"없어? 정말?"

―……밥은 맛있냐?

고작 그게 궁금하냐? 오빠의 무신경함에 울컥 화가 치솟은 나는 버럭 소리를 지르고 말았다.

"야, 이 인간아! 넌 대체……!"

그런데 그때 내 방문이 벌컥 열렸다. 나는 깜짝 놀라 고개를 돌렸다. 그곳에는 자신의 노랑머리의 앞부분을 고무줄로 묶어, 일명 사과머리를 한 신락이 서 있었다.

"깜짝이야. 인마, 노크 좀 해!"

내가 녀석을 향해 버럭 소리를 치자 신락의 큰 눈이 순간 더 커졌다.

"인마?"

아뿔싸. 아무리 놀랐어도 신애라면 절대 '인마'란 말은 안 했을 텐데.

"아니, 그게, 인마가 아니라 엄마야, 엄마야. 그냥 놀라서 튀어나온 엄마."

나는 신락을 향해 급하게 변명의 말을 던진 다음 후다닥 전화를 끊었다. 그런 내 행동에 신락이 의심스런 눈초리를 보냈다.

"누구랑 통화 중이었는데 그렇게 급하게 끊어? 아직도 어색한 성식이 형이랑 통화한 건 아닐 테고……. 누나 혹시 미국에서 남친 사귀었어?"

"그런 거 아니야."

"나한테만 솔직하게 말해. 내가 비밀로 해줄게."

"아니라니까."

나는 도도하게 고개를 돌리며 휴대폰을 탁자 위에 올려놓았다. 그사이 내가 앉아 있는 의자의 반대편 의자에 털썩 앉은 신락이 실실 웃으며 나를 불렀다.

"누나."

내가 그를 물끄러미 쳐다보자 신락의 얼굴에 미소가 더욱 짙어졌다.

"내가 부탁한 건?"

"뭐?"

갑작스런 그의 질문에 나는 내심 당황하고 말았다. 부탁이라니, 신애에게 들은 적 없는 얘기다. 아니, 뭐, 원체 신애에게 들은 정보가 없긴 하지만 말이다.

그때 신락이 얼굴에서 미소를 거두고 진지하게 말했다.

"내가 미국에서 사 와달라고 부탁했잖아. 그거 내놓으라고."

아, 그런 게 있었구나. 하지만 난 모른다. 난 신애가 아니니까.

"깜박했어. 미안."

어쩔 수 없이 나는 이렇게 대답했다. 내 대답을 들은 신락의 입가에 다시 묘한 미소가 걸렸다.

"누나 요즘 이상해."

"내가?"

두근거리는 심장을 느끼며 나는 최대한 자연스럽게 그에게 물었다. 그랬더니 그가 어깨를 으쓱했다.

"하긴, 누나 이상한 거야 미국 가기 전부터 그러긴 했지."

이건 또 무슨 소리지? 미국 가기 전부터 신애가 이상했다고? 나는 좀 더 자세히 그에게 물었다.

"내가 뭐 어땠는데?"

"그냥 느낌이 좀…… 차가워졌다고 해야 되나? 암튼 변했어. 내가 부탁한 것도 안 사 오고. 쳇."

"……그건 미안."

신락의 얘기로 짐작건대 최근 신애에게는 어떤 심경의 변화가 있었던 게 분명하다. 그래서 날 찾아온 걸 테고. 그렇다면 그녀에게 대체 무슨 일이 있었던 걸까?

신애를 생각하다가 문득 그녀가 미국에 있을 때 삼 형제가 왔다갔다던 이야기가 떠올랐다. 그래서 나는 신락을 향해 말했다.

"근데 너도 미국 왔었잖아. 사고 싶은 게 있었으면 네가 직접 사지 그랬어?"

그러자 신락은 바로 주머니에 손을 넣더니 뒤적거렸다. 그러고는 잠시 후 초코바를 하나 꺼내 내 눈앞으로 보여주었다.

"그럴 줄 알고 내가 올 때 사 왔지."

허.

초코바였어?

순간 놀림을 당한 기분이 들었다. 당황해서 굳어진 내 얼굴을 빤히 보면서 신락은 초코바를 까서 먹기 시작했다. 초코바를 반쯤 먹은 그가 갑자기 내 얼굴 앞으로 그것을 들이밀었다.

"먹을래?"

"안 먹어."

더럽게, 왜 먹던 걸 줘? 내가 우리 오빠 것도 더러워서 안 먹는데.

"왜? 이거, 누나도 좋아하던 거잖아."

거부하는 내가 이상하다는 듯 신락은 고개를 갸웃거렸다. 그러더니 이내 그 큰 눈을 깜박이며 장난스런 미소를 지었다.

"설마, 내가 먹던 거라 그래?"

그래.

"더러워서?"

빙고다, 이놈아.

내가 말없이 있자 신락은 표정을 굳히더니 나를 지그시 쳐다보았다. 그리고 천천히 입을 열었다.

"남매끼리 뭐 어때? ……아니면 오히려 친남매가 아니라서 그러는 건가?"

"뭐……?"

그동안 신애는 이런 식으로 형제들에게 고통을 받아온 건가? 넌 입양 온 애니까, 친남매가 아니니까, 이렇게 구박받아온 걸까? 그래서 그녀가 그토록 힘들어했던 건가!

순간적으로 울컥 화가 치민 나는 자리에서 벌떡 일어서며 목소리를 높였다.

"너 어떻게 그런 말을 할 수가 있어? 그게 그렇게 큰 소리로 할 말이니? 내가 입양 왔다고 우습게 보여? 입양 왔어도 난 네 누나고……!"

그 순간 신락의 표정이 일그러졌다. 곧이어 그는 눈썹을 치켜올리더니 이해할 수 없다는 표정을 지었다.

"누나 정말 왜 그래?"

다음 순간 그는 나를 따라 자리에서 일어섰다. 내 앞에 선 그가 짐짓 심각한 얼굴로 입을 열었다.

"내가 누날 우습게 봐? 왜? 입양은 누나만 왔어?"

"뭐?"

그때 나는 촉이 왔다. 이건 분명히 열면 안 되는 판도라의 상자라는 걸.

그런데 난 억울하다. 내가 열고 싶어서 여는 게 아니란 말이다.

"우리 넷 다 입양 온 거잖아, 이 집에."

신락에 의해서 판도라의 상자가 눈앞에서 열린 것이다.

003

"우리 넷 다 입양 온 거잖아, 이 집에."

희노애락 사 남매가 전부 입양된 거라고?

이 집의 굉장한 비밀을 들어버렸다. 하지만 지금 난 그 모든 걸 알고 있는 신애인 척해야 한다.

"그래. 나도 알아, 그건."

난 이미 다 알고 있는 사실이라는 듯 덤덤한 표정으로 고개를 끄덕였다.

"하지만 네가 친남매 어쩌고 하니까 갑자기 화가 나서 한 말이야. 난 우리가 워낙 친하게 지내니까 입양 사실도 잊고 지낸단 말이야."

심장은 두근두근 거칠게 뛰었지만 다행히 말은 태연하게 잘 나왔다. 그래서 나는 신락을 흘겨보며 계속 말했다.

"그러니까 앞으로 친남매가 아니라서 그런다느니 그런 말 하지 마. 그런 생각도 하지 말고. 난 정말 우리 사 남매를 친남매처럼 여긴단 말이야."

"그런데 그게 어디 쉽나? 사 남매가 이렇게나 다르게 생겼는데."

신락이 자신의 관자놀이를 긁적이면서 말했다. 물론 그건 나도 첫날부터 느꼈던 사실이었다. 하지만 나는 제법 점잖게 그를 타일렀다.

"그래도 그러면 안 돼, 락아."

"알았어, 알았어. 안 그럴게."

지금까지 내가 본바 신가네 형제들은 신애를 많이 아끼고 있었고, 신애 역시 형제들과의 관계를 깨고 싶지 않아서 나에게 대역을 부탁한 거란 생각이 든다. 그렇다는 건 이들이 입양으로 이루어진 관계라 하여도 그 결속력은 분명 친남매에 가깝다는 걸 의미할 것이다.

그러나 나는 지금 애써 담담하게 상황을 받아들이려고 하고는 있지만, 솔직히 희노애락 사 남매가 전부 다 다른 피를 가지고 있다는 사실에 좀 많이 동요한 상태다.

어떻게 이런 일이 있을 수가 있지? 문득 이 관계를 만든 신가네 부모님이 궁금해졌다.

이 집 부모님은 대체 어떤 사람들인 거야? 아이를 넷이나 입양하고, 이름도 희노애락으로 지어버린 괴짜 부모님의 얼굴이 보고 싶다.

외출은 허락되었으나 그 외출마저 자유롭진 못했다.

"아가씨, 어디로 모실까요?"

김 기사라는 분이 집 밖으로 나온 나를 고급세단으로 안내했던 것이다.

생각 같아서는 차 키 좀 빌려달라고 해서 한강까지 드라이브를 다녀오고 싶지만, 어떤 후폭풍이 올지 몰라 무서워서 차마 행동으로 옮기진 못하겠다.

결국 나는 김 기사 아저씨에게 운전을 맡긴 채 드라이브를 하기로 결정했다. 한 3일 내내 긴장하고 살아서 그런지 온몸이 찌뿌둥하고 가슴이 무척 답답했던 것이다.

눈앞으로 스쳐 지나가는 풍경들을 보는데 문득 쓴웃음이 났다. 일주일 전의 나와 지금의 내가 너무 달라져서 씁쓸한 기분이 들었던 것이다.

원래대로라면 주말에도 못 쉬고 아르바이트를 하고 있어야 되는데…… . 팔자 좋아졌다, 한라현.

올해 대학교를 졸업하고 취업난에 허덕이던 나는 마냥 놀고 있을 수만은 없어서 식당 아르바이트를 시작했었다. 생활비도 생활비였지만 오빠의 의대 등록금에 조금이라도 보탬이 되고 싶었던 것이다.

물론 이런 말을 하면 오빠는 장학금이랑 오빠가 과외 하는 걸로 어떻게든 해결할 거니까 신경 쓰지 말라고 화를 내지만 말이다.

솔직히 나는 우리 집 형편을 너무나 잘 알고 있어서 오빠가 신애한테 돈을 받았다고 해도 결국은 받아들이고 말 것이다. 자존심이 우리 오빠를 공부시키긴 않으니까.

괜스레 슬퍼져서 멍하니 창밖만 보고 있는데 휴대폰이 울렸다. 나는 무심한 손길로 발신자를 확인했다.

〈김성식〉

헛.

그 사람이다! 신애 약혼자.

나는 '흠흠' 하고 목소리를 다듬으며 조심스런 손길로 전화를 받았다. 과연 어떤 남자일까 몹시 궁금했다.

"여보세요."

그러자 곧 휴대폰을 타고 남자의 중저음 보이스가 들려왔다.

-김성식입니다.

"아, 예. 안녕하세요."

-한국으로 돌아오셨다는 얘긴 들었습니다.

일단 목소리는 합격.

흡족한 미소를 지으며 무언가 대답을 하려고 입을 연 순간 다시 남자의 목소리가 빠르게 들려왔다.

-그래서 이번 주말 약속 말인데요.

"네? 네."

-한국호텔 레스토랑에서 7시 어떠십니까?

"네, 괜찮아요."

-네, 그럼 그때 봬죠.

뚝, 전화가 끊어졌다. 그런데 나는 설마 20초도 안 돼서 전화가 끊어졌다고는 생각할 수 없어서 한참 동안 휴대폰을 붙들고 있었다.

……뭐, 뭐지? 정말 끊었어?

뭐, 이런 비매너남이 다 있나! 자기 할 말만 하고 끊다니!

아, 빡친다. 아니, 신애처럼 말하자면 화난다! 화가 난다!

우리 신애같이 예쁘고 착한 애가 뭐가 부족해서 이런 매너 없고 건조한 남자랑 결혼을 해야 한단 말인가!

무척 속이 상했다. 그래서 혼자 씩씩거리고 있는데 내가 타고 있는 차가 꽤 익숙한 동네로 들어선다는 느낌을 받았다. 이 부유해 보이는 동네는 분명 신애의 집이 있는 동네다.

'아직 저녁 먹을 시간도 안 됐는데 벌써 날 집으로 데려가려는 건가? 이 아저씨 너무한데?

그래서 나는 다급하게 김 기사 아저씨를 불렀다.

"저기, 김 기사님!"

내 모처럼의 외출을 벌써 끝낼 순 없다.

아저씨가 룸미러를 통해 나를 쳐다보자 나는 최대한 나긋나긋한 어조로 말했다.

"저 잠깐 편의점 좀 들를게요. 뭐 살 게 있어서."

"제가 사 오겠습니다."

저렇게 나오실 줄 알았다. 하지만 나도 그렇게 호락호락한 여자는 아니다.

"여성 용품인데, 괜찮으시겠어요?"

"아아……."

"그럼, 다녀올게요."

김 기사 아저씨에게 고개를 꾸벅 숙여 보인 다음 나는 얼른 차에서 내렸다. 그러고는 눈에 보이는 언덕을 천천히 걸어 내려왔다. 생각 같아서는 그냥 막 달려서 진짜 우리 집으로 가버리고만 싶었지만, 두 주먹 불끈 쥐고 꾹 참았다.

한참을 걸어 내려가다가 우뚝 멈춰 선 나는 주머니에서 휴대폰을 꺼내 김 기사 아저씨에게 문자를 보냈다.

[전 근처에서 산책 좀 하다가 들어가겠습니다. 먼저 들어가세요~^^*]

솔직히 그 집은 좀 답답하다. 벌써 들어가고 싶지 않다. 그런 마음으로 그냥 길을 따라 걷고 있는데 문득 건너편에 포장마차가 하나 보였다. 저 파란 천막을 보니 한동안 잊고 있었던 술 생각이 났다.

'딱 한 잔만 할까? 아니야. 그러다 오빠들이나 락이한테 걸리면?'

신가네 형제들 생각에 잠시 망설여졌지만, 그래도 이 우울한 기분을 떨쳐내기엔 알코올만 한 게 없다. 그리고 집에는 술 깨고 들어가면 문제없을 것이다.

결국 나는 그 매혹적인 포장마차를 향해 씩씩한 걸음을 옮겼다.

"이모, 여기 소주 한 병이랑 닭발 좀 주세요."

누가 뭐래도 소주에는 닭발이지.

주문을 마친 나는 플라스틱 의자에 털썩 앉았다. 그 순간 문득 내가 지금 신애 코스프레를 하는 중인 걸 잊고 있단 생각이 들었다. 길고 나풀거리는 치마만 입었지, 이건 너무 한라현 그 자체였다.

'인간적으로 나 지금 너무 신애 같지 않잖아? 소주에 닭발이라니. 신애는 분명 와인에 치즈를 먹을 텐데.'

그런데 그런 고민도 잠시, 아주머니가 소주를 가져다주자마자 나는 빠른 손놀림으로 소주 뚜껑을 열었다. 그리고 바로 잔에 따라 마셨다.

"캬!"

어머, 웬일이야. 오늘은 술이 참 다네. 술인지 꿀물인지 헷갈릴 정도야. 게다가 닭발 역시 맛있었다.

술 한 잔에 기분이 좋아진 나는 닭발을 입에 문 채 휴대폰을 찾았다. 이럴 때 생각나는 건 역시 가족밖에 없다.

신호음이 울리고 얼마 안 있어 우리 량현 오빠의 목소리가 들려왔다. 그래서 나는 빠르게 물었다.

"어디야? 또 PC방이야?"

-아니야. 집이야. 공부하고 있어.

하지만 나는 그 말을 그대로 믿을 정도로 순진한 여자가 아니다. 또한 귀도 엄청 밝다.

"마우스 달그락거리는 소리 나는구만, 어디서 거짓말이야?"

—……너 술 마셨냐?

내 어투가 어딘가 이상했던지 량현 오빠가 예리하게 물어왔다. 하여튼 눈치 하난 빠르다. 속으로 뜨끔했지만 일단 부인을 해보았다.

"아니?"

—거짓말 마라. 술 냄새 난다, 너.

전화기상으로 무슨 술 냄새가 난다고, 치잇. 하지만 더 이상의 거짓말은 의미가 없을 것 같아서 나는 솔직하게 말했다.

"암튼 개코야. 답답해서 술 한잔하고 있어."

—진짜? 야, 너 그러다가 그 집에 돌아가서 실수하면 어쩌려고?

이 오빠 머릿속에는 온통 내가 그 집에서 실수할까, 들킬까 그 걱정뿐인가? 순간 섭섭한 마음이 휘몰아쳤다.

"지금 그게 문제야? 내가 답답하다잖아! 오빠, 솔직하게 말해 봐. 신애한테 얼마 받았어? 얼마 받고 이래, 대체?"

결국 화를 못 참고 내가 버럭 소리를 지르자 포장마차 안 사람들의 시선이 내게로 쏠렸다. 그래서 죄송하다는 의미로 고개를 꾸벅꾸벅 숙이고 있는데 전화기를 타고 오빠의 목소리가 들려왔다.

—동생한테 무슨 돈을 받아? 너 그런 소리 할 거면 전화 끊어. 나 바빠.

"PC방에 있는 한량 주제에 뭐가 바빠?"

—너 때문에 내 캐릭이 죽고 있어, 인마. 당장 끊어.

"치잇……."

이걸 오빠라고, 의지하려고 전화한 내가 바보지.

―…….

"……?"

그러나 전화는 한참이 지나도 끊어지지 않았다. 그게 이상해서
나는 고개를 갸웃했다.

"……왜 안 끊어?"

그러자 휴대폰 너머로 오빠의 엄청 귀찮다는 뉘앙스의 목소리
가 들려왔다.

―네가 끊어야 끊지.

"허, 언제부터 그랬다고?"

―원래 그랬거든? 난 단 한 번도 네 전화를 먼저 끊은 적이 없
어, 인마.

아아. 그랬나……?

이거 뭐지. 살짝 감동인데.

아까 전의 김성식 씨의 전화 매너와 너무 비교가 되는 량현 오
빠의 말에 나는 적잖은 감동을 느꼈다. 그래서 감성적이 된 채 그
에게 말했다.

"오빠, 보고 싶어."

그랬더니 들려오는 대답이 가관이다.

―셀카 찍어서 보낼게. 여친한테도 안 보내는 귀한 거다.

"죽인다."

―죽이는 얼짱 각도로 찍어줄게, 이 오빠가.

"끊어, 이 바보야."

결국 내 쪽에서 전화를 끊어버렸다.

그런데 그로부터 5분도 채 지나지 않아서 오빠한테서 정말 셀카 사진이 왔다. 시선을 위로 올려서 눈은 커 보이고 턱은 갸름해 보이는 그 각도로 말이다. 이런 멘트와 함께.

[그만 마시고 들어가, 이 똥강아지 아가씨야.]

피식 웃음을 터뜨린 나는 다시 술잔을 기울여 입안에 달달한 술을 넣었다. 이제 집에 가야지, 가야지 하는 생각은 든다. 그런데 술도 술인데 닭발이 정말 맛있었다. 혼자 먹기엔 너무 아까운 맛이었다. 그래서 나는 거의 다 먹은 닭발 사진을 찍어 량현 오빠에게 보냈다. 이런 멘트와 함께.

[너무 맛있쪄. 같이 드실래용?]

그랬더니 답장이 바로 왔다.

[다 먹어놓고 어디서 자랑질이야? 빨리 집에 안 들어가!]

그러나 나는 오빠의 문자를 무시하고 휴대폰을 주머니에 쏙 넣고 다시 술잔을 기울이고 있는데 얼마 지나지 않아 전화가 울렸다. 주머니 속에서 휴대폰을 꺼내 보니 화면에 얼핏 '오빠'라는 두

글자가 보였다.

답장을 안 했더니 전화를 하네, 이 오빠.

나는 피식 웃으며 통화 버튼을 눌렀다.

"들어간다, 들어가."

전화기에 대고 퉁명스럽게 말했더니 그만큼 퉁명스러운 목소리가 들려왔다.

─어딘데?

"집으로 들어가는 중이야."

나는 이제 정말 집에 들어갈 생각이었기 때문에 자리에서 일어서며 대답했다. 그리고 계산을 마치고 포장마차를 빠져나왔다. 끊지 않은 전화기 너머로 오빠의 목소리가 계속 들려왔다.

─그러니까 그 위치가 정확히 어딘데?

"그건 왜 물어?"

─대답이나 해. 어디야?

어……? 설마 이 오빠가 나 취했으니까 데리러 오려는 건가? 오늘 우리 오빠가 왜 이리 감동을 주시나.

그래서 나는 언덕을 오르던 걸음을 멈추고 눈앞에 보이는 것을 말하기 시작했다.

"전봇대가 보여. 못생긴 개 찾는 찌라시가 붙어 있고, 그 옆엔 껌딱지가 붙어 있어."

─……저기, 세상을 좀 더 크게 봐줄래? 주변에 큰 건물은 없어?

오빠의 질문에 나는 다시 걸음을 떼며 정면을 보았다.

"큰 건물 대신 큰 사람이 보여. 머리에 쓴 모자가 굉장히 작아 보이는 남자야. 몸무게는 대략 100키로는 넘어 보이고……."

–전봇대 말고, 사람 말고. 위치를 알 수 있게 말해줘야지.

"몰라. 난 그냥 언덕을 오를 뿐."

대답을 하면서 걷던 나는 취기가 올라오는 듯해서 고개를 하늘로 쳐들었다. 그런데 그 순간 어지럼증을 느꼈고 도저히 걸을 수 없을 것 같아서 바닥에 쪼그려 앉았다. 그때 다시 오빠의 목소리가 들려왔다.

–언덕? 대충 어딘지 알겠다. 넌 그냥 거기 서 있어. 내가 데리러 갈게.

"으음? 정말? 웬일이야? 근데 또 추리닝 입고 올……."

뚝!

전화가 끊어졌다. 순간 황당해서 헛웃음이 터졌다. 이건 아까 했던 말과 너무 다르지 않은가!

"이 인간이……!"

자기는 절대 내 전화를 먼저 끊지 않는다고 했으면서 끊었어……!

헛.

그런데 노려본 휴대폰 화면의 발신자가 '한량 오빠'가 아니다. 내가 저지른 엄청난 실수에 바들바들 떨면서 나는 그 발신자를 다시 읽어보았다.

"노…… 오…… 빠……?"

이런. 어떡하지? 아니, 도대체 왜 '오빠'란 단어만 읽은 걸까, 내 눈은!

이 모든 건 다 술 때문이다. 술은 언제나 사람의 판단력을 흐리게 만들어서 실수를 조장하고……!

"신애."

갑작스럽게 들린 목소리에 나는 쪼그려 앉은 채 굳어졌다. 참 빨리도 왔다. 도망갈 시간조차 주지 않고 왔어.

"쪼그리고 앉아 있어서 지나칠 뻔했잖아."

내 앞으로 낯선 까만 구두가 와서 멈춰 섰지만, 나는 차마 고개를 들 수가 없었다. 얼굴이 화끈거린다. 그때 신노 오빠의 낮은 목소리가 다시 들려왔다.

"산책을 왜 이리 멀리까지 왔어?"

그는 분명 김 기사 아저씨한테서 내가 산책 갔다는 얘길 들은 것이다. 그런데 산책 간다고 해놓고 술을 마신 신애를 뭐라고 생각할까. 난감하다.

"술 마셨지? 아까 전화할 때 눈치챘어. 안 하던 반말을 하니까 이상해서."

"죄송합니다."

결국 나는 연신 고개를 조아리며 자리에서 일어섰다. 그리고 벌게졌을 얼굴을 손으로 감싸고 있는데 신노 오빠가 갑자기 내게 자신의 등을 보였다.

"업힐래?"

그가 날 업으면 내가 신애가 아니란 사실을 눈치챌지도 모른다. 난 걔보다 확실히 무거울 테니까.

"아닙니다. 괜찮습니다."

그래서 거절했다. 그러나 신노 오빠는 등을 치우지 않고 계속 말했다.

"너 미국 갔다 와서 살찐 거 알아. 걱정하지 말고 업혀."

헛. 이리도 내 마음을 정확하게 알아주시니 눈물이 날 뻔……
하긴 뭘 해! 전부터 느낀 거지만 이 인간은 참 냉정하다.

솔직히 조금 어지럽기도 했고, 신노 오빠가 무거운 거 안다고
도 했으니 그냥 맘 편하게 업히기로 했다. 그런데 그의 등에 업히
는 순간 강한 향수 냄새가 코를 찔러왔다.

"윽……! 향수 냄새, 지독하네요."

"……홀아비 냄새보단 낫잖아."

역시, 아직 마음에 담아두고 있었구나. 이 오빠 쿨하게 생겨서
는 보기보다 소심하네. A형인가.

그나저나 이 오빠, 등짝 되게 넓고 단단하다. 우리 오빠는 말라
가지고 등에 업히면 좀 아픈데. 이 오빠는 운동했나 봐. 우리 오빠
랑 달리 널찍하네. 우리 오빠랑 달리, 두근두근하네.

신노 오빠에게 업혀 한참을 가고 있는데 문득 아까 김성식 씨
에게 당한 일이 떠올랐다. 그래서 나는 그의 귀에 대고 투정부리
듯 말했다.

"있잖아요, 그 김성식 씨, 매너가 되게 없더라고요."

"매너가 없어?"

"네. 아까 전화가 왔었는데요, 전 별말도 안 했는데, 그 사람
은 막 자기 할 말만 하고 끊더라고요. 30초, 아니 20초도 통화 안
했을걸요?"

"바빠서 그랬던 거 아니야?"

신노 오빠의 무심한 말에 나는 입을 삐죽거렸다.

같은 종족이라고 편드나? 둘이 은근히 같은 종족의 느낌이 나던데. 워커홀릭에다 냉소남 느낌이 물씬.

"국내 건설기업 중에서도 다섯 손가락 안에 드는 우대건설의 막내아들이잖아. 야망도 큰 편이라는 소문이고."

"흐음."

"그래도 나쁜 녀석은 아니래. 여자 소문도 없고."

근데 이렇게 널찍한 등에 업혀 있으니 잠이 솔솔 온다. 게다가 신노 오빠의 목소리는 중저음이라 계속 듣고 있으면 졸리다. 하품이 난다. 눈이 감긴다. ⋯⋯그렇게 나는 까무룩 잠이 들고 말았다.

"어⋯⋯?"

내가 눈을 뜬 건 오빠가 나를 침대 위에 눕히고 있는 순간이었다. 가까이 있는 오빠에게서 담배 냄새는 전혀 나지 않았다. 그래서 나는 기분이 좋아졌다.

"오빠, 우리 오빠, 담배 끊으니 얼마나 좋아."

내가 웅얼거리는 소리를 들은 오빠는 피식 웃음을 터뜨렸다.

"네가 홀아비 냄새 난다고 해서 끊은 거잖아."

그랬나⋯⋯? 그냥 담배 살 돈 아까워서 끊은 거 아닌가.

눈을 반쯤 감은 채 나는 오빠를 향해 장난스럽게 물었다.

"오늘은 머리 감았어?"

"'오늘은'이라니? 매일매일 감아, 나."

"거짓말. 어디서 나를 속여."

확인차 나는 두 팔을 뻗어 오빠의 얼굴을 잡고 머리 냄새를 맡아보았다. 그런데 거짓말이 아니었던 모양이다. 정말 오빠의 머리카락에선 라벤더 샴푸 향이 났다.

"어? 진짜 좋은 냄새 나네?"

신기해서 웃었더니 오빠가 두 손으로 내 팔목을 잡으면서 고개를 들었다.

"야, 너, 그래도 그렇지, 오빠 정수리 냄새를 그렇게 맡으면⋯⋯."

"헉!"

오빠가 고개를 들었고 그 순간 나는 정면으로 오빠와 눈이 마주쳤다. 침대 옆 스탠드 등만을 의지한 어슴푸레한 시야 속으로 오빠의 굉장히 반듯한 생김새가 들어왔다. 내가 아는 얼굴과 많이 다른.

"뭐야, 우리 오빠 아니잖아. 너무 잘생겼어!"

우리 오빠는 이렇게 턱이 날렵하지도 이렇게 코가 높지도 않단 말이다.

"뭐?"

"저리 가요!"

당황한 나는 남자를 밀어내기 시작했다. 그리고 남자에게 잡혀 있던 팔을 거칠게 빼낸 다음 그에게 버럭 소리쳤다.

"우리 오빠, 어디 있어요?"

"내가 네 오빠잖아."

"아니, 당신같이 잘생긴 오빠 말고 내 오빠, 우리 오빠요, 못 났어도 내 전화 먼저 안 끊는 우리 한량 오빠……!"

그 순간 갑자기 소름이 끼쳤다. 왠지 지금 이 순간 그 이름을 말하면 안 될 것 같다는 생각이 든 것이다.

"한량 오빠? 그게 누군데?"

헉.

이제야 술이 확 깼다. 중간에 잠이 든 게 화근이었다. 잠결에 현실을 혼동하고 만 것이다. 곧 잘생긴 오빠의 목소리가 다시 들려왔다.

"신애."

맞다. 난 지금 한라현이 아니다. 신애다, 신애.

신노 오빠의 살벌한 눈빛에 나는 숨 쉬는 것조차 잊고 말았다. 이런 실수를 저지르다니. 다행히 오빠의 실명을 말하진 않았지만, 이건 분명 엄청난 실수다.

"……."

"……."

침묵이 무섭다. 그래서 애꿎은 입술만 잘근잘근 씹고 있는데 신노 오빠가 긴 침묵을 깨고 내게 말했다.

"사람 시켜서 조사 들어가기 전에 네 입으로 직접 말하는 게 좋을걸?"

조사 들어간다고?

그럼 내 정체가 들통 나는 거 아닌가?

그렇게 되면 신애는 당장 붙잡혀올 테고, 그럼 그녀의 자유는 끝이 난다. 일주일도 안 지났는데 말이다.

"그러니까 어서 말해. 한량 오빠가 누구야?"

관자놀이에 땀이 송골송골 맺히는 느낌이 들었다. 이 위기를 어떻게 극복하지? 그래서 나는 정말 급하게 둘러댔다.

"저의, 그러니까, 제가, 숨겨둔…… 남자 친구요!"

내 빌어먹을 순발력이 빛을 발하는 순간이었다.

004

"숨겨둔 남자 친구?"

내가 지금 대체 무슨 소릴 한 거지?

뭣이 어쩌고 어째?

남자 친구?

누가? 한량현이?

아무리 다급했기로서니 오빠를 남자 친구라고 말해버리다니!

나는 내 기가 막힌 순발력에 손끝을 바들바들 떨어야 했다. 신
노 오빠의 더 날카로워진 눈빛이 나를 옭아맸다. 술은 이미 깬 지
오래지만 다시 정신줄을 놓고만 싶다.

"너 연애했었어?"

신노 오빠는 이보다 황당한 얘긴 들은 적 없다는 듯한 표정을

지었다. 내가 어쩔 줄 몰라 입술만 달싹거리는 사이 그는 이맛살을 찌푸리면서 크게 한숨을 내쉬었다.

"후우…… 그랬구나."

이렇게 중얼거리며 쓴웃음을 짓던 그가 갑자기 생각에 잠긴 것처럼 눈빛을 달리하더니 다시 내게로 시선을 보냈다.

"너, 미국 가기 전부터 그놈 만난 거지?"

"네?"

생뚱맞은 그의 질문에 나는 순간 멍해졌다. 왜 저런 걸 묻지?

"솔직히 너 미국 가기 전부터 이상했잖아. 잘 안 마시던 술을 마시고, 클럽엘 가고. 그놈도 그 클럽에서 만난 거지? 그렇지?"

전에 신락도 이런 비슷한 말을 했었다. 신애가 미국 가기 전부터 이상했다고. 아무래도 미국에 가기 전에 신애에게 무슨 일이 있었던 것 같다. 아니, 있었던 게 분명하다. 다음에 신애를 만나면 그에 대해 꼭 물어봐야겠다고 다짐하는 내게로 다시 신노 오빠의 차가운 목소리가 들려왔다.

"그리고 미국도 그놈이랑 같이 간 거지?"

이 얼토당토않은 질문에 나는 정말 억울해서 표정을 구겼다. 그리고 목소리를 조금 높여 반박했다.

"아니에요. 그 사람은 비행기 타본 적도 없어요. 비행기 탈 때 신발 벗는 줄 아는 사람이라고요!"

진짜다. 우리 오빠도 나처럼 외국에 나가본 적이 없단 말이다. 그래서 우리끼리 농담 반 진담 반으로 비행기 탈 때 신발 벗는 거냐고, 그럼 슬리퍼는 따로 주는 거냐고 이야기를 나눠본 적이 있단 말이다.

내 말에 신노 오빠의 표정이 더욱 일그러졌다.

"너, 그런 무식한 자식이랑 사귀는 거야?"

그래서 난 또 발끈하고 말았다. 내가 우리 오빠 까는 건 괜찮아도 남이 까는 건 싫단 말이다.

"무식하지 않아요! 의대생이란 말이에요!"

"뭐?"

그 순간 나는 멍청이스러운 나 때문에 또 소름이 끼쳤다.

그래. 다 말해라, 다 말해, 한라현. 왜, 이참에 아예 네가 신애 쌍둥이 언니인 것까지 말해버리지그래?

괜한 말을 해서 상대에게 정보를 더 줘버린 나는 그대로 굳어져 아무 말도 하지 못했다. 다음 순간 자리에서 몸을 일으킨 신노 오빠가 팔짱을 끼며 낮은 목소리로 말했다.

"의대생이고 뭐고, 당장 헤어져."

"……"

"이름도 한량이 뭐야, 한량이."

굳어진 내가 아무 말도 안 하고 있자 신노 오빠는 반항의 의미로 받아들였는지 눈썹을 구겼다.

"아님, 이 오빠가 그놈 만날까? 오빠가 직접 만나서 해결해?"

"……!"

그제야 정신을 퍼뜩 차린 나는 불안한 눈빛으로 신노 오빠를 쳐다보았다. 그리고 걱정을 담아 물었다.

"만나서 어쩌려고요? 그 사람한테 돈 주려고요?"

"필요하다면 줘야겠지."

그래서 나는 경악했다.

"안 돼요! 그 사람은 받고도 남을 사람이란 말이에요."

"뭐? 넌 그런 불한당 같은 놈이란 걸 알고도 만나는 거야?"

신노 오빠는 불같이 화를 냈지만, 솔직히 량현 오빠라면 주는 돈을 그대로 다 받을 것 같단 말이다. 그래서 그것만은 말리고 싶었다.

"아니, 그게 아니라, 사정이 있어요. 그 사람이 좀 가난하거든요."

"그래서 너같이 순진한 아일 꼬여낸 거구만."

"아니, 꼭 그런 건 아니고요."

"대학등록금 빌려달라는 부탁 같은 건 안 했어?"

"그런 거 부탁하는 사람은 아니에요."

내 말은 단지 주는 돈을 받긴 해도 달라고 부탁하는 뻔뻔한 사람은 아니란 의미였다.

"너 지금 그놈 두둔하는 거야?"

그런데 또 신노 오빠의 눈썹이 거칠게 구겨졌다. 나를 노려보는 그를 향해 나는 펄쩍 뛰었다.

"아니, 그런 게 아니라……! 알았어요. 헤어질게요."

"정말?"

"오래 만난 사이도 아니고, 별로 좋아하지도 않았어요."

안심하라는 뜻으로 덧붙였더니 그제야 신노 오빠는 믿겠다며 고개를 끄덕였다. 그 모습을 보면서 나는 낮게 한숨을 내쉬었다.

이제 모든 상황은 수습된 건가 하며 안심하고 있는데, 그가 다시 표정을 굳히며 나를 지그시 쳐다보았다. 그래서 지레 겁을 먹은 내가 물었다.

"왜요? 또 뭐요?"

"너, 나한테 숨기는 거 또 있지?"

"네?"

"솔직히 말해봐."

저 확고한 어투와 표정, 매서운 눈빛에 나는 미세하게 떨리는 두 주먹을 꽉 쥐었다. 이럴 때일수록 더 당당해야 하는데 목소리마저 떨린다.

"어, 없는데요?"

"있잖아. 빨리 말해."

내 방, 아니 신애 방 한가운데에 우두커니 선 그가 나를 무섭게 내려다보았다.

정말 왜 저러지? 설마…… 내가, 신애가 아닌 게 들킨 건가?

두근두근 심장이 거칠게 뛰었다. 그래서 그런지 입술도 마르는 것 같았다. 혀를 내밀어 마른 입술을 축이고 있는 사이 그의 목소리가 이어졌다.

"내 입으로 말하기 전에 직접 고백하라고."

이를 어쩌지? 난 이제 어떻게 해야 하지? 사실대로 말하고 목숨만 살려달라 빌까? 고민하고 있는데 그의 낮은 목소리가 다시 들려왔다.

"너…… 얼굴에 뭐 했지?"

"네?"

그거야? 그거였어?

하긴, 내가 아무리 신애랑 닮았어도 뭔가 좀 다르긴 하겠지. 사람 자체가 다르니까.

"얼굴이 전이랑 좀 다르잖아. 뭔가 좀……."

이렇게 된 이상 변명은 그거 하나밖에 없다.

"그래요!"

나는 관자놀이를 긁적이며 고민하는 표정이 역력한 신노 오빠를 향해 당당하게 소리쳤다.

"주사 맞았어요!"

순간 그의 눈이 커져서 그의 까만 동공이 아주 잘 보였다. 그 놀란 눈빛에 수줍어진 나는 두 손으로 얼굴을 감싸며 시선을 바닥으로 내렸다.

"부끄럽네요."

그리고 잠시 후 나는 얼굴에서 손을 뗀 다음 검지로 볼과 입 근처를 꾹꾹 찌르며 말했다.

"어려 보이려고 여기랑 여기 맞았어요. 제가 괜한 짓을 한 걸까요?"

"아…… 아니야. 맞은 게 더 귀여워."

헛. 그런데 저런 말은 위험하다. 본래의 나를, 한라현을 칭찬하는 것만 같아서 부끄럽단 말이다.

부끄러워서 신노 오빠의 얼굴을 제대로 못 올려다보겠다. 그래서 나는 수줍게 웃으며 다시 침대에 조심스럽게 누웠다.

"저, 이제 자도 돼요?"

설레어서 그러는데, 내 동생 오빠한테 겁나 설레어서 그러는데, 나 그냥 꿈나라로 도망치면 안 될까요?

"그래. 늦었다. 자."

그러자 곧바로 이런 낮은 목소리가 부드럽게 들리더니 신노 오빠가 허리를 숙여 내 몸 위로 이불을 덮어주었다.

두근두근. 내 심장 소리가 더 커졌다.

이러면 안 돼, 심장아. 평정심을 좀 찾아.

아무래도 이 집에 오래 있으면 안 될 것 같은 예감이 든다. 이이상의 설렘은 좀 위험한 것 같다.

그런데 내게 이불을 덮어준 신노 오빠가 두 눈을 돌려 침대 위를 훑어보기 시작했다. 나는 의아해하며 물었다.

"뭐 찾아요?"

"네 휴대폰."

"네? 왜요?"

내가 놀라는 사이 구석에서 휴대폰을 찾아낸 신노 오빠가 그것의 화면을 켜더니 아주 쉽게 잠금장치를 풀어버렸다. 그가 신애의 휴대폰 잠금장치 패턴까지 알고 있다는 사실에 나는 적잖은 충격을 받으며 말했다.

"오빠, 이거 사생활침해예요."

"새삼스럽게 왜 그래? 처음 있는 일도 아닌데."

처음 있는 일도 아니라고?

시크한 그의 반응에 나는 두 눈을 크게 뜨고 말았다.

이게 신애가 과보호라 포장한 오빠들의 실체란 말인가?

이 집은 도대체 어떻게 생겨먹은 집이지?

내가 혼란스러움을 느끼며 괴로워하고 있는 사이 신노 오빠는 침대 끄트머리에 앉으며 말을 시작했다.

"넌 곧 결혼할 예비 신부야. 옛 남자 친구 같은 건 확실히 정리를 해야지. 이 사실이 희 형이나 부모님께 알려져봐. 일이 더 커지고 복잡해질 거야. 그러면 넌 더 큰 상처를 받게 될 거고."

진지한 그의 음성에 나는 마른침을 꿀꺽 삼켰다. 일이 커지는 건 나도 바라지 않는 바였다. 긴장한 내 얼굴을 지그시 쳐다보면서 그가 말을 이었다.

"이건 다 널 위해서야."

"……네."

내 대답을 들은 그가 휴대폰으로 시선을 내렸다. 그리고 그것을 무심한 표정으로 만지면서 말했다.

"이 휴대폰은 오빠가 알아서 처리할……."

신애의 휴대폰을 만지던 그가 갑자기 말을 멈추고 분노를 터뜨렸다.

"뭐 이런 자식이 다 있어!"

"왜, 왜요?"

나는 화들짝 놀라 신노 오빠의 옆으로 다가갔다. 그리고 그가 보고 있는 휴대폰 화면을 쳐다보았다. 그 화면에는 량현 오빠의 셀카 사진과 이런 문자가 있었다.

[그만 마시고 들어가, 이 똥강아지 아가씨야.]

그리고 그다음엔 내가 먹은 닭발 사진과 내 문자가 보였다.

[너무 맛있쪄. 같이 드실래용?]
[다 먹어놓고 어디서 자랑질이야? 빨리 집에 안 들어가!]

아까 술 마시고 량현 오빠와 주고받은 것들이었다.

"너, 이런 대접을 받으면서도 좋다고 사귀고 있었어?"

오해할 만하다. 문자만 보면 착하고 애교 많은 여자 친구를 막 대하는 거친 남자 친구로 보일 것이다. 충분히 그럴 것이다. 그래서 나는 불쌍한 여자 친구처럼 보이도록 씁쓸하게 웃으며 말했다.

"이제 헤어질 거니까 괜찮아요."

"나 참."

한숨을 푹 내쉰 신노 오빠는 자리에서 일어서면서 신애의 휴대폰을 자신의 주머니에 쏙 넣었다.

"이 휴대폰은 압수다. 오빠가 새로 하나 사줄게. 번호 바꿔서."

고작 남자 친구 하나 사귄 걸로 휴대폰까지 빼앗다니. 분명히 정상은 아닌 것 같았다.

"그리고, 앞으로 일주일간 외출금지야."

거기다가 외출금지까지. 당황해서 입술만 달싹이던 나는 갑자기 생각난 것을 그에게 전했다.

"아, 그런데 주말에 김성식 씨 만나기로 했는데……."

"그건 내가 일주일 미뤄둘게."

뭐든 이런 식인가? 신애는 참 답답했겠다.

그래서 신애는 그토록 힘들어했던 걸까?

아니면 뭔가 다른 이유가 있었던 걸까……?

휴대폰을 뺏겨서 오빠한테 연락을 못 한 지 이틀이 지났다. 이틀째 나랑 연락이 안 되고 있으니 우리 오빠 속이 말이 아닐 것이다. 나는 오빠에게 전화를 걸어 자초지종을 설명하고 당분간 연락할 수 없음을 알려주고 싶었다. 무슨 방법이 없을까 한참을 고민 끝에 묘안이 떠올랐다.

"저기."

나는 아주 낮은 목소리로 2층으로 올라가는 계단을 청소 중인 메이드 여자아이를 불렀다. 그녀가 내게로 다가와 고개를 꾸벅 숙였다.

"부르셨어요, 아가씨?"

나는 그녀의 손을 잡고 내 방 안으로 데리고 들어왔다. 갑작스런 내 행동에 놀란 눈을 하는 그녀에게 나는 조심스럽게 물었다.

"혹시 지금 휴대폰 가지고 있어요?"

그러자 여자아이는 고개를 좌우로 저었다.

"아뇨, 일하는 중에는 방에 두고 다녀요."

"그럼, 지금 저한테 가져다줄 수 있어요? 딱 전화 한 통만 쓸게요."

메이드 여자아이는 조금 불안해 보이는 눈빛을 하더니 이내 고개를 끄덕였다.

"네, 그럼 다녀올게요."

그녀가 자신의 휴대폰을 가지러 내 방을 나간 사이 나는 초조한 발걸음으로 방 안을 서성거렸다.

똑똑.

잠시 후 노크 소리가 나자 나는 반가운 마음에 재빨리 방문을 열었다.

"……!"

그런데 그곳엔 메이드복을 입은 여자아이가 아니라 깔끔한 정장 차림의 신노 오빠가 서 있었다.

"오, 오빠, 언제 퇴근했어요? 오늘은 일찍 퇴근했네요?"

내가 횡설수설 인사말을 건네자 신노 오빠는 나를 내려다보며 두 팔에 팔짱을 척 꼈다. 그런 그의 어깨 너머로 슬쩍 시선을 보내 봤지만 메이드 여자아이는 보이지 않았다.

"누구 찾아?"

갑작스런 신노 오빠의 물음에 나는 뜨끔해서 고개를 마구 저었다.

"아뇨? 아닌데요?"

"그래? 휴대폰 가지러 간 메이드 찾는 거 아니라고?"

"……!"

순간 내 두 눈이 커졌다.

그걸 이 남자가 어떻게 알지?

그때 신노 오빠가 다시 나지막하게 말했다.

"솔직히 말해. 휴대폰 왜 빌리려고 했어?"

나는 당황해서 아무 말도 하지 못했다. 그러자 내 앞의 그가 나를 노려보며 입을 열었다.

"휴대폰 들고 네 방으로 가는 메이드 잡아서 얘기 다 들었으니까 사실대로 말하기나 해."

그의 강압적인 태도가 마음에 들지는 않았으나 메이드 여자아이한테서 다 들은 모양이니까 그냥 사실대로 말하기로 했다.

"한량 오빠한테 전화하려고 했어요."

"왜?"

그의 살벌한 눈빛에 겁을 먹고 마른침을 꿀꺽 삼킨 나는 그럴싸한 변명을 찾아 늘어놓았다.

"생각해보니까 갑자기 휴대폰을 뺏겨서 헤어지잔 얘길 못 했잖아요. 이렇게 되면 이별 선언 방식 중 최악이라고 하는 잠수이별이 되는 건데요. 그건 정말 싫어서요."

"잠수이별이 뭐야?"

정말 궁금해하는 표정의 신노 오빠에게 나는 간단하게 설명을 했다.

"그냥 아무 말 없이 연락 끊고 잠수 타버리는 걸로 이별 선언 하는 거예요."

"그게 최악이야?"

이 남자 연애 안 해봤나? 무슨 그런 당연한 걸 물어?

"물론이죠. 그건 정말이지, 예의 없고 비겁하고 배신감 쩔고.

암튼 최악이죠."

"그럼 그걸로 하자."

"네?"

"그놈이랑 잠수이별 하라고."

너무도 당당하게 명령하는 그에게로 내 날카로워진 두 눈이 향했다. 하도 어이가 없어서 헛웃음도 안 나왔다.

"오빠, 연애 안 해봤죠? 잠수 타서 이별하는 건 정말 슬프고 짜증나는 거예요."

"그래서 싫다고?"

"네."

내가 그건 싫다고 거부하자 신노 오빠의 표정이 굳어졌다.

잠시 우리는 그렇게 말없이 서로를 노려보며 서 있었다. 하지만 얼마 지나지 않아 신노 오빠 쪽에서 체념한 듯한 목소리를 보내왔다.

"좋아, 알았어. 그럼 연락해."

"정말이요? 정말이죠?"

나는 순간 신노 오빠를 이겼단 생각에 무척 기뻤다. 하지만 신노 오빠는 역시 신노 오빠였다.

"대신, 희 형 휴대폰을 빌려서 연락해."

그 말에 나는 멈칫했다.

"네? 그럼, 희 오빠도 내 남친 존재에 대해서 알게 되는 거 아닌가요?"

"그렇지."

"그럼, 일이 더 커지는 거 아니에요?"

"그렇지."

"그걸 노리는 거예요?"

"그렇지."

와, 이 나쁜 놈. 하마터면 욕이 튀어나올 뻔했다.

"알았어요! 안 해요! 그냥 잠수 탈게요."

결국 나는 그의 명령을 받아들일 수밖에 없었다.

늦은 저녁, 메이드 아주머니가 내 방문을 두드렸다. 그리고 놀라운 소식을 전해주었다.

"네? 누가 와요?"

난 지금 이 순간 내 귀를 의심했다. 지금 집 앞에 내 손님이 찾아왔다고 하는데, 그 이름이 굉장히 익숙하면서도 생소한 이름이었던 것이다.

"이한량 씨라고 하셨습니다."

메이드 아주머니의 대답에 나는 입술을 잘근 깨물었다.

이한량. 내가 아는 '한량'이라고는 단 한 사람뿐이다.

'이 인간이 위험하게 여기까지 왜 찾아온 거야?'

하긴, 휴대폰을 뺏기고 외출 금지를 받은 지 오늘로써 나흘째였다. 갑자기 나하고 연락이 끊겼으니 오빠도 상당히 답답했을 것이다. 그래도 오빠라고, 내가 걱정이 돼서 여기까지 찾아온 모양이다.

하지만 지금은 고마움보다 곤란함이 더 컸다.

난 지금 일주일간 외출 금지에다가 휴대폰까지 뺏기고, 신노 오빠의 엄격한 감시까지 받는 상황이란 말이다. 아직까진 얌전히 있는 게 좋은데, 분명.

한 3일 후면 새 휴대폰을 받을 수 있는데, 그때까지만 좀 참지.

괜한 투정을 부리면서 나는 정원을 지나 대문으로 걸어갔다. 그리고 문을 열자 오늘도 빨간 추리닝을 입은 량현 오빠가 보였다. 나를 발견한 오빠가 반갑다는 듯 긴 팔을 붕붕 흔들었다.

"여긴 웬일이야?"

해가 져서 어둑어둑한 주변을 두리번두리번 경계하면서 량현 오빠에게 물었다.

오빠들이나 신락이 오면 안 되는데. 이런 생각에 초조해하고 있는 나와 달리 내 앞에 선 오빠는 아주 태평한 얼굴이었다.

"있잖아, 내가 내 실명을 말하면 나중에 문제가 될까 봐 이한량이라고 했어. 나 센스 쩔지 않냐?"

"그래, 참 센스 쩐다. 여기까지 오는데 추리닝 차림으로 오고."

내가 비아냥거리자 오빠는 서운하다는 표정을 지었다.

"마음이 급해서 달려와서 그렇지. 네가 오늘까지 나흘째 전화를 안 받으니까. 문자는 누가 보기라도 할까 봐 못 보내겠고. 근데 넌 계속 연락이 안 되고! 내가 얼마나 답답했는 줄 알아?"

억울하다는 듯 자신의 말을 마구 쏟아내는 량현 오빠를 힐끔 보고 다시 골목길을 힐끔 보았다. 오빠들 퇴근할 시간이 다 된 것 같은데. 이런 생각이 들자 마음이 급해졌다.

"알았으니까 그만 가."

"뭘 알아? 너 왜 그래, 정말? 아까부터 왜 그렇게 차갑게 굴어?"

량현 오빠는 정말 섭섭하다는 얼굴을 했다. 하지만 지금 상황을 설명하기에는 시간이 너무 없다. 나중에 새 휴대폰을 받으면 그때 자세히 설명하는 게 낫다. 그런데 량현 오빠의 서운함은 생각보다 커 보였다.

"부잣집 딸내미 대신으로 들어가더니, 변했다, 너?"

"그런 거 아니야. 아니니까 그만 돌아가라고."

"네가 어떻게 나한테 이럴 수가 있어?"

"괜한 오해 하지 말고, 제발 가라면 그냥 가. 더 험한 꼴 당하기 전에!"

"한라현, 너 정말 왜 이래?"

그때였다. 골목길 끝에서 빛을 내뿜으며 차 한 대가 들어오더니 우리 집 앞에서 딱 멈춰 섰다. 이내 그 차에서 낯설지 않은 키 큰 남자가 내렸다.

"신애?"

차에서 내린 신노 오빠가 굳은 얼굴로 나와 량현 오빠를 쳐다보았다. 그래서 나는 급하게 량현 오빠의 어깨를 밀쳐냈다. 그리고 소리쳤다.

"내, 내가 헤어지자고 했잖아!"

"뭐?"

순간 량현 오빠의 표정이 멍해졌다. 그렇지만 나는 정말 급했다. 신노 오빠가 우리를 향해 다가오고 있었던 것이다.

"내 말 못 알아들어? 헤어지자고 몇 번이나 말해?"

어리둥절해하는 량현 오빠에게 나는 쐐기를 박듯이 더욱 크게 소리쳤다.

"이제 그만 만나자고, 이한량!"

005

"이제 그만 만나자고, 이한량!"

"……."

신노 오빠가 우리들에게 가까이 다가오고 있는 이 급박한 상황에 량현 오빠는 쌍꺼풀 없이 큰 눈을 계속 깜박이고만 있었다.

"나한테 그만 좀 질척대, 이한량!"

내가 한 번 더 소리치자 그제야 량현 오빠의 입술이 열렸다.

"너 지금 뭐라고……? 질척대……?"

오빠는 적잖은 충격을 받은 듯 두 눈을 질끈 감았다. 그의 꾹 다문 입술 끝이 바르르 떨리는 게 보였다.

제발 눈치 좀 채고 나 좀 도와줘. 내가 오빨 왜 '이한량'이라고 부르겠어?

초조해하고 있던 그때 오빠가 눈을 뜨고 입을 열었다.

"너 갑자기 왜 이래, 신애야? 그만 만나자니……? 누구 맘대로?"

량현 오빠가 드디어 나를 '신애'라고 불렀다. 그런데 오빠의 진지한 음성과 눈빛에 나는 순간 긴장하고 말았다. 생각보다 연기를 너무 잘했던 것이다. 국민배우도 울고 갈 명연기였다.

"너, 지금 나 버리는 거야? 네가 어떻게 나한테 이래?"

마치 비련의 여주인공처럼 량현 오빠는 두 손으로 얼굴을 가리며 괴로워했다.

"내가 널 얼마나 좋아하는데!"

그래서 나는 차갑게 말했다.

"이제 그만해."

"아니! 그만 못 해! 이렇게 사랑하는데 어떻게 사랑을 그만하라고 할 수가 있니?"

찌질한 남자 친구의 역할을 훌륭하게 해내주고 있는 량현 오빠 때문에 나는 고마움과 창피함을 동시에 느껴야 했다.

"신애야, 다시 한 번만 생각해줘. 응?"

량현 오빠가 내 팔을 잡고 애걸복걸하는 바람에 나는 정말 진심으로 난감했다.

우리 오빠, 의대는 왜 다니지? 이렇게 연기를 잘하는데.

"이제 그만 나한테서 떨어져, 제발."

내가 오빠의 손을 모질게 쳐내자 그의 표정이 조금 많이 굳어졌다. 화났나 보다. 내 연기가 너무 리얼했나……?

다음 순간 량현 오빠는 어이없다는 듯 헛숨을 터뜨렸다. 그러곤 무서운 표정을 한 채 입을 열었다.

"야, 네가 어떻게 나한테 이럴 수가 있어? 난 진짜 순진하게 공부만 했었는데, 네가 살랑살랑 꼬리 쳤잖아! 매일매일 오빠, 오빠 하면서 졸졸 쫓아다니고, 웃음 실실 흘리면서 날 홀리더니! 이제 와서 날 버려? 네가 어떻게……!"

그때였다. 량현 오빠와 내 사이로 신노 오빠가 들어왔다. 갑자기 내 앞을 막아선 신노 오빠의 등을 멍하니 올려다보고 있는데 곧 그의 목소리가 들려왔다.

"그만 돌아가. 이 이상 내 동생에게 해를 가한다면 나도 더는 참지 않겠어."

신노 오빠의 어깨 너머로 슬쩍 본 량현 오빠의 표정은 정말이지 가관이었다. 어이없고 열 받아 죽겠는데 역할상 아무 말도 못하고 꾹 참아야 하기 때문에 딱 미치겠다는 얼굴이었다. 모르긴 몰라도 아마 속깨나 뒤집어졌을 거다.

불안한 침묵이 이어진 끝에 량현 오빠의 분노를 삭인 듯한 목소리가 나직하게 들려왔다.

"꼭 저만 신애한테 해를 가한 것처럼 말씀하시네요."

나는 순간 당황했다. 아무리 화가 나도 그렇지, 저 오빠가 지금 무슨 소릴 하는 거람? 우리의 연극을, 신애의 부탁을 망칠 셈인가?

"그게 무슨 의미지?"

한층 낮아져 위험하게까지 들리는 신노 오빠의 목소리에 나는 온몸을 굳힌 채 량현 오빠를 쳐다보았다. 제발 더는 이상한 소리 하지 마.

"제 말이 무슨 의미인지는 저보다 형님이 더 잘 아시겠죠."

다음 순간 량현 오빠는 쾌남처럼 씨익 웃고는 신노 오빠에게 고개를 까닥 숙였다. 그리고 나를 힐끗 노려보고는 걸음을 뗐다. 그때 내가 본 량현 오빠의 두 손은 주먹을 꽉 쥔 상태였다.

아무리 열 받았기로서니 저런 위험한 말을 하고 가다니, 남겨진 나는 어떡하라고?

"야, 너 거기 서봐."

그때 신노 오빠가 가는 량현 오빠를 붙잡으려고 움직였기에 나는 얼른 그의 팔뚝을 잡아챘다.

"그만해요, 오빠."

"놔봐. 저 녀석을 붙잡아서 얘길 들어봐야겠어. 내가 너한테 해를 가하다니, 그럴 리가 없잖아!"

량현 오빠의 도발에 신노 오빠는 화가 많이 난 상태였다. 그래서 나는 그를 진정시키기 위해 말했다.

"내가, 가끔, 그, 오빠들이 과보호한다고 투정을 부렸거든요. 그래서 그래요."

"과보호가 나쁜 건 아니잖아! 우린 널 생각해서……!"

"알아요. 이해해요."

내가 고개까지 끄덕이면서 신노 오빠를 이해한다고 말하자 그는 조금 진정된 듯 낮은 한숨을 내쉬었다.

"후우…… 너같이 착한 아이가 이 세상을 살기엔…… 너무도 험악하고 잔인한 일들이 많으니까."

어렸을 때부터 신애는 나랑 달리 너무 착했다. 화를 내는 법을 몰랐고, 누군가 아파하는 걸 가만히 두고 보지 못했다. 거기다 좋은 집에서 공주처럼 가족들의 보호를 받고 자랐으니 그 착한 성격은 더 착해졌을 것이다. 오빠들의 과보호하고 싶은 마음이 아예 이해가 안 되는 건 아니었다.

"이제 저런 놈은 다신 만나지 마. 알았지?"

"네."

내가 대답을 했는데도 신노 오빠는 내 얼굴에서 시선을 떼지 않았다. 잠시 내 얼굴을 지그시 바라보던 그가 다시 물었다.

"너, 괜찮지?"

아무래도 그는 오늘로써 확실히 이별한 나를 걱정하는 것 같았다. 근데 괜찮고 말고 할 게 어디 있나? 다 연극인데.

하지만 그걸 알 리 없는 신노 오빠는 나를 굉장히 안쓰럽다는 듯이 쳐다보았다.

……그렇게 쳐다보지 말아요. 그러면 나 또 연기 들어가야 되잖아요.

나는 이제 막 이별을 한 여인네처럼 표정을 굳히고 시선을 바닥으로 떨구었다. 그리고 여전히 나를 안쓰럽게 보고 있는 신노 오빠에게 손바닥을 내밀어 보였다.

"괜찮아요. 그러니까 이제 내 휴대폰 돌려줘요."

아무리 실연했어도, 실리는 챙길 수 있을 때 챙겨야 한다.

—나 연기 쩔지 않았냐?

신노 오빠가 새로 사준 휴대폰으로 제일 먼저 우리 오빠에게 전화를 걸었다. 오빠는 기다렸다는 듯이 바로 전화를 받더니 내 목소리를 확인하자마자 자신의 연기를 자화자찬했다.

"그래. 난 오빠 아니고 알파치논 줄 알았다."

—이제 자세히 좀 얘기해봐. 대체 무슨 일이 있었던 거야?

"아아, 그게…… 사실은 내가 좀 취해가지고, 우리 오빠 보고 싶다고, 한량 오빠 데려오라고 난리를 좀 쳤거든. 그랬더니 그게 누구냐고 하는 거야. 그래서 내가 순발력 있게 딱! ……내 남자 친구라고 했지."

—허!

역시나 오빠는 굉장히 어이가 없다는 듯 헛웃음을 터뜨렸다.

—그래. 참 순발력 넘친다, 넘쳐! 곤란할 정도로 넘쳐. 그래서 아무것도 모르는 이 오빠한테 질척대지 말라고, 떨어지라고 그렇게 표독스럽게 굴었냐? 좀만 더 다그쳤으면 이 오빠 울 뻔했어, 인마.

"미안! 그건 진짜 미안."

—그래도 내가 센스가 쩔고 재치가 있었기에 망정이지, 그 자리에서 우리 라현이가 왜 이러냐고 울고불고했으면 어쩔 뻔했어?

"에이, 난 오빠의 센스를 믿었지. 워낙 센스쟁이니까."

내 칭찬에 오빠의 목소리가 조금 부드러워졌다.

—네가 '이한량'이라고 딱 부르는데, 촉이 딱 오더라고. 아, 얘가 뭔가 사고를 쳤구나, 그래서 이 오빠의 도움이 절실히 필요한 거구나, 여기선 내가 찌질해져야 하는구나! 그래서 내가 막 센스

있게 찌질한 연기를 하고 있는데 그 형이 딱……. 아, 나 또 그 형 눈빛 생각났어. 잘생겼는데 무지하게 무서운 형.

"우리 신노 오빠? 그치, 그치. 잘생겼지?"

내가 괜스레 신이 나서 호들갑을 떨자 휴대폰 너머 량현 오빠의 목소리가 높아졌다.

−우리 신노 오빠? 우리? 언제부터 우리였냐?

"근데, 우리 신노 오빠가 전에 나한테 얼굴에 손댔냐고 하더라? 내가 신애랑은 얼굴이 좀 다른가 봐. 그래서 주사 맞았다고 했더니 맞은 게 더 귀엽대. 웬일이니, 진짜."

−…….

"그리고 그렇게 안 생겼는데 되게 다정해. 나 전에 술 취했을 때 업어주기도 했고, 또 잘 때 이불도 덮어준다? 그리고 또……."

−…….

혼자 막 떠들고 있는데 어쩐지 휴대폰 너머로 반응이 없다. 그래서 나는 입을 멈추고 고개를 갸웃했다.

"왜 말이 없어?"

−정신 차려, 인마. 그 사람, 네 동생 오빠다.

귀를 타고 들려오는 량현 오빠의 진지한 음성에 민망해졌다. 나는 버럭 소리를 질러버렸다.

"누, 누가 뭐 어떻게 한대? 그냥 그런 일이 있었다고 말한 것뿐…….."

−그리고 그 형이 하는 행동은 네가 아니라 신애한테 하는 거야.

"알아!"

-그러니까 행여나 덮치지 마라. 이 오빠 널 그렇게 키우지 않았다.

"그런 헛소리할 거면 끊어."

-그래, 끊어라.

오빠의 시크한 목소리가 들리자마자 나는 종료 버튼을 확 눌러 버렸다.

내가 덮쳐? 누굴? 그 신노를?

'이 오빠가 진짜 날 뭘로 보고!'

하도 어이가 없어서 코웃음이 터졌다.

물론 나는 신노 오빠에게 설렌 적이 몇 번이나 있다. 하지만 나도 아주 잘 알고 있다. 그가 하는 행동이 나를 위한 게 아니라 신애를 위한 것임을.

오늘은 신애의 약혼자 김성식 씨를 만나기로 한 날이었다.

김 기사 아저씨 덕분에 편하게 한국호텔에 도착한 나는 예쁘게 차려입은 연핑크 정장 치마를 쓸어내리며 레스토랑 의자에 앉았다.

'내가 먼저 온 거겠지?'

휴대폰으로 시간을 확인해보니 아직 약속시간 10분 전인 6시 50분이었다. 난 김성식 씨의 얼굴을 모르니 차라리 일찍 와 있는 편이 나을 것 같아서 서둘러 나선 덕이다.

할 일도 없고 해서 나는 휴대폰 카메라 기능을 켜서 내 얼굴의 화장 상태를 체크했다. 카메라에 비친 내 얼굴이 꽤 예뻐 보였다.

난 카메라를 향해 싱긋 웃어 보였다. 그리고 그다음엔 이까지 드러내며 더 큰 미소를 지었다.

그런데 그때였다.

"신애 씨?"

누군가의 부름에 나는 휴대폰을 보던 시선을 위로 올렸다. 그곳에는 30대 중반쯤으로 보이는 평범한 얼굴의 남자가 서 있었다. 신애의 약혼자치고는 나이가 많아 보였지만, 그는 분명 김성식 씨가 맞을 것이다. 목소리가 한번 들어본 적 있는 중저음이었으니까.

"김성식 씨?"

화들짝 놀란 나는 마치 영상통화 중이었다는 듯 휴대폰 화면을 향해 '그럼 잘 지내, 영자야.'라고 말한 다음 휴대폰을 끄고 자리에서 일어섰다.

"안녕하세요, 김성식 씨."

"네, 안녕하세요."

우리는 서로를 마주 보고 앉았지만 더 이상의 대화는 없었다. 김성식 씨는 내게 별말 없이 혼자 알아서 음식을 주문했다. 어떻게 보면 매너 없는 행동일 수도 있지만, 나는 이런 호텔 음식을 잘 모르니까 오히려 감사했다. 주문이 끝나고 우리는 말없이 요리를 기다렸다. 그런데 계속 이어지는 어색한 분위기가 싫어서 내가 먼저 그에게 물었다.

"여행 좋아하세요?"

"……안 좋아합니다."

"아아, 네."

"……."

"운동은 좋아하세요?"

"싫어하지는 않습니다."

"아, 네."

"……."

당신은 뭐 할 말 없수? 하다못해 내가 물은 걸 다시 묻기라도 해라, 이 재미없는 남자야.

곧 요리가 나왔지만 우리 테이블은 여전히 조용했다. 그 탓에 나는 억지로 질문을 쥐어짜보았다. 별로 궁금하지도 않은 것들을 말이다.

"골프는 안 치세요?"

"가끔 칩니다."

"주말엔 주로 뭐 하세요?"

"일합니다."

아오, 진짜! 대답만 짧게 따박따박 하지 말란 말이다!

"말씀이 좀 없는 편이시네요."

결국 내가 식사를 하던 도중 조금 비꼬자 김성식 씨가 하는 말이 가관이다.

"원래 식사 중엔 말을 잘 안 합니다."

맞네, 맞아. 이 인간 신노랑 같은 종족이네. 그런데, 저 말은 좀 웃기다. 식사 중뿐만 아니라 식사 전부터 말이 없었으니까!

생각 같아서는 몇 번이고 자리를 박차고 일어나고 싶었지만,

그건 분명 신애답지 않은 행동일 것이다. 게다가 지금 먹고 있는 호텔 요리들이 매우, 정말이지 매우 맛있었다. 그래서 별 대화 없이도 식사를 무사히 마칠 수가 있었다.

그렇지만 내 생애 그렇게 맛있고 재미없는 저녁 식사는 정말 처음이었다.

김성식 씨와의 데이트가 끝나고 나는 곧장 집으로 돌아왔다. 내 기분은 돌아오는 내내 썩 좋지 않았다.

"다녀왔습니다."

침울한 기분인 채 집 안으로 들어섰는데, 거실 소파에 신락과 신노 오빠가 앉아 있는 게 보였다. 내 얼굴을 본 신노 오빠가 들고 있던 와인 잔을 흔들며 내게 물었다.

"와인 한잔할래?"

전에 실수한 게 있어서 당분간 술은 좀 자제하고 싶은데……. 게다가 오늘은 기분도 별로라 많이 마실 것 같기도 하고…….

내가 망설이는 사이 신락은 주방으로 들어가더니 텔레비전에서나 보던 카나페를 들고 나왔다. 순간 호기심이 일었다. 크래커 위에 토마토와 치즈. 단순해 보이지만 그 맛이 궁금했다. 저건 대체 무슨 맛이려나?

"네가 좋아하는 와인으로 준비했어."

그사이 신노 오빠는 와인병을 열더니 투명한 잔에 그 와인을 채우기 시작했다. 와인 잔에 넘실거리는 붉은 물결을 본 나는 뭐에 홀린 듯 천천히 소파 쪽으로 걸음을 옮겼다.

"그럼 한 잔만 마실게요."

그래, 딱 한 잔만 마시고 자자. 오늘은 그냥 자기엔 너무 슬픈 날이잖아. 내 동생의 약혼자의 실체를 본 날이니까.

그때 신노 오빠가 내 손으로 잔을 건네며 툭 물었다.

"데이트는 어땠어?"

"맛있었어요. 아니, 좋았어요."

무심코 데이트의 솔직한 감상을 말했다가 깜짝 놀라서 말을 바꾸었다. 그랬더니 반대편에서 신락이 웃음을 터뜨렸다.

"맞아, 거기 호텔 음식 맛있지."

"응, 그렇더라."

"마시자."

신락과 신노 오빠는 자연스럽게 내 잔에 잔을 부딪친 다음 와인을 마셨다. 하지만 나는 바로 마시지 않고 잠시 가만히 잔 안을 들여다보았다. 그러자 그곳에 김성식 씨의 지극히 평범한 얼굴이 둥 떠올랐다. 그 순간 갑자기 슬퍼졌다.

내 동생이, 그런 무재미 남자와 결혼을 해야 한다니!

결국 나는 그 슬픔을 억누르지 못하고 와인을 전부 다 마셔버렸다. 그러고는 탁자 위에 그 빈 잔을 내려놓았다.

"뭐야? 원샷했어?"

앞에서 깜짝 놀라는 신락에게 싱긋 웃어 보인 나는 내 옆에 앉은 신노 오빠의 옆구리를 팔꿈치로 쿡쿡 찔렀다.

"한 잔 더 주십시오."

신노 오빠가 손으로 자신의 옆구리를 가리면서 황당하단 얼굴로 나를 내려다보았다. 그래서 나는 그에게 검지를 펴 보이며 애교스럽게 말했다.

"따악! 한 잔만요, 네?"

"……딱 한 잔만이다, 너."

"네, 오빠."

"그리고 천천히 마셔, 너."

그는 다소 불안해 보이는 눈빛으로 내게 와인을 따라주었다. 나는 그런 신노 오빠에게 안심하라는 의미로 씨익 웃어 보인 다음 그것을 단숨에 쭉 들이켰다. 그 모습에 신노 오빠가 내 손에 있던 잔을 빼앗아갔다.

"너 왜 그래? 밖에서 무슨 일 있었어?"

화난 얼굴로 묻는 그를 빤히 쳐다보다가 나는 크게 한숨을 폭 내쉬었다.

"속상해서 그럽니다, 내가."

"뭐가 그렇게 속상한데?"

내게로 집중되는 신락과 신노 오빠의 시선에 나는 내 솔직한 심정을 말하기로 결심했다. 와인 때문에 술주정으로 들을 수도 있겠지만 말이다.

"우리 신…… 아니, 내 신세가 너무 불쌍해서요."

그랬더니 두 남자 다 이해를 못 하겠다는 표정을 지었다.

"불쌍해? 뭐가? 왜?"

"누나 정도면 호강하는 거지. 사고 싶은 거 다 사고, 형들의 허락을 받아야 하긴 하지만 어쨌든 웬만한 건 다 할 수 있고, 또 살짝 귀찮은 절차가 있긴 하지만 어쨌든 가고 싶은 데 다 가고……."

"그게 문제야, 그게!"

취기가 조금 오른 나는 신락을 향해 삿대질을 하면서 목소리를 높였다.

"이 좋은 나이에 외출도 마음대로 못 하고, 남자 친구도 아무나 못 사귀고, 그렇다고 결혼할 남자가 매력적이길 하나, 치명적이기를 하나! 김성식 씨 말이에요, 솔직히 너무 재미가 없어요. 말도 없고요, 나한테 관심도 없는 것 같아요. 나 이런 남자랑 꼭 결혼해야 돼요?"

나는 말을 하면서 고개를 홱 돌려 신노 오빠를 집중적으로 노려보았다. 나와 눈이 마주친 그는 잠시 말없이 나를 쳐다보다가 들고 있던 와인 잔을 내려놓더니 차갑게 말했다.

"결혼하기 싫어서 이래, 너 지금?"

"네!"

충동적으로 크게 대답을 하자마자 바로 후회했다. 내 이 한마디로 신애의 인생이 바뀔 수도 있지 않은가!

언니인 내가 신애의 인생을 망칠 수는 없었다.

"아뇨! 결혼하고 싶습니다! 할 겁니다."

"왜 이래? 이랬다저랬다."

신노 오빠의 반듯했던 미간이 살짝 구겨졌다. 곧 그는 불쾌하다는 표정을 감추지 않고 고스란히 드러낸 채 내게 말했다.

"네 결혼은 우리 집에서 제일 중요한 행사야. 네가 그렇게 가벼운 마음으로 하기 싫다, 하고 싶다 떠들 수 있는 게 아니라고.

진중하게 마음을 좀 잡아."

전부터 느낀 거지만 저 오빠 겁나 냉정해. 인간의 피가 안 흐르나 봐.

"신애 너도 이미 다 알고 시작한 거잖아."

순간 서러운 마음이 울컥 든 나는 입술을 삐죽거리다가 결국 울음을 터뜨렸다. 한번 터진 울음은 쉬이 멈추지 않았다.

"으허허헝……."

너무 서럽다. 신애도 분명 이렇게 서러웠을 거다. 이런 인수합병과도 같은 정략결혼 따위 하고 싶지 않았을 거다. 착한 애라, 나랑 달리 너무도 착한 애라 별말 없이 다 받아들이고 속이 문드러졌을 거다. 그래서 애가 그렇게 마른 거였나?

"아이고, 난 몰라. 형이 울린 거야. 큰형 알면 한바탕 난리가 날 텐데. 큰형 오기 전에 눈물 멈추게 해야 돼. 빨리, 형!"

"시끄러."

신락은 발을 동동 구르며 어쩔 줄 몰라 했고, 신노 오빠도 좀 난감해하는 얼굴이었다. 내가 한참 동안 눈물을 멈추지 못하자 신노 오빠는 딱딱하게 굳은 얼굴로 툭 뱉듯이 말했다.

"그만 울어."

그 차가운 말투에 눈물이 더 솟구쳤다. 그래서 나는 아예 소파에 엎드려 울기 시작했다. 그러자 곧 신락의 애가 탄 목소리가 들려왔다.

"누나, 내가 대신 사과할게. 미안해. 그러니까 제발 그만 좀 울어."

"눈물이 안 멈춰, 서러워서. 으허엉……."

우리 신애 불쌍해서 어떡하나.

그렇게 한참을 울다 보니 술이 깬다. 울음도 멈추고 술도 깬 상태였지만, 고개를 들기가 괜히 민망해서 그냥 계속 소파에 엎드려 있었다. 저 남자들이 방에 들어가면 일어나야지 생각하면서.

그런데 신락과 신노 오빠는 내가 잠이 든 줄 안 모양이다. 되게 소곤소곤거린다.

"자나 봐. 형, 방에다 데려다 놔야 되는 거 아니야?"

"그래야지."

"그럼 형이 좀 업어."

"네가 해, 인마."

"나 아까 운동하다가 허리 삐끗해서 그래. 그러니까 형이 해."

뭐야, 저 남자들.

설마 내가 너무 무거울까 봐 서로 양보하는 건가? 게다가 신노 오빠는 저번에 날 업어본 적도 있으면서 뭘 저렇게 몸을 사린단 말인……. 아, 혹시 그때 나 엄청 무거웠나?

"뭘 망설이는 거야, 형?"

동생이 허리 다쳤으니 대신 업으라는데도 망설이는 걸 보면 그때 내가 엄청 무거웠던 모양이다. 나 참, 서러워서, 원. 또 눈물이 나려고 한다.

"설마 형, 얼마 전에 누나가 냄새 난다고 해서 그래?"

신락이 문득 생각났다는 듯 신노 오빠에게 묻는 목소리가 들렸다.

아, 정말 그런 건가?

"괜찮아, 형! 아까 1시간 넘게 씻었잖아. 담배도 끊고 향수까지 바꾸는 노력을 했잖아, 작은형! 홀아비 냄새 따위 안 날 거야, 날 믿어! 파이팅!"

신락의 부추기는 목소리에 드디어 신노 오빠가 움직이는 듯한 소리가 들렸다. 그런데 이상하게 그의 목소리는 더 멀게 들려왔다. 아무래도 그는 내게 가까이 온 것이 아니라 더 멀어진 듯했다.

"아니, 그게 아니라…… 난 요즘 신애가 어색해."

멀리서 들려온 신노 오빠의 목소리에 나는 순간 긴장하고 말았다. 심장도 쿵쾅쿵쾅 거칠게 뛰기 시작했다.

"뭐? 왜?"

곧이어 신락의 놀라는 목소리가 들려왔다. 나는 아랫입술을 잘근 깨물면서 신노 오빠의 목소리를 기다렸다. 그러자 잠시 후 그의 낮은 음성이 울려 퍼졌다.

"신애가…… 신애가 아닌 것 같아."

"응? 무슨 소리야, 그게?"

어쩌면 불행히도 나의 연극이 한 달도 못 채우고 끝날 수도 있겠다. 저 예리한 신노 때문에.

"마치…… 딴 여자 같아."

006

'딴 여자.'

맞다. 나는 딴 여자다.

하지만 벌써 그것을 알면 안 된다.

신노 오빠의 말을 들은 순간부터 내 심장은 더욱더 거칠게 뛰었다.

"딴 여자 같다니, 그게 대체 무슨 소리야, 형?"

신락의 황당해하는 목소리 뒤로 신노 오빠의 걱정이 깃든 무거운 목소리가 들려왔다.

"요즘 신애가 하도 안 하던 짓을 많이 하니까."

"그거야 메리지블루 아닌가? 여자들 결혼 전에 막 우울해하는 거. 우울하다 보니 안 하던 행동도 하는 걸 테고."

"응, 그런 것 같기도 한데……."

그리고 두 사람은 그 후 한참이나 침묵을 유지했다. 그 침묵이 괴로웠던 나는 심각한 고민에 빠졌다.

그냥 이쯤에서 깨어난 척 연기하며 일어날까? 얼마 전에 보니까 나 연기에 꽤 소질 있는 것 같던데.

그런데 그때 신락의 목소리가 들려왔다.

"그럼 내가 업는다?"

그리고 이내 나에게로 누군가 다가오는 소리가 들렸다. 이윽고 내 팔이 신락인 듯한 사람에게 잡혔다. 그런데 그 순간,

"아니야, 됐어. 내가 업을게."

신노 오빠의 목소리가 들리더니 또 다른 손이 나를 일으켜 세웠다. 눈을 꼭 감은 채 나는 신노 오빠인 듯한 남자의 등에 업혔다.

딱 한 번 업혀봤지만 이 등은 분명 신노다.

이 넓고 안정감 좋은 거 보소. 분명하다.

실눈 뜨고 살짝 봤는데 날 업은 사람은 역시 신노 오빠가 맞았다. 그에 의해서 방까지 편하게 옮겨지는 건 좋은데, 문득 걱정이 되었다.

'이 남자는 지금 날 의심하고 있어. 어쩌지?'

나는 실눈을 뜬 채 내 방문을 열고 들어가 침대에 나를 눕히는 신노 오빠를 계속 지켜보았다. 내 몸에 덮어주려는 듯 이불을 손으로 잡아당기던 그가 문득 그 움직임을 멈췄다. 그리고 아주 작게 중얼거렸다.

"이상하네, 진짜……."

그 목소리에 또다시 내 심장이 두근두근 빠르게 뛰었다. 뭐가 또 이상한 거지? 나는 잔뜩 긴장한 상태로 그의 혼잣말을 기다렸다. 그러자 곧 그의 낮은 목소리가 들려왔다.

"살이 쪘다고 어깨도 넓어지나?"

이, 이런, 분석력 쩌는 놈!

그는 신애보다 넓은 내 어깨를 이상하게 생각하는 듯했다. 그런데 그의 의심은 거기서 끝이 아니었다.

"목도 짧아진 것 같은데."

……적당히 해, 인마!

"눈빛도 예전처럼 순한 느낌이 아니고……."

신노 오빠가 마지막으로 중얼거리는 말에 나는 심장이 쿵 내려앉는 느낌이 들었다. 눈빛은, 눈빛은 내가 뭐 어떻게 할 수 있는 부분이 아니지 않은가.

결국 나는 불안에 못 이겨 두 눈을 번쩍 뜨고 말았다. 그리고 나를 위아래로 훑고 있는 신노 오빠를 향해 차갑게 말했다.

"오빠, 지금 뭐 하는 거예요?"

"……너 이불 덮어주려고."

조금 놀란 듯 신노 오빠는 굳은 얼굴로 내게 이불을 덮어주었다. 그리고 묘하게 내 시선을 피하며 고개를 돌렸다.

"잘 자."

"오빠도요."

신노 오빠는 방을 나서는 순간까지 내 어깨와 목을 살피는 행동을 멈추지 않았다.

저 예리한 놈.

불편하게 예리해.

내일부턴 정말 더 조심해야겠다 결심하면서 나는 탁상 달력을 물끄러미 쳐다보았다. 이제 2주가 지났다. 내가 이 2주를 어떻게 버텼는데, 이대로 무너질 순 없다.

한 달, 꼭 버텨보이겠다.

"좋은 아침!"

아침부터 신희 오빠의 등장으로 집 안이 좀 시끄러웠다.

"노야, 락아, 애야! 다 나와 봐."

신신건설의 부사장이라는 직책에 있는 희 오빠는 바빠서 그런지 집에 잘 들어오지 않는 편이었다. 그런데 어쩌다 한번 들어오면 집안 이곳저곳을 돌아다니며 상관을 하고 다녔다. 특히 나한테는 더더욱.

"애야, 너 내일부터 요리학원 다녀."

우리 삼 남매를 거실로 불러 모은 희 오빠가 소파 상석에 앉은 채 나를 향해 말했다. 나는 그의 말이 끝나자마자 두 눈을 휘둥그레 떴다.

"네? 요리학원이요?"

"네 결혼 한 달 반 정도밖에 안 남았잖아. 근데 넌 아무것도 할 줄 모르니까. 아무래도 기본은 해야 되지 않겠어? 그러니까 오늘 당장 등록해. 알았지?"

"아, 네."

얼떨결에 대답은 했지만 솔직히 나는 요리를 꽤 하는 편이다. 어떤 요리든 참기름만 넣으면 맛있어진다고 믿는 요리 바보 량현 오빠랑 살면 어쩔 수 없이 잘하게 된다.

그렇지만 큰 덩치에 덥수룩한 머리를 휘날리며 묘한 카리스마를 풀풀 풍기는 신희 오빠의 명령을 거절하기는 힘들었다.

"그리고 우리 락이, 학교는 잘 다니고 있어? 학교 캠퍼스보다 클럽에 있는 시간이 더 많다는 얘기가 들려오던데, 조심해라. 너 그러다 미국 대학 캠퍼스에 강제로 있게 되는 수가 있다?"

잠이 덜 깨서 연신 하품을 늘어지게 하는 신락에게도 희 오빠의 잔소리가 이어졌다.

"미국 유학은 죽어도 싫다니깐."

"그러니까 네가 잘해, 인마."

펄쩍 뛰는 신락에게 조용히 경고한 희 오빠가 이번에는 신노 오빠를 쳐다보았다. 아침에도 변함없이 말끔한 신노 오빠는 흐트러짐 없이 앉은 채 희 오빠를 응시하고 있었다. 그와 눈이 마주친 희 오빠는 흡족한 미소를 지었다.

"우리 노야 뭐, 워낙 알아서 잘하니까."

그런 다음 희 오빠는 볼일이 끝났다는 듯 자리에서 일어섰다.

"나 이제 가봐야겠다. 스케줄이 워낙 빵빵해서."

자신의 손목시계를 톡톡 치며 잔망스런 행동을 해 보인 희 오빠가 걸음을 떼려다 말고 주머니에 손을 넣었다. 그리고 거기에서 지갑을 꺼내더니 카드를 하나 빼들었다.

"우리 애, 이거 받아."

그가 손을 뻗어 내게 그것을 건넸다. 희 오빠가 건넨 카드를 얼떨결에 받아 든 내 눈이 의문을 담고 커졌다.

"이건……?"

"내 카드. 오늘 학원 등록할 때 써."

"아, 네. 감사합니다."

"사고 싶으면 가방도 하나 사고."

말하면서 희 오빠는 내게 찡긋 윙크를 날렸다. 그런 다음 모두에게 밝게 인사를 하고는 서둘러 가버렸다. 그가 나가고 나자 한바탕 폭풍이 휘몰아친 듯 정신이 하나도 없었다.

이제 정신 차리고 요리학원이나 알아볼까. 자리를 털고 일어나는 나를 따라 신노 오빠도 일어섰다.

"신애."

"네."

그가 부르는 소리에 내가 얌전히 대답을 하자 신노 오빠가 내 얼굴을 보면서 나직하게 말했다.

"오늘 학원 등록하고 바로 집에 오지 말고 회사에 들러. 오빠가 저녁 사줄게."

……뭐지? 갑자기 왜 저런 제안을 하지? 뭔가 불안한데?

조심스레 고개를 끄덕여 보이자 신노 오빠가 나를 향해 부드러운 미소를 지었다.

"그래. 그럼 이따 보자."

저, 저 매력적인 미소에 속지 말자.

저 남잔 날 의심하고 있어. 조심해야 돼.

오후 늦게 제일 유명하다는 요리학원에 수강신청을 마친 나는 바로 오빠들의 회사로 왔다. '신신건설'이라고 써진 크고 높은 건물로 들어선 나는 드넓은 로비에서 잠시 발을 멈췄다.

'여기서 이제 어떻게 가지? 안내 데스크에 물어봐야 되나? 근데 그건 너무 신애스럽지 않잖아?'

잠시 서성이고 있는데 그런 내 앞으로 웬 정장 차림의 예쁘장한 여자가 다가왔다.

"안녕하십니까. 본부장실까지 제가 모시겠습니다."

여자는 내가 누군지 잘 알고 있다는 듯 정중하게 대했고 내가 가고자 하는 곳까지 안전하게 안내했다. 아무래도 그녀는 신노 오빠의 비서인 듯했다.

"들어가 보십시오. 본부장님께서 기다리고 계십니다."

문까지 열어주는 그녀의 친절함에 나는 고개 숙여 감사를 전한 후 본부장실 안으로 들어왔다.

"왔니?"

책상에 앉아 있던 신노 오빠가 나를 발견하고는 싱긋 미소를 지어 보였다. 그런 그를 따라 웃고 있는데 문득 조금 이상하단 생각이 들었다.

'아침에도 그렇고, 원래 저 오빠가 저렇게 잘 웃는 남자였던가?'

남자의 차가웠던 첫인상을 떠올린 나는 아무래도 이상해서 고개를 갸웃했다. 그리고 다시 시선을 올려 신노 오빠의 얼굴을 뚫어지게 쳐다보았다. 그 순간 나는 발견했다.

웃고 있는 입매가 어색하다는 걸.

알았다. 저건 분명 자신의 속내를 감추기 위한 위장 미소다.

신노 오빠를 주시하면서 나는 자연스럽게 말을 건넸다.

"근데 내가 언제 올 줄 알고 비서를 보냈어요?"

"희 형한테 연락이 왔거든. 너 요리학원에서 카드 쓴 내역이 문자로 왔다고. 그래서 곧 회사로 오겠구나 생각했지."

허, 완전 무서운 형제들이다.

카드 맘껏 쓰라고 해놓고 사용내역을 문자로 꼬박꼬박 체크하는 것도 모자라 형제들끼리 공유까지 하다니.

신애가 과보호라 말한 건 오히려 많이 순화한 표현이란 생각이 들 정도였다.

이건 뭐, 관리에 감시에……. 합법적인 스토커가 따로 없다.

그때 신노 오빠가 나를 향해 다시 목소리를 보내왔다.

"미안한데, 잠깐만 기다려줄래? 일이 좀 남았거든. 한 30분 안에 끝나긴 할 거야."

"네."

어쩐지 저 남자, 말투도 조금 다정해졌다. 아무래도 뭔가 꿍꿍이가 있는 것 같은데.

소파에 앉으면서도 나는 계속 그를 경계했다. 그가 지켜보고 있을 것 같아서 앉는 것도 신애처럼 굉장히 얌전하게 앉았다. 그리고 두 손을 모아 가지런히 모은 무릎 위에 올렸다.

그렇게 내가 얌전한 신애 코스프레를 하고 있던 그때 갑자기 맛있는 냄새가 내 코를 찔러왔다. 자연스럽게 내 시선이 탁자 가장자리 위에 있는 종이봉투로 향했다. 이 냄새의 근원지는 분명 저 종이봉투다. 내가 그 봉투에서 시선을 떼지 못하고 집착하고 있는 사이 신노 오빠의 목소리가 들려왔다.

"아, 그거 먹을래? 샌드위친데."

네! 라고 기다렸다는 듯이 냉큼 대답했다간 너무 굶은 애 같을까 봐 참았다. 그래서 나는 별로 먹고 싶진 않은데 그래도 주면 버리진 않겠다는 눈빛으로 신노 오빠를 쳐다보았다.

"오빠가 출출하면 먹으려고 사다 둔 건데, 먹을 시간이 없었네. 버리면 아까우니까 신애 네가 대신 먹어줄래?"

"……네."

"그거 진짜 맛있는 데에서 사 온 거야. 맛있게 먹어."

너무나도 친절한 그의 표정과 어투가 마음에 거슬렸지만, 그보단 이 후각을 자극하는 샌드위치 녀석이 더 마음에 걸렸다. 그래서 나는 재빨리 종이봉투를 열어 샌드위치를 꺼냈다. 빵 사이로 튀어나온 베이컨과 양배추가 아주 먹음직스럽게 보였다. 그래서 나는 그것을 얼른 한입 베어 물었다.

"……!"

맛있는 데에서 사 온 거라더니, 정말 맛있었다. 내가 먹어본 샌드위치 중에서 제일 맛있었다. 그래서 조금 정신줄을 놓고 먹고 있는데, 그런 나에게로 신노 오빠가 급히 소리치며 달려왔다.

"아! 신애야!"

내 근처로 다가온 신노 오빠가 내가 먹고 있는 샌드위치로 두 손을 뻗었다.

'왜, 왜? 이제야 배고파지셨나 보지? 그래도 그렇지, 먹던 걸 뺏으려고?'

나는 그에게 내 샌드위치를 뺏길 수 없다는 의지를 보이려고 두 손으로 빵을 꽉 잡은 채 물었다.

"왜요?"

"신애, 너 괜찮겠어?"

"뭐가요?"

나를 보는 그의 표정은 조금 일그러져 있었다. 난처하다는 듯 관자놀이를 긁적이던 그가 잠시 주저하다가 말했다.

"그거, 토마토 들어 있는 거거든."

"네?"

그래서 뭐? 그래서 더 맛있는데 왜?

내가 두 눈만 깜박이고 있자 그가 나머지 말을 이었다.

"너, 토마토 알레르기 있잖아."

"……!"

아아, 이런.

신애한테 토마토 알레르기가 있었나?

기억을 더듬어보니 신애가 어렸을 때 방울토마토를 먹고 온몸에 두드러기가 났던 게 어렴풋이 생각이 났다. 그걸 잊고 있었다니, 언니로서 실격이다.

"크, 큰일이네."

화들짝 놀란 척 연기를 하며 나는 먹던 샌드위치를 탁자 위에
올려놓았다. 그리고 신노 오빠를 빤히 올려다보았다.

……이 남자, 일부러 그런 거지, 지금?

내가 신애인지 아닌지 확인해보려고?

어쩐지 아까부터 지나치게 다정하다 했다, 내가. 난감해진 나
는 시선을 아래로 내리며 아랫입술을 잘근 깨물었다.

'아아. 이제 어떡하지?'

알레르기 증상 따위 나타날 리 없는데.

그럼 난 들키는 건 시간문제일 테고…….

……그냥 다 나았다고 해버릴까?

아니야. 저 냉정한 인간이 믿을 리가 없지.

고민하고 있는데 신노 오빠의 시선이 느껴졌다. 그래서 고개를
드니 관찰이라도 하듯이 내 얼굴과 손을 뚫어지게 쳐다보고 있는
그가 보였다. 알레르기 증상을 기다리는 건가? 그 모습에 낮게 한
숨이 새어 나왔다.

"후우……."

이제 모든 걸 다 사실대로 말하…… 긴 뭘 말해!

이렇게 된 이상 최후의 수단을 사용할 수밖에 없다. 너무 위험
해서 참으려고 했는데, 나는 신가네에 들어온 순간부터가 위험 그
자체였으니 이것도 감수해야 한다.

"오빠, 저 화장실 좀……."

나는 일단 자리에서 일어서 문 쪽으로 걸음을 뗐다. 그러자 신
노 오빠가 내 곁으로 더 가까이 다가왔다.

"괜찮겠어? 오빠랑 병원 갈까?"

"아뇨, 일단 화장실 먼저 다녀올게요."

급하게 본부장실을 나온 나는 일단 로비로 내려와 회사 건물을 빠져나왔다. 그런 다음 화단과 골목길을 뒤지며 고양이를 찾기 시작했다.

지금 나는 신애가 아닌 게 들킬지도 모른다는 중압감에 미쳐서 길거리의 들고양이들과 놀려고 이러는 게 아니다.

나는 지금 꽤 진지하다. 내가 이러는 건 오직 고양이만이 이 위기를 극복할 방법이기 때문이다.

그렇다.

나에겐 고양이 알레르기가 있다.

그 증상이 신애의 토마토 알레르기보다 심한 편이라 되도록 안 하고 싶지만 말이다. 하지만 방법이 없다, 방법이.

'나와라, 고양이.'

귀여울 필요도 없다. 그냥 고양이면 된다. 이 언니가, 이 누나가 꼭 안아줄게.

그때 내 눈앞으로 까만 고양이가 휙 나타났다. 녀석의 날씬한 자태에 나는 어색한 미소를 지었다. 고양이를 보는 것만으로도 입 안이 점점 말라가는 것 같아서 마른침을 꿀꺽 삼켰다.

도망가고 싶다. 하지만 해야 한다. 힘들어도 안아야 한다. 그래서 나는 천천히 그 까만 고양이를 향해 다가갔다.

너, 너, 이 녀석, 이 누나가 한 번만 안아보자.

그런데 그 고양이는 나를 피해 이리 도망 다니고, 저리 도망 다녔다. 그래서 나는 녀석의 뒤를 계속 쫓아다녔다.

이 누나는 시간이 없어, 인마!

5분 넘게 쫓아다닌 보람도 없이 녀석은 결국 도망을 가버렸다. 허무해져서 크게 한숨을 내쉬고 있는데 그때 또 다른 고양이가 나타났다. 이번엔 흰 고양이다.

고양이가 반가워보긴 또 처음이네.

이번엔 정말 놓치고 싶지 않아서 근처 편의점으로 달려 들어가 작은 소시지를 하나 사서 나왔다. 그 소시지로 유혹한 끝에 나는 그 흰 고양이를 잡을 수가 있었다.

"야옹."

겁을 먹은 듯한 고양이를 쓰다듬으면서 나는 그것을 품에 꼭 껴안았다. 그리고 천천히 숫자를 셌다.

하나…… 둘…… 셋……. 끝.

다음 순간 나는 고양이를 조심스럽게 땅에 내려놓았다. 이제 기다리기만 하면 된다. 그런데 그때였다.

"애야!"

갑작스런 익숙한 부름에 놀라 고개를 드니 도로에 세워진 고급 세단의 창문으로 희 오빠의 얼굴이 보였다.

"너 거기서 뭐 해?"

"아, 희 오빠……. 고양이랑 놀고 있었어요."

"들고양이라 더러울 텐데."

걱정스런 표정을 짓는 그에게 나는 안심하라는 의미로 웃어 보였다. 하여튼 저 오빠는 너무 신애 바보다.

"얘가 너무 귀여워서요, 쿨럭……."

그런데 말끝으로 기침이 터져 나왔다. 큰일이다. 벌써 알레르기 증상이 나타나려 하고 있었던 것이다. 그래서 나는 급히 희 오빠에게 말했다.

"저 먼저 가볼게요. 노 오빠랑 밥 먹기로 했거든요."

"그래. 이따 보자."

본부장실로 다시 올라오는 내내 나는 간지러움을 느끼면서 연신 기침을 했다.

"콜록, 콜록……."

본부장실 앞에 멈춰 서서 옷깃을 슥 올려보니 팔에는 이미 두드러기 증상이 시작된 상태였다.

성공이다, 성공. 성공인데, 왜 이렇게 화가 나지? 짜증도 나고!

나는 기세등등하게 본부장실의 문을 열었다. 곧바로 근심이 서려 있는 신노 오빠의 반듯한 얼굴이 보였다.

"신애!"

그는 나를 보자마자 자리에서 일어나 달려왔다. 두드러기가 일어난 내 얼굴을 본 신노 오빠의 눈망울이 크게 흔들렸다.

"너, 괜찮아?"

병 주고 약 주냐?

"저 소파에 잠시만 누울게요. 쿨럭, 쿨럭……."

나는 일단 눈에 보이는 소파에 길게 누웠다. 그리고 심호흡을 하면서 기침을 진정시켰다. 그런 내 모습을 지켜보던 신노 오빠가 걱정이 깃든 목소리를 보냈다.

"너, 알레르기 증상이 더 심해졌구나? 전에는 두드러기만 나더니."

"하아…… . 네, 몸이 약해졌나 봐요."

"정말 큰일이네. 병원 안 가도 되겠어?"

"네. 일단 좀 쉴게요."

걱정이 가득한 신노 오빠의 얼굴을 보다가 나는 두 눈을 꾹 감아버렸다.

저 남자 의심 한번 벗어나려다가 내가 죽겠구나, 내가 죽겠어.

"미안해, 신애야."

그때 갑자기 신노 오빠가 나지막한 목소리로 말했다. 나는 두 눈을 다시 뜨고 말았다. 그러자 내 시야로 그의 정수리가 들어왔다. 소파 옆에 한쪽 무릎을 꿇고 앉은 그가 고개를 푹 숙인 채 이어 말했다.

"오빠가 미안해."

……자꾸 그렇게 사과하니까 나도 덩달아 미안해지네.

그러니까 괜히 예리하게 의심하고 그러지 마요. 내가 이래 봬도 학교 다닐 때 처세왕이었어요.

"너무 미안해하지 말아요. 이러다 몇 시간 후면 괜찮아져요."

나는 굉장히 쿨한 척하며 싱긋 웃어 보였다. 그러나 내 말에도 신노 오빠는 고개를 들지 못했다.

"미안해. 오빠가 널…… ."

의심했었겠지. 이해한다. 이제 안 그러면 되지, 뭐.

그때 신노 오빠가 자신의 커다란 손으로 내 손을 꼭 잡았다. 그래서 나는 조금 놀랐다.

"정말 미안해."

……이 상태면 한동안 의심은 안 하겠다. 다행이다.

안심한 나는 인자한 미소를 지으며 그의 손을 부드럽게 쓰다듬
어주었다.

"괜찮아요. 앞으로 안 그러면 되죠, 뭐."

어제 또 한 번의 위기를 슬기롭게 극복한 나는 오늘 아침이 아
주 상쾌하게 느껴졌다.

나 이러다 처세왕으로 인간극장에 나오는 거 아닌가 몰라.

방문을 열고 나와 기지개를 상큼하게 펴고 있는데, 그런 내 앞
으로 산발을 한 희 오빠가 달려왔다. 그는 두 손을 뒤로한 채 뭔가
감추는 듯한 포즈로 내 앞에 섰다.

"잘 잤어, 애야?"

"네. 오빠도 잘 잤어요?"

"그럼, 그럼. 근데 애야, 내가 어젯밤부터 너한테 주고 싶어서
안달 난 선물이 하나 있는데, 받아줄래?"

"선물이요? 갑자기 무슨……."

그때 희 오빠가 아까부터 뒤에 감추고 있었던 것을 내 앞으로
내밀었다. 그것은 흰 수건이 덮인 작은 바구니였다.

"자, 선물."

"이게 뭐예요?"

다음 순간 희 오빠가 그 바구니에서 수건을 걷어내자 내 선물

이 눈에 보였다. 그리고 나는 할 말을 잃었다. 곧 그 선물이 자신의 존재를 소리로 알렸다.

야옹.

오, 마이 갓.

"너 어제 보니까 고양이 엄청 좋아하더라? 그래서 오빠가 한 마리 사 왔지."

……내 연극은 오늘도 순탄치가 않구나.

007

고양이 바구니를 손에 든 채 나는 어떤 행동도 할 수가 없었다.

"귀엽지?"

"아, 네."

"한번 안아봐."

"……네."

희 오빠의 쓸데없는 배려에 나는 정말 어쩔 줄을 몰랐다. 그럴 수만 있다면 이대로 도망치고만 싶었다.

고양이 알레르기 증상이 나은 지 하루도 안 지났는데 또 고양이를 안아야 한다니!

"둘이 뭐 해?"

그때 희 오빠의 뒤로 아침 운동을 마치고 돌아온 듯한 신락이 나타났다. 신락은 땀에 젖은 노랑머리를 쓸어 넘기며 우리에게 다가왔다.

"웬 고양이?"

신락이 내가 들고 있는 바구니 안을 힐끗 보더니 물었다. 그러자 굳어 있는 내 옆에서 희 오빠가 그를 향해 대답했다.

"아, 어제 회사 앞에서 우리 애를 봤는데 글쎄, 들고양이를 꽉 끌어안고 있더라고. 고양이가 얼마나 좋으면 들고양이를 끌어안고 있었겠나 싶은 거야. 그래서 이 큰오빠가 선물로 한 마리 사 왔지."

"어디 봐봐."

갑자기 신락이 바구니 안으로 손을 넣더니 흰 고양이를 꺼냈다. 그러고는 귀엽다는 듯 자신의 얼굴에 비볐다.

"완전 귀엽다. 털이 보송보송해."

안다. 그 털이 문제다, 털이.

벌써부터 코가 간질간질거린다. 곧 두드러기도 날 텐데. 이를 어쩐담?

난감함에 얼굴이 점점 더 굳어졌다. 그런데 그때 신락이 내 얼굴 앞으로 그 새끼고양이를 들이밀었다.

"자, 안아봐."

……지나친 참견일세, 자네.

"어서."

그냥 내가 알아서 하면 안 될까?

"……응."

두 손으로 고양이를 들이밀고 있는 신락에게 억지 미소를 지어 보인 나는 바구니를 내려놓고 안 뻗어지려는 손을 억지로 뻗었다. 손끝이 그 고양이를 터치하기를 거부했지만 참아내고 미세하게 떨면서 고양이를 잡았다.

"별로 안 귀여워하는 것 같네?"

웬일인지 예리하게 구는 신락 때문에 나는 울며 겨자 먹기로 고양이를 내 가슴 쪽으로 꽉 끌어안았다.

"아이, 귀여워라."

이런 가식적인 멘트와 함께 말이다.

그런데 그 순간 재채기가 터져 나오려고 했다. 안 되는데. 진짜 안 되는데. 참아야 하는…….

"에이취!"

역시 재채기는 불가항력이다.

결국 나는 고양이를 손에 든 채 크게 재채기를 하고 말았다. 자연스럽게 희 오빠와 신락의 시선이 나에게로 향했다.

"누가 내 얘기 하나……."

갑작스런 재채기에 민망해진 나는 괜히 혼잣말을 중얼거렸다.

"그나저나 너무 귀여워요, 고양이. 고마워요, 희 오빠."

고양이를 손에 든 채 미세한 떨림을 참아낸 나는 끝까지 괜찮은 척 연기했다.

"고맙긴. 언제든 갖고 싶은 게 있으면 말만 해."

잠시 후 희 오빠가 출근 준비를 위해 자리를 뜨자 신락 역시 내 손에 있는 고양이를 몇 번 쓰다듬고는 자신의 방으로 갔다.

그들이 완전히 간 것을 확인한 나는 재빨리 바닥에 두었던 바구니 안으로 고양이를 넣어버렸다.

"후우……."

입술 사이로 크게 한숨이 터져 나왔다. 이 상황은 또 어떻게 극복해야 할지 몰라 머리가 아팠다. 나는 아랫입술을 깨물며 생각에 잠겼다.

이대로 고양이를 키우는 건 도저히 불가능한 일이다. 이 녀석을 내 방에서 키우면 나는 매일매일 시름시름 앓을 게 분명하니까. 그렇지만 그렇다고 또 다른 묘책이 있는 것도 아니다.

"아…… 이제 어떡하지?"

하얀 새끼고양이를 내려다보면서 무심코 작게 중얼거렸다. 그런데 그때였다.

"뭘 어떡해?"

갑자기 들린 낮은 목소리에 화들짝 놀라서 고개를 돌렸다. 이내 내 뒤쪽 벽에 몸을 기댄 채 팔짱을 끼고 있는 신노 오빠의 모습이 시야에 들어왔다.

'언제부터 있었던 거지?'

잔뜩 긴장한 상태로 신노 오빠를 쳐다보았다. 그러자 나를 빤히 응시하고 있던 그의 눈과 정면으로 마주쳤다.

"노 오빠, 거기 있었어요?"

"응, 아까부터."

아까부터? 그럼 처음부터 다 지켜봤단 말인가?

그때 그가 내게서 시선을 거두지 않은 채로 성큼성큼 다가왔다. 그의 집요한 시선을 최대한 자연스럽게 피하고 있는데 그가 불쑥 목소리를 보내왔다.

"근데 너, 생각보다 고양이를 안 좋아하는 것 같다?"

"네? 갑자기 그게 무슨……."

그 순간 그가 내 바로 앞에 우두커니 멈춰 섰다. 그를 슬쩍 올려다보는데 심장이 쿵쾅쿵쾅 거칠게 뛰었다. 긴장감에 마른침을 꿀꺽 삼키는 사이 그의 입술이 다시 열렸다.

"방금 고양이를 급하게 바구니 안으로 넣었잖아. 마치 못 만질 거 만졌다는 듯이."

"그럴 리가요. 아닌데요?"

"아니긴. 내가 두 눈으로 직접 봤는데."

신노 오빠의 두 눈이 예리하게 날 훑었다. 그 시선에 나는 온몸이 굳어지는 것 같았다. 그의 날카로운 말이 또 이어졌다.

"너, 회사 근처 들고양이를 끌어안을 정도로 고양이를 좋아하는 사람답지 않았어, 방금."

역시 아까 희 오빠의 말을 다 들었구나. 그런데 이 긴박한 순간에 알레르기 증상 중 하나인 기침이 나오려고 했다.

안 되는데. 참아야 하는데…….

"게다가 너 지금도 고양이를 보고 '어떡하지?'라고 중얼……."

"쿠, 쿨럭!"

결국 참지 못하고 기침이 나와버렸다. 무심코 튀어나온 기침에 나는 순간 놀라 내 입을 손으로 가렸다.

그런데 이번엔 신노 오빠의 두 눈이 내 손을 뚫어지게 보기 시작했다. 그 날카로운 눈빛에 나는 다시 손을 내리고 도망치듯 고양이 바구니를 들어 올렸다.

"전 이만 방으로 들어가 볼게요."

그러고는 황급히 방으로 들어가려고 했는데 신노 오빠가 내 팔을 강하게 잡아챘다.

"잠깐."

그 때문에 내 손에선 바구니가 떨어질 뻔했다. 깜짝 놀라 그에게 소리쳤다.

"뭐 하는 거예요? 고양이 떨어질 뻔……!

"이 두드러기는 뭐야?"

내 말을 자르면서 신노 오빠가 날카롭게 물었다. 두근거리는 마음으로 시선을 내리니 예상대로 내 손엔 두드러기가 나 있었다. 이걸 신노 오빠는 방금 내가 입을 가렸을 때 발견했던 것이다.

"일어나자마자 토마토 스파게티를 먹은 건 아닐 테고……."

내 팔뚝을 쥐고 있는 신노 오빠의 손에 힘이 가해졌다. 아픔을 느끼면서 나는 가까스로 입을 열었다.

"어제, 그 알레르기가 다 안 나은 거예요."

"아니, 너 어젯밤에 분명 다 나았었어."

"내 알레르기예요. 내가 제일 잘 안다고요."

다급해서 이렇게 말해버렸다. 그리고 나는 바로 그의 손에서 내 팔을 빼내고는 걸음을 뗐다. 하지만 신노 오빠가 내 앞을 막아서며 말했다.

"그리고 너, 전부터 지적하고 싶었는데, 너 가끔 자신을 지칭

할 때 '내가', '나는' 이라는 표현을 쓰더라? 전엔 그런 적 한 번도 없었는데."

허, 역시 예리한 놈.

"그래요? 별 자각 없이 편하게 말했었나 보네요. '제가' 앞으론 조심할게요."

역시 이 인간이 제일 위험인물이다.

나는 여전히 미심쩍은 시선을 보내는 신노 오빠에게서 도망치듯 방으로 들어왔다.

ㅡ뭐? 고양이?

전화기 너머로 들려오는 량현 오빠의 목소리에 나는 한숨을 내쉰 후 말을 이었다.

"얘기하자면 긴데…… 암튼, 신애가 토마토 알레르기가 있거든. 근데 내가 깜박하고 토마토를 먹은 거야. 그래서 알레르기 증상 일으키려고 내 고양이 알레르기를 좀 이용했지. 들고양이를 꽉 껴안아서. 그런데 그걸 큰오빠가 보고 고양일 좋아하는 줄로 오해해서 선물로 한 마리 사 온 거야, 글쎄."

나는 왜 신노 오빠가 날 의심하고 있단 얘기를 량현 오빠에게 하지 않는 걸까? 오빠가 걱정할까 봐? 아님 그렇게 말하면…… 오빠가 당장 이 집을 나오라고 할까 봐?

ㅡ너 고양이 알레르기 심하잖아. 괜찮아?

"두드러기에다가 코도 간지럽고 기침도 나고, 미치겠어. 온몸에 힘이 하나도 없어."

–그 고양이는 지금 어디에 있는데?

휴대폰을 타고 들려오는 오빠의 질문에 나는 고개를 슥 돌려 구석을 쳐다보았다. 그러고는 씁쓸하게 대답했다.

"내 방 한구석에."

–그 고양이한테도 못할 짓이다.

"내 말이. 근데 이 이상 가까이 가져왔다가는 내가 죽을 것 같 단 말이야."

나는 방 한구석에 있는 바구니를 물끄러미 쳐다보았다. 잠시 후 그 안에서 새끼고양이가 삐죽이 얼굴을 내밀었다. 그 귀여운 얼굴에 마음이 무거워지려는 순간 전화기 너머로 량현 오빠의 다 부진 목소리가 들려왔다.

–기다려. 이 오빠가 그 고양이 훔치러 간다.

"뭐? 진짜?"

–하나밖에 없는 동생을 위해서 이 오빠가 기꺼이 고양이 도둑 이 되어주마. 진짜 세상에 이런 오빠가 어디 있냐? 동생 알레르기 있다고 고양이 빼돌려주는 오빠가.

맞다. 우리 오빠만 한 오빠는 세상에 흔치 않을 거다. 절대 인 정은 안 하겠지만 은근히 동생 바보니까.

그런데 그 순간 문득 걱정스런 점이 생각났다.

"근데, 나중에 신가네 형제들이 물어보면 뭐라고 해?"

–그냥 고양이 산책 시키러 나갔다가 잃어버렸다고 해.

언제까지고 고양이 알레르기에 시달릴 수만은 없었다. 그래서 나는 량현 오빠가 내준 묘책을 받아들이기로 했다.

"알았어. 언제 올 거야?"

오빠는 오늘 과외가 있어서 밤 11시에나 올 수 있다고 했다. 나는 고양이 바구니를 최대한 멀리 둔 채 초조한 마음으로 시간이 흐르기만을 기다렸다.

"……하아암."

늘어지게 하품을 하다가 휴대폰으로 시간을 확인해보니 량현 오빠가 오기로 한 시간이 가까워오고 있었다. 그래서 나는 고양이 바구니를 손에 든 채 살금살금 방에서 나왔다. 다행히 거실엔 아무도 없었기에 나는 조용히 현관문을 열고 밖으로 나올 수 있었다.

정원을 빠른 걸음으로 지나치고 있는데, 정원 한구석에 남자 형태의 실루엣이 보였다. 그걸 발견한 순간 놀라서 걸음을 멈췄다.

'뭐, 뭐지? 량현 오빠가 진짜 고양이를 훔치려고 담 넘어 들어왔나? 그 인간이라면 가능할 것도 같은데.'

내가 그 실루엣을 주시하고 있는 사이 바구니에서 얼굴을 삐죽이 내민 새끼고양이가 내 손을 핥기 시작했다.

"하지 마, 이 녀석아. 나는 그러면 안 되는 몸이야."

깜짝 놀라서 고양이에게 아주 작은 목소리로 경고를 주고 있는데 그런 내 앞으로 그 실루엣이 다가왔다.

"신애?"

갑작스런 낮은 목소리에 놀란 나는 눈을 크게 뜨고 그 실루엣의 얼굴을 확인했다. 다행히 정원등이 내 시야를 밝혀주었다.

"노, 노 오빠?"

그 실루엣의 주인공은 이 집 둘째아들인 신노였다.

"설마 했는데 신애 맞구나."

신노 오빠는 내 등장이 굉장히 의외라는 듯 눈썹을 치켜 올렸다. 그건 나 역시 마찬가지였다. 이 늦은 밤에 이 남잔 왜 이곳에 있는 걸까?

"여기서 뭐 해요?"

"아아, 잠이 안 와서. 생각할 것도 좀 있고. 넌 뭐 해?"

"아, 전 고양이 산책 좀 시키려고요."

내가 고양이 바구니를 들어 보이자 신노 오빠는 얼굴을 바구니 밖으로 내민 새끼고양이를 보면서 물었다.

"이 야밤에?"

뜨끔했지만 나는 대충 둘러댔다.

"네. 이 녀석이 산책을 좋아해서요."

"그래? 고양이는 낯선 곳을 싫어해서 산책을 별로 안 좋아한다던데. 특이한 고양이네."

"그러게요."

그때 내 주머니에서 휴대폰 진동이 느껴졌다. 아무래도 일일 고양이 도둑인 량현 오빠가 도착한 모양이다. 그렇지만 지금 전화를 받을 순 없었다. 재빨리 주머니에서 휴대폰을 꺼내 수신 거부 버튼을 누르는 순간 신노 오빠의 목소리가 들려왔다.

"아마 여기였지?"

"네? 뭐가요?"

휴대폰을 다시 주머니에 넣으며 고개를 들자 신노 오빠가 달빛과 정원등의 불빛을 받아 은은하게 붉은 얼굴로 말했다.

"올해 초인가? 내가 여기서 너한테 처음으로 화를 냈었잖아. 그때 생각이 나서."

아아, 그런 일이 있었구나. 갑작스런 그의 말에 나는 피식 웃으며 대꾸했다.

"오빠도 참. 이 야밤에 굉장히 감성적이시네요."

"응, 좀 그런 기분이네."

나는 옅은 미소를 지으며 신노 오빠를 바라보았다. 그때 그가 감성적으로 변해 부드러워진 얼굴로 말했다.

"그땐 미안했어."

"괜찮아요. 다 잊었어요."

나는 전혀 모르는 일이지만, 이제 이 정도 처세는 나에게 아주 간단한 것이었다. 나는 그보다 어서 빨리 량현 오빠에게 이 고양이를 전달해야 한다는 생각뿐이었다. 그런데 그 순간 나를 보던 신노 오빠의 입가에 매력적인 미소가 걸렸다.

"역시 우리 신애는 착하구나."

"아유, 별말씀을……."

"있지도 않았던 일을 잊어주고."

"……!"

순간 심장이 쿵 내려앉는 느낌이 들었다. 있지도 않았던 일이라고?

"네? 지금 뭐라고……?"

거짓말처럼 순식간에 신노 오빠의 얼굴이 아주 무섭게 변했다. 딱딱하게 굳은 얼굴로 그가 말했다.

"난 너한테 단 한 번도 화를 낸 적이 없어, 신애야."

"……!"

그 순간 나는 아주 간단한 계략에 제대로 걸려들었다는 생각이 들었다. 하지만 그걸 깨달았을 땐 이미 내가 할 수 있는 일은 없었다.

"그때도 화를 낸 건 내가 아니라 너였고."

다음 순간 신노 오빠가 내게로 성큼성큼 걸어왔다. 그러곤 내 앞에 멈춰 서서 내 어깨를 두 손으로 꽉 잡으며 나직하게 말했다.

"역시 신애가 아니구나, 너."

안 그래도 무서워 죽겠는데, 아까 고양이가 핥은 게 지금 반응하는 모양이다. 기침이 나려 했고, 어지럼증이 느껴졌다. 코는 간지러워 죽겠는데 내 앞의 남자는 나를 놔줄 생각이 없어 보였다.

"너 대체 누구야?"

들켰다.

……젠장. 이대로 기절이라도 했으면 좋겠다.

008

"이제 거짓말은 끝내자. 넌 대체 누구야?"

큰일이다.

이제 난 어떻게 해야 하지? 그냥 전부 다 사실대로 말할까? 아님 끝까지 모른 척할까?

하지만 후자를 택하기엔 너무 늦었단 생각이 들었다. 그리고 또다시 거짓말을 하기엔 내 눈앞의 남자가 너무나 강력했다.

"왜 신애와 똑같은 얼굴을 하고 우리 집에 들어와서 신애 행세를 하고 있는 거지?"

"……."

"대답해봐!"

신노 오빠의 손이 내 어깨를 아프게 잡고서 강하게 흔들어댔다. 그러자 코가 간지러운 느낌이 더 심해지면서 재채기가 튀어나왔다.

"에이쿼!"

내 재채기 소리에 신노 오빠의 얼굴이 더 굳어졌다. 그 얼굴이 무서웠던 나는 곧이어 터져 나오는 기침을 막으려고 손으로 입을 가렸다. 하지만 기침은 멈추지 않았다.

"쿨럭, 쿨럭, 쿨럭……."

그러자 신노 오빠는 나를 서늘한 눈빛으로 내려다보았다.

"아픈 척하지 마."

"척 아니에요. 진짜 아파요."

순간적으로 발끈해서 목소리를 높였지만 신노 오빠는 여전히 매서운 눈빛을 풀지 않았다. 그런데 다음 순간 내 손등에 난 두드러기를 발견한 듯 그의 눈망울이 흔들렸다.

"너, 이 두드러기는 또 뭐야?"

"쿨럭, 쿨럭……!"

결국 나는 기침을 계속하면서 몸에 힘을 빼버렸다.

그렇다.

나는 지금 기절한 척하기를 선택한 것이다. 즉, 현실도피다.

"엇?"

내 몸이 힘없이 무너져 내리자 신노 오빠는 한 손으로 내 허리를 잡고 다른 한 손으론 고양이 바구니를 잡아챘다. 실눈으로 봤는데 그건 꽤 멋진 그림이었다.

"신애야!"

흥. 나 신애 아니라면서 위급한 순간엔 신애라고 부르는구나.

어쨌든, 나는 모른 척 신노 오빠의 품에서 두 눈을 꼭 감아버렸다.

잠시 후 신노 오빠는 나를 안아 들고 내 방으로 들어왔다. 그리고 내 몸을 침대에 눕혔다. 나는 솔직히 그가 그냥 나가주기를 바랐지만 그는 절대 그러지 않았다.

"후우……."

그의 깊은 한숨 소리를 들으면서도 나는 그냥 두 눈을 꾹 감고 있었다. 그런데 그 시간이 상당히 지속되자 나도 더는 참기가 힘들었다. 꼼짝 않고 잠든 척하는 연기는 정말이지 좀이 쑤셨다. 게다가 지금 내 주머니에선 량현 오빠로부터 걸려오는 전화로 인해 휴대폰 진동이 계속 이어지고 있었다.

웅- 웅-

끊임없이 울려대는 전화에 신노 오빠는 결국 내 주머니에 손을 넣어 휴대폰을 꺼냈다.

"한량 오빠……?"

그가 발신자를 읽은 듯 나직하게 중얼거렸다. 그러고는 또다시 한숨을 크게 내쉬었다.

"이놈이랑은 아직도 안 헤어진 거야? 아, 아니지, 얜 신애가 아니니까 그런 놈팡이랑 사귀어도 상관없지, 뭐."

그 혼잣말을 듣는 순간 발끈하고 말았다.

무슨 말을 저렇게 심하게 한담?

결국 나는 화를 참지 못하고 두 눈을 번쩍 뜨며 몸을 일으켰다. 그러곤 나를 보고 놀라는 신노 오빠를 향해 소리쳤다.

"놈팡이라뇨? 말 함부로 하지 말아요!"

감히 우리 귀한 오빠한테 놈팡이? 우리 오빠는 까도 내가 깐다.

솔직히 한량 오빠가 내 오빠라고 말해버리고 싶었지만 하지 않았다. 량현 오빠까지 이 일에 휘말리게 할 수는 없었던 것이다. 이 모든 일은 오로지 나에서 시작해서 나로 끝내고 싶었다. 오빠에게 피해가 가는 일은 절대 없어야 한다.

"너, 기절한 거 아니었어?"

신노 오빠가 한쪽 눈썹을 치켜 올리며 묻는 말에 나는 머리카락을 귀 뒤로 넘기면서 새치름하게 대답했다.

"지금 깼어요."

"거짓말. 너 기절한 척한 거였지?"

"아니거든요?"

"그럼 내가 중얼거리는 소릴 듣고 깼다고? 거짓말도 정도껏 해. 거짓말이 아주 몸에 뱄구나, 너?"

그래도 내가 신애인 줄 알던 때는 꽤 상냥하게 굴더니, 이제는 아예 나한테 삿대질까지 하면서 매너 없이 군다, 저 인간. 서러워서, 원.

자신의 두 팔을 교차시켜 팔짱을 척 낀 신노 오빠의 넓은 어깨가 위협적으로 느껴졌다. 그가 나를 덮칠 듯 상체를 숙인 자세로 물었다.

"우리 신애 어디 있어?"

"……"

괴롭다. 난감하다. 이걸 말해야 돼, 말아야 돼?

어차피 들킨 이상 사실대로 말하는 게 맞지만, 자유를 부르짖던 신애의 얼굴이 자꾸 아른거렸다.

"빨리 말 안 해?"

그런데 그 순간 신노 오빠가 나를 향해 윽박을 질렀다.

"……!"

신애한텐 한 번도 안 그러던 인간이, 신애한텐 화도 한 번 낸적 없다던 인간이, 나한텐 저렇게 무섭게 소리를 지르다니!

순간적으로 발끈해서 자리를 박차고 일어났다. 그런 다음 그를 똑바로 올려다보면서 강한 어조로 말했다.

"날 잘못 건드리면 신애를 다신 볼 수 없을 거예요."

"허, 너 지금 협박하는 거야?"

"그렇게 들으셨다면 그게 맞겠죠."

내 말을 들은 신노 오빠가 어이없다는 표정을 지었다. 그래서 나는 그 앞에서 두 팔에 팔짱을 끼면서 당당한 눈빛과 어투로 말했다.

"그래도 너무 걱정하지 마세요. 다행히도 난 당신보다 신애를 더 아끼는 사람이니까."

"뭐?"

반듯했던 그의 눈썹이 원래의 형태를 잃어버리고 마구 구겨졌다. 그걸 보면서 나는 담담히 고백했다.

"나는, 신애의 쌍둥이 언니예요."

그 순간 신노 오빠의 눈이 커졌다. 나는 속쌍꺼풀진 그의 눈이 동그래지는 것을 물끄러미 바라보다가 물었다.

"모르셨어요? 신애한테 쌍둥이 언니가 있는 거."

"……몰랐어, 전혀."

"사 남매가 다 입양 왔다고 하던데, 그런 사정들은 잘 모르시나 봐요?"

"입양 오기 전 과거까지 알 필욘 없으니까. 입양 온 순간부터 우린 우리가 가족일 뿐이고, 다른 사람은 남일 뿐이니까."

조금은 냉정하게 들리는 그의 말에 나는 덤덤히 고개를 끄덕였다. 냉정하다고 그게 틀린 말은 아니니까. 그사이 신노 오빠가 다급하게 입을 열었다.

"그래서, 신애는 지금 어디에 있지?"

"으음. 지금은 자세한 얘긴 해줄 수 없어요. 다만 내가 얘기해 줄 수 있는 건, 그녀가 안전하다는 거예요."

사실대로 얘기했다가는 그렇게 자유를 부르짖던 신애에게 또다시 자유를 뺏는 일이 발생할 것이다. 이 사람이라면 분명 사람을 시켜서 그녀가 있는 곳을 알아낼 테니 말이다.

"어디 있는지나 말해. 내가 직접 확인할 테니."

역시나, 저렇게 나올 줄 알았다. 그래서 나는 짧은 한숨과 함께 그에게 말했다.

"이곳에 그녀 대신으로 오기 전 나는 신애와 약속을 했어요. 약속대로라면 그녀는 열흘 후에는 돌아올 거예요."

그의 얼굴에 복잡 미묘한 표정이 서렸다.

"그걸 어떻게 믿지?"

"이봐요, 나는 신애와 피를 나눈 친언니예요. 그런 내가 신애한테 해가 되는 일을 하겠어요?"

"……."

"이건 다 그녀를 위한 거라고요."

우리 사이에 잠시 무거운 침묵이 흘렀다. 머릿속이 혼란스러운 듯 신노 오빠는 이마를 손으로 짚으며 괴로운 표정을 지었다. 그를 지켜보다가 문득 걱정이 되는 부분이 떠올라 조심스레 물었다.

"가족들한테 말할 거예요?"

"뭐?"

잔뜩 굳은 신노 오빠의 얼굴이 나를 보았다.

"말하고 날 내보낼 건가요?"

생각에 잠긴 듯 눈빛이 깊어진 그가 잠시 후 나직하게 말을 시작했다.

"어디까지 아는지 모르겠지만, 나도 이 집에 입양을 온 데다 꽤 착실한 이미지를 가진 차남인지라 이 중대한 사건을 어떻게 잘 처리해야 할지 고민 중이야. 그러니 조금만 더 생각을 해보지."

그의 결정에 나는 조금 안심이 되었다. 단 며칠이라도 시간을 벌 수가 있지 않은가.

"근데, 생각할수록 열 받네."

그런데 그때 그가 갑자기 생각났다는 듯 헛웃음을 터뜨렸다. 곧 분노에 찬 그의 두 눈이 나를 노려보았다.

"토마토 샌드위치를 먹고 알레르기 증상을 보이길래, 신애가 맞는데 내가 괜한 의심을 했구나 하고 얼마나 미안해했는데……!"

토마토 샌드위치로 나를 테스트했던 그날 신노 오빠는 내 손을 꽉 잡으면서 몇 번이나 미안하다고 했었다. 그래서 나는 그 일에 대해서 진심으로 사과했다.

"미안하게 됐수."

그랬더니 그의 얼굴이 경악으로 물들어갔다.

"됐수? 그게 사과하는 태도야? 그리고 무엇보다 신애 얼굴을 하고선 그딴 말 쓰지 마라, 너."

"뉘예뉘예."

"그딴 말도 쓰지 말고!"

"그동안 신애 코스프레 하느라 못 써서 그래요. 좀만 봐줘……. 쿨럭, 쿨럭!"

멈춘 줄 알았던 기침이 다시 시작되었다. 게다가 손등에 난 두드러기도 아직 그대로였다. 기침을 하면서 방 한구석에 있는 고양이 바구니를 물끄러미 쳐다보고 있는데 그 순간 신노 오빠의 목소리가 다시 들려왔다.

"근데 넌 왜 자꾸 기침을 하는 거야?"

그래서 나는 목을 긁으면서 나 지금 꽤나 머쓱하다는 표정을 지었다. 그리고 아주 작은 목소리로 대답했다.

"고양이 알레르기가 있거든요."

"뭐? 나 참."

고개를 돌려 구석에 있는 고양이 바구니를 본 그가 헛숨을 터뜨렸다.

"그럼…… 토마토 알레르기 비슷한 증상을 일으키려고 고양이를 껴안은 거구나, 그날."

"……네."

"그걸 희 형이 보고 고양일 좋아하는 거라 오해한 거고?"

"……네, 정확하십니다."

뒤통수를 아주 세게 얻어맞기라도 한 듯 신노 오빠는 그 자리에 멈춰 서서 한동안 아무런 행동도 하지 못했다. 그 사이 나는 걸음을 옮겨 고양이 바구니를 좀 더 구석으로 밀어놓았다.

그런데 다음 순간 신노 오빠가 내게로 다가오더니 그 바구니를 한 손으로 들어 올렸다.

"내가 데려갈게, 고양이."

이 말만 남기고 그는 그대로 내 방을 나가버렸다. 그래서 나는 좀 당황했다.

'어머머?'

왜, 왜 거짓말한 나한테 저런 친절을 베풀지? 대체 왜? 혼란스런 머릿속에 든 생각은 하나뿐이었다.

'서, 설마 저 남자…… 나 좋아하는 거 아니야?'

그럼 큰일인데. 아이참. 근데 내가 너무 매력적이라 안 좋아하는 것도 힘들긴 할 거야.

"……!"

그런데 그때 완전히 잊고 있었던 인물이 생각이 났다. 그래서 나는 황급히 휴대폰을 열고 그에게 문자를 보냈다.

[오빠! 정말 미안. 고양이는 잘 해결됐으니까 그냥 집으로 돌아가. 번거롭게 해서 미안해.]

오빠로부터의 답장은 바로 왔다. 오고 또 왔다.

[너, 이 문자 뭐냐? 나 토할 뻔했어. 답지 않게 문자가 왜 이리 착해? 두 번이나 미안하다 그리고. 미쳤어?]
[나 어제 밖에서 바들바들 떨면서 너 기다렸다. 아무래도 감기 걸린 듯!]
[나 감기 걸렸다니까, 인마? 전화는 왜 안 받아?]
[무슨 일 있냐?]

하지만 나는 어젯밤부터 오빠의 연락을 받지 않았다. 아직 신노 오빠가 어떻게 하겠다고 결정의 말을 해주지 않은 상태라 섣불리 어떤 말도, 행동도 할 수가 없었던 탓이다.
하지만 곰곰이 생각해보니 어차피 이 일은 처음부터 끝까지 량현 오빠와는 상관없는 일이어야 한다. 그러니 혹시라도 발생할 수 있는 위험부담은 오직 나 혼자만 끌어안는 게 맞는 것 같았다.

[아무 일도 없어. 이제 열흘만 견디면 되는데, 뭐. 오빠 공부나 열심히 하고 있어.]

결국 나는 량현 오빠에게 이렇게 답장을 보내고 휴대폰을 주머니에 넣었다. 그리고 방에서 나가기 위해 방문을 열었다. 거실로 가려고 몇 발자국 뗐는데 뒤에서 부름이 들렸다.

"이봐, 너."

누가 날 저렇게 성의 없이 부르나 싶어서 나는 고개를 홱 돌렸다. 그랬더니 내 방문 옆 벽에 등을 기대고 선 신노 오빠가 보였다.

"지금 나 불렀어요?"

"그래. 너, 너."

"그렇게 부르지 말아요."

"신애가 아닌데 신애라고 부르는 것도 이상하잖아."

나는 주위 눈치를 살피면서 그 근처로 빠르게 걸어갔다. 그런 다음 태연한 얼굴인 그에게 따져 물었다.

"다른 형제들 앞에서도 이럴 거예요?"

"……."

그는 긍정도, 부정도, 어떤 말도 하지 않았다. 나는 속이 탔다.

"왜 대답을 안 해요? 나 피 말리고 싶어요? 나이도 드실 만큼 드신 분이 왜 그래요, 대체? 빨리 결단을 내려줘요. 사람 숨통 조이지 말고……!"

"경찰서 갈 준비는 됐나?"

"……!"

그가 나직하게 뱉은 질문에 나는 입을 딱 멈췄다.

이 남자 날 신고할 속셈인가?

뭐, 이런 인간이 다 있지?

이 인간한테는 정녕 정이라든가 이해심 따위가 아예 없는 것인가?

나를 보는 그의 반듯한 얼굴이 얄밉게 느껴져서 나는 당당하게 맞받아쳤다.

"아뇨. 내가 무슨 잘못을 해서요?"

그랬더니 그가 한쪽 입술 끝만을 올리며 서늘하게 웃었다.

"사기, 납치, 협박, 무단가택침입 등등 잘못은 아주 많은데?"

사기, 납치, 협박, 무단가택침입? 그중에서도 납치가 제일 어이가 없었다.

"납치요? 내가 신애를 납치했다, 이거예요?"

"그렇게 신고해버릴 수도 있다, 이 말이지."

이 무서운 남자 같으니라고…….

부글부글 화가 끓었다. 협박은 내가 아니라 이 남자가 하고 있는 거 아닌가! 결국 나는 화를 참지 못하고 버럭 소리쳐버렸다.

"그래요! 맘대로 해요! 까짓것 콩밥 먹죠, 뭐."

"누나가 콩밥을 왜 먹어?"

그때 갑자기 2층 계단 쪽에서 신락의 목소리가 불쑥 들렸다. 그 목소리에 나는 심장이 쿵 내려앉는 느낌이 들었다.

이제 모든 게 끝이다. 신락까지 내 정체를 알게 되면 정말 다 끝이다.

곧 신락이 호기심 가득한 얼굴로 우리들에게 다가왔다. 그래서 나는 자포자기한 심정이 되어 두 눈을 질끈 감았다. 그때 신노 오빠의 목소리가 신락에게로 향했다.

"다이어트 하라고 했더니 이렇게 예민하게 구네."

"다이어트?"

생각지도 못한 그의 말에 나는 두 눈을 번쩍 떴다. 하지만 신노 오빠는 덤덤한 얼굴로 말을 이었다.

"응. 콩밥이 다이어트에 좋으니까 먹으라고 권했거든."

"에이, 그건 작은형이 너무했네."

신락은 아침 운동을 가던 길인 듯 수건을 머리에 두르면서 멍해 있는 나를 향해 말했다.

"다이어트 하지 말고 나랑 운동하자, 누나."

"아, 어, 그래. 나중에."

"진짜 나랑 하는 거다? 난 그럼 운동 갔다 올게."

신락이 가고 난 후, 나는 조금 허망한 눈길로 신노 오빠를 쳐다보았다.

'이 남자, 지금 날 놀린 건가?'

내가 자신을 노려보듯 빤히 쳐다보자 신노 오빠는 무표정한 얼굴로 팔짱을 꼈다. 뿐만 아니라 다소 거만한 어조로 말했다.

"지금부터 진짜 내 결론을 말해주지."

"그래요. 이제 사람 그만 놀리고 진심을 말해줘요."

답답한 마음에 그의 말을 재촉하자 그가 나를 지그시 응시하면서 입을 열었다.

"나는 일단 너랑 같이 신애가 돌아오는 걸 기다리기로 했어."

그가 내린 결정은 굉장히 의외였다. 그 말인즉, 내 비밀을 지켜주겠다는 의미가 아닌가. 너무 의외여서 나는 이상한 생각까지 들었다.

"그런 결정 내린 거, 혹시 나 때문이에요?"

"뭐?"

"혹시, 진짜, 행여라도 나 좋아하지 마요. 나 신애 언니예요."

다음 순간 신노 오빠는 두 눈을 질끈 감으며 크게 한숨을 내쉬었다. 아무래도 화를 참는 듯 보였다. 그, 그건 아닌가 보구나.

"진짜 의문이다, 어떻게 너 같은 애가 신애 행세를 하려고 한 건지. 넌 신애랑 다르게 엄청 건방지고 교만한데. 심지어 눈빛도 시건방져, 넌."

아님 말지, 뭘 저렇게 예리하게 디스하고 그러시나. 잘못한 게 있으니 참긴 하겠지만 그래도 짜증은 난다.

내가 가만히 있으니까 진짜 가마니로 보이나, 그의 신랄한 말은 거기서 멈추지 않고 계속 이어졌다.

"그리고 내가 널 좋아할 확률은 제로야. 넌 내 타입도 아니고, 무엇보다 넌 신애를 닮았잖아. 오빠가 여동생을 좋아하는 게 말이나 된다고 생각해?"

거만하게까지 느껴지는 그의 당당한 얼굴에 나는 조금 기분이 상했다. 그래서 새치름하게 반박했다.

"닮았지만 난 신애가 아니에요."

"나한텐 너도 신애도 똑같아. 여자가 아닌 여동생이지."

"그 말인즉, 나한테 두근거리지 않을 자신이 있다는 거군요?"

"당연하지."

분하다, 분해. 저렇게까지 확언하다니. 얼굴에 점이라도 찍고 유혹해버릴까 보다. 진짜 작정하고 유혹해버리고 싶은 못된 충동이 들었지만 참았다.

그래, 어차피 두근거려도 곤란하다. 그는 내 동생의 오빠니까. 나는 지금 내 동생을 위해서 그와 함께하는 것뿐이니까.

"그리고 앞으론 행동을 더 조심해야 할 거야."

"……?"

갑작스런 신노 오빠의 말에 나는 두 눈을 동그랗게 떴다. 이건 또 무슨 협박이지?

"나 말고 다른 형제들이 눈치채면 그땐 정말 위험할 테니까."

"위험하다고요?"

생각지도 못한 그의 말에 나는 마른침을 꿀꺽 삼켰다. 그사이 그의 말이 이어졌다.

"난 널 용서했지만, 만약 형이 이 사실이 알게 된다면 어떤 일이 벌어질지 장담할 수 없어. 그렇지만 최소…… 네가 위험해질 거란 건 알아."

"왜, 왜요? 나, 난 신애 언닌데."

조금 긴장한 상태로 더듬더듬 물었더니 그가 바로 쓴웃음을 지었다.

"그래, 그거야."

"네?"

"신애가 아니라 신애 언니지. 신애 본인이 아니잖아."

우와, 냉정하여라.

씁쓸함이 느껴져서 어깨를 축 늘어뜨리고 있는데 그 순간 신노오빠가 내게로 허리를 숙이며 나직한 목소리로 말했다.

"네가 모르는 게 하나 있어서 말해주는 건데……."

그의 반듯한 얼굴이 너무 가까워져서 나는 은근슬쩍 상체를 뒤로 빼면서 그의 말을 들었다. 그랬더니 그가 하는 말이 가관이다.

"우리 집에서 제일 무서운 건 내가 아니야."

너무 어이가 없었다. 나는 아직도 어젯밤에 느낀 공포가 생생한데 말이다.

"당신이 아니라고요? 거짓말 말아요."

"정말 아니야. 우리 형이지."

"희 오빠요?"

"그래. 희 형이 돌아버리면 부모님도 못 막아."

덥수룩한 머리에 항상 웃고 다니는 희 오빠가 제일 무섭다? 하긴, 전에 신락도 그런 비슷한 말을 했었다.

"희 형이 모든 사실을 알아버리기 전에 신애를 데려오는 게 좋을 거야."

"……곧 돌아올 거예요. 나한테 한 달만 있으면 돌아온다고 약속했어요."

믿었다.

나는 내 동생 신애를 정말 굳게 믿었었다.

침대에 누워서 잠을 청하려고 했는데 휴대폰으로 문자가 하나 들어왔다.

[집 앞이야. 잠깐만 나와줘.]

이런 헤어진 전 남친 포스를 폴폴 풍기는 문자를 보낸 이는 량현 오빠였다. 위험하게 집까진 왜 또 왔지?

나는 신가네 형제들이 모두 잠든 시각 현관문을 열고 밖으로 나왔다.

"여기까지 웬일이야?"

대문 앞에서 빨간 추리닝을 입은 량현 오빠를 발견한 나는 얼른 그에게 다가가 여기까지 찾아온 이유를 물었다. 말없이 나를 빤히 보던 오빠가 잠시 주저하는 듯하더니 입을 열었다.

"너, 너, 솔직하게 말해봐."

"뭘?"

"너 어제 점심때쯤에 뭐 했어?"

갑자기 내 어제 스케줄에 대해 묻는 오빠에게 나는 고개를 갸우뚱하면서 대답했다.

"그건 왜? 그 시간이면, 요리학원에 있었을 텐데?"

그런데 이어지는 오빠의 질문이 이상했다.

"그 요리학원이 혹시 수원에 있니?"

"아니, 그렇게 멀리까진 못 가지. 강남에 있는 거야."

"아…… 이런."

량현 오빠가 갑자기 크게 한숨을 내쉬었다. 절망적으로까지 보이는 그의 얼굴에 나는 긴장을 한 채 물었다.

"갑자기 왜 그래?"

"이건 어디까지나 내 추측인데 말이야……."

"응."

"……."

"빨리 말해봐. 뭔데?"

나는 마른침을 삼키며 그의 입술이 다시 열리기만을 기다렸다. 그 기다림도 잠시. 얼마 지나지 않아 량현 오빠가 말을 뱉어냈다.

"아무래도…… 신애가 한국에 있는 것 같다, 라현아."

뭐?

량현 오빠의 말을 나는 도저히 믿을 수가 없었다.

"말도 안 돼. 신애가 왜?"

신애가 한국에 있다고? 그럼 날 속인 거야?

대체 왜? 걔가 왜 날 속여?

그럴 리가 없는데……!

"내 친구가 수원으로 이사를 갔는데, 거기서 우연히 널 꼭 닮은 애를 봤대. 그런데 네가 수원에 있는 게 이상해서 나한테 물어본 거고."

량현 오빠가 자신의 말에 근거를 덧붙였다. 그런 오빠를 바라보는 내 시선이 불안감에 흔들리기 시작했다. 하지만 애써 그 불안을 떨쳐내며 물었다.

"그 친구가 잘못 본 거 아니야?"

"나도 그 생각 안 한 건 아닌데, 그 녀석이 너 얼굴 반반하다고 한때 좋아했단 말이야. 근데 좋아했던 애 얼굴을 잘못 봤을 리는 없을 것 같아서."

마음이 무거워진 나는 두 손을 교차시켜 양팔을 꽉 끌어안았다. 솔직히 지금 나는 좀 많이 불안했다. 그런 위축된 내 모습이 안쓰러웠던지 량현 오빠가 내 머리를 부드럽게 쓰다듬어주었다.

"걱정 마. 내가 내일 친구 녀석이 말한 델 한번 가볼게. 신애가 그곳에 있다면 무조건 데려올 거야. 그리고 혹시 신애가 돌아오지 않는다고 해도 걱정하지 마. 내가 무슨 수를 써서라도 이 집에서 널 빼낼 거니까."

진지한 오빠의 얼굴과 목소리에 나는 불안한 마음이 조금 진정되는 느낌이 들었다. 그런데 그때 갑자기 대문이 열리는 소리가 났다.

"여기서 뭐 하는 거지?"

대문을 열고 나오는 신노 오빠의 얼굴을 확인한 나는 얼른 두 손을 뻗어 량현 오빠의 몸을 뒤로 밀쳐냈다.

"또 네놈이냐?"

신노 오빠의 눈썹이 무섭게 구겨졌다. 재빨리 나는 밀쳐진 자신의 몸을 멍하니 내려다보고 있는 량현 오빠에게 소리쳤다.

"이한량, 여긴 왜 또 왔어? 이제 오지 말라니깐!"

기분이 상한 듯 량현 오빠는 굳은 얼굴로 나와 신노 오빠를 번갈아 쳐다보았다. 나는 더욱 연극에 열을 올렸다.

"아직도 날 못 잊었니?"

나 아무래도 요즘 연기에 물이 오른 것 같다. 내가 생각해도 표독스런 연기를 참 잘한다.

"시, 신애야, 나는 너 없인 못 살겠어."

드디어 량현 오빠도 연극할 마음이 생긴 건지 내 대사를 받아주기 시작했다. 그런데 그때였다. 내 곁으로 성큼성큼 다가온 신노 오빠가 내 팔뚝을 잡고는 나를 끌고 갔다.

"신애야!"

나를 애절하게도 부르는 량현 오빠를 돌아보는 사이 신노 오빠는 나를 대문 안으로 들어오게 하고는 문을 쾅 닫았다. 그 후 내 쪽으로 홱 돌아서면서 말했다.

"저놈은 옷이 저거밖에 없대?"

"네!"

매번 빨간 추리닝 차림인 량현 오빠의 옷차림에 대해 묻는 신노 오빠에게 나는 너무나도 솔직하게 대답을 해버렸다. 그랬더니 그가 쓴웃음을 지으며 다시 물었다.

"그리고 저놈, 의대생 아니지?"

"맞거든요?"

"아니야. 의대생치곤 너무 찌질해. 너 속은 거야, 분명."

"아니에요! 우리 오빠 한국의대 다녀요!"

아. 나 지금 굉장히 쓸데없는 걸 말해버렸네······? 대학교까지

말해버리다니, 난 정말 구제불능이다.

곧 신노 오빠는 어이없다는 듯 헛웃음을 터뜨렸다. 그래서 나는 그의 눈치를 보다가 단호하게 말했다.

"제 남친은 건드리지 말아요."

그런데 그 순간 갑자기 신노 오빠가 눈빛을 달리했다. 그의 서늘한 눈빛이 나를 지그시 내려다보았다.

"네 남친이 널 신애라고 부른다는 건, 저놈도 네 연극을 도와주고 있다는 의미겠군."

"제가 부탁한 거예요. 제발 남친은 건드리지 맙시다. 예?"

혹시라도 량현 오빠에게 피해가 갈까 봐 내 눈빛은 애절하기 그지없었다. 그는 잠시 나를 가만히 내려다보더니 이내 한쪽 입술 끝을 올렸다.

"넌 너무 시건방져."

가시가 돋쳐 있는 그의 말에 나는 팩하니 눈을 사납게 떴다. 곧 우리는 서로를 노려보며 으르렁거렸다.

"네가 잠시 잊은 모양인데, 내가 널 봐주고 있는 건 어디까지나 신애 때문이야."

"누가 뭐래요?"

"그러니까 넌 좀 더 내게 고분고분해야 할 필요가 있다고. 그렇게 건방진 태도를 취할 게 아니라."

"가는 말이 고와야 오는 말이 곱다는 말도 몰라요? 그렇게 하기엔 당신이 날 너무 막 대하잖아요? 아까도 막 팔 잡아당기고, 막 째려보고! 그래도 내가 신애 언닌데 너무하는 거 아니에요?"

서러웠던 감정이 폭발했다. 그래서 다 쏟아내고 있는데, 그 순간 그의 커다란 손이 내 얼굴로 다가오더니 내 입을 막았다.

"입조심해. 목소리가 너무 커."

까, 깜짝이야.

내 귓가로 가까이 들려오는 그의 낮은 음성에 나는 심장이 두근거렸다. 근데 이건 놀라서 뛰는 거다, 놀라서.

그런데 그때였다.

"너희 거기서 뭐 해?"

대문이 열리고 덩치가 큰 희 오빠가 나타났다. 신노 오빠는 내 입에서 급하게 손을 뗐다. 갑작스런 희 오빠의 등장에 안 그래도 세차게 뛰던 내 심장은 더욱 크게 뛰기 시작했다.

"설마 둘이 싸워?"

희 오빠는 어정쩡하게 서 있는 우리 둘을, 작지만 예리한 눈으로 주시했다. 나는 뜨끔했다.

"큰 소리가 나던데……."

"그, 그럴 리가요."

나는 황급히 함박웃음을 지으며 신노 오빠의 팔에 팔짱을 꼈다. 그러자 신노 오빠가 움찔하며 몸을 굳히는 게 느껴졌다. 하지만 나는 전혀 개의치 않고 이어 말했다.

"노 오빠가 저한테 얼마나 잘해주는데요."

"그래?"

"네. 지금도 제 입에 뭐 묻었다고 털어주고 있었어요. 참 자상하죠?"

"흐음."

그제야 희 오빠가 눈에 힘을 풀고 고개를 끄덕였다. 그를 향해 나는 상냥하게 웃으며 물었다.

"이제 들어오시는 거예요?"

"응. 너무 피곤하다. 너흰 안 들어가?"

하품을 늘어지게 한 희 오빠가 먼저 앞장을 섰다.

"들어가야죠."

내가 얌전히 대답하자 그는 다정하게 붙어 있는 신노 오빠와 나를 슥 돌아보더니 환하게 웃었다.

"둘이 사이좋으니까 얼마나 보기 좋아. 같이 들어가자."

희 오빠는 우리보다 앞서 걸으면서 자꾸 신노 오빠와 나를 힐끔힐끔 돌아보았다. 그 탓에 나는 신노 오빠에게 낀 팔짱을 빼지 못했다. 누군가와 딱 달라붙어서 걷는 건 정말이지 상당히 불편한 일이었다. 그래도 애써 꾹 참고 걷고 있는데 내 옆의 신노 오빠가 거의 완벽한 복화술로 내게 속삭였다.

"들러붙지 마."

나도 억울한 마음에 어설픈 복화술로 반박했다.

"어쩔 수 없잖아요. 희 오빠가 자꾸 돌아보니까."

"그럼 내 팔에 상체를 너무 밀착시키지 말든지."

곧이어 들려온 그의 훌륭한 복화술에 감탄하다가 그 내용을 곱씹고 어이없는 웃음이 터졌다. 웃으며 앞을 힐끔 보았더니 희 오빠는 이미 집 안으로 들어간 후였다. 나는 얼른 신노 오빠에게서 내 팔을 빼내며 말했다.

"어머, 지금 이 상황에서 내 가슴을 느낀 거예요?"

"뭐?"

"안 그럼 상체 얘길 왜 해요?"

"이봐, 너 지금 대체 무슨 소릴 하는 거야?"

신노 오빠는 눈썹을 구기면서 기막혀했지만 나는 물러설 생각이 없었다. 그래서 더 당돌하게 물었다.

"솔직히 말해봐요. 지금 두근거렸죠?"

"미쳤어?"

"강한 부정은 곧 강한 긍정인 법."

나는 혀를 끌끌 차며 안타까움을 드러낸 후 허리에 손을 척 올렸다. 그리고 그의 앞에서 당당한 얼굴로 말했다.

"큰일이네요. 아무래도 내가 너무 매력적이라 당신이 자꾸 날 여자로 느끼나 본데……."

"웃기지 마."

그는 내 말을 가차 없이 잘라냈다. 내가 입을 멈추자 나를 내려다보는 그의 얼굴에 거만하고도 자신만만한 미소가 걸렸다.

"난 지금 네가 나한테 키스를 한다고 해도 두근거리지 않을 자신이 있어."

"진짜요?"

그래서 나 또한 도도한 미소를 지어주었다. 그리고 잠시 후 천천히 그의 왼쪽 가슴으로 검지를 뻗으면서 말했다.

"진짜 내가 여기에다 손을 얹은 채 키스를 해버릴 수도 있어요."

"······좋을 대로 해."

정말 이대로 키스해버릴까? 막 해버려?

저 거만한 남자 보란 듯이 키스를 해버리고 싶지만······ 못 하겠다. 몸이 안 움직인다.

왜 이러지?

나 정말 저 고리타분한 신노를 남자로 느끼나?

"어머, 웬일이야."

당황한 나는 황급히 손을 걷어내며 거만한 미소를 만들어 보였다. 그리고 도도하게 턱을 들어 올린 채 그에게 말했다.

"나한테서 키스를 받아내려고 일부러 그런 자극적인 말을 던지다니. 당신, 머리 좋은데요?"

"······잠이나 자라."

신노 오빠는 그대로 나를 스쳐 집 안으로 들어가버렸다. 혼자 남겨진 나는 괜히 싱숭생숭한 마음에 달밤의 체조를 강행했다.

009

똑똑똑.

내 달콤한 잠은 요란스런 노크 소리로 깨버렸다. 그 노크 소리
에 놀라 황급히 문을 열고 나가니 문 앞에 깔끔한 정장 차림의 신
노 오빠가 서 있었다.

"아침부터 무슨 일이에요?"

"눈곱 먼저 떼고 들어."

그의 냉정한 말에 나는 얼른 손을 들어 눈 주위를 정리했다. 그
러게 왜 민망하게 아침 일찍부터 찾아오고 그런담.

"자요. 말해요."

머쓱해서 퉁명스럽게 말했더니 제법 비장해 보이는 표정을 지
은 그가 목소리를 낮추며 말했다.

"내가 너의 남자 친구에 대해 조사를 좀 해봤어."

"나, 남자 친구를요?"

잠이 확 깨는 소리였다. 그래서 나는 두 눈을 휘둥그레 뜨고 그에게 따졌다.

"남친은 아무 잘못 없잖아요."

"넌 지금 신애인 척하는 신애일 뿐이지만, 그래도 일단은 우리 집 식구일 땐 내가 관리해줘야 하니까."

고리타분한 그의 말에 나는 노골적으로 한숨을 폭 내쉬었다. 그러나 그는 전혀 개의치 않고 나직하게 말했다.

"그런데 넌 역시 속았어."

"속다뇨?"

"한국의대에 이한량이라는 의대생은 없었어."

없겠죠. 그의 진짜 이름은 이한량이 아니니까요.

그런데 이 사람은 해가 뜬 지 얼마나 됐다고 벌써 우리 오빠에 대한 조사를 마친 걸까? 참 부지런하다.

"뭐야? 왜 반응이 없어? 너 속았다니까?"

그런데 신노 오빠는 지금 꽤 심각했다. 그의 진지한 표정에 나는 고민에 빠졌다.

이럴 때 충격 받은 듯한 리액션은 어떻게 해줘야 하지?

그냥 두 눈을 크게 뜨면 되나? 뒷목 잡고 쓰러지는 건 너무 회장님스럽고…….

그래서 나는 그냥 입가를 손으로 가리며 울먹거렸다.

"어떻게 그럴 수가……. 충격을 받아서 그러는데, 나 다시 방으로 들어가봐도 될까요?"

그러자 신노 오빠는 나를 안쓰럽다는 듯이 쳐다보았다.

"그래, 들어가 봐. 나중에 얘기하자."

"……네."

신노 오빠를 보내고 방으로 다시 들어와서 거울로 내 얼굴을 살펴보았는데, 뭐 이런……! 하고 욕이 튀어나올 뻔했다.

머리는 사방팔방으로 뻗쳐서 새집을 형성하고 있었고 눈은 부어 있었으며, 입가엔 얼핏 침 자국까지 보였던 것이다.

창피함에 얼굴이 화악 붉어졌다. 이런 총체적 난국인 내 상태를 신노 오빠는 다 지켜본 것이 아닌가.

"눈곱 따위가 문제가 아니었어……!"

솔직히 신노 오빠의 눈곱 지적에 상당히 기분이 상하고 부끄러웠지만, 그건 고작 빙산의 일각일 뿐이었다. 오히려 그것만 지적해준 것에 고마워해야 할 판이었다.

부끄럽다. 생각보다 상당히 너무 부끄럽다.

다음부터 아침 용무는 무조건 쪽지로 써서 남기라고 해야겠다. 어떻게 얼굴이 이런 전쟁터에 가까운 상태일 수가……. 근데 나 왜 이렇게 과하게 부끄러워하지?

잠에서 막 깬 신애 얼굴이야 지난 14년 동안 질리도록 봐왔을 신노 오빠가 아닌가.

그런데 그런 그한테 겨우 부은 얼굴 좀 보였다고 난 왜 이리 호들갑을 떨고 패닉 상태가 된 거란 말인가!

이상했다. 언젠가부터 이상하게 신노 오빠를 보면 부끄러웠다.

그건 분명 정체가 들켜서란 이유만은 아닌 것 같았다. 왜냐하면 들키기 전부터 그랬으니까.

그런데 더 분명한 건 친동생의 오빠한텐 느끼면 안 되는 감정인 것 같다는 것이다. 그래서 나는 내 머리를 손으로 때리면서 나를 진정시켰다.

정신 차려, 한라현.

넌 이제 다음 주면 떠나야 되는 애야. 괜한 감정낭비 하지 말라고!

신락과 단둘이 늦은 아침 식사를 하고 있는데 주방으로 신노 오빠가 들어왔다. 그는 내가 이른 아침에 본 대로 슈트 차림이었다.

"어? 형, 아직 출근 안 했어?"

그의 등장에 신락이 두 눈을 크게 뜨고 묻자 신노 오빠는 물컵으로 손을 가져가면서 쿨하게 대답했다.

"이제 가야지."

"아침은?"

"됐어."

물 한 모금을 마시고 컵을 내려놓는 신노 오빠의 얼굴을 나는 이상하게 쳐다보질 못했다. 아침에 잠에서 막 깬 총체적 난국 민낯을 보인 탓일까? 잘 모르겠다. 그래서 그냥 묵묵히 밥만 먹었다.

"신애."

그런데 곧 그가 나를 불렀고 나는 조심스럽게 고개를 들어야 했다. 나와 눈이 마주친 신노 오빠가 내 얼굴을 한참이나 쳐다보더니 물었다.

"괜찮아?"

뭐가?

……아아. 아침의 그 '이한량 한국의대생 사칭 사건'에 대해서 말하는 거구나. 그건 별로 안 괜찮을 것도 없다.

"아, 네. 괜찮아요."

"얼굴색이 별로 안 좋은데?"

"아, 아닌데. 정말 괜찮은데요."

예리하게 눈을 빛내는 신노 오빠의 시선을 살짝 피했다. 왠지 그의 눈을 똑바로 못 쳐다보겠다. 뭔가, 좀 부끄러웠다. 아무래도 이건 아침에 못 볼 꼴을 보인 탓인 것 같다. 맞다, 그거다.

"아니야. 누나 얼굴빛 안 좋아, 지금."

신락까지 내 얼굴색이 안 좋다며 거들고 나섰기에 나는 억지로 웃음을 지어 보였다.

"정말 괜찮다니까. 밥이나 얼른 먹어."

그런데 그때 신노 오빠가 내 옆으로 성큼성큼 다가왔다. 그의 접근에 긴장한 채 굳어져 있는데 갑자기 그가 내 어깨에 손을 올리며 말했다.

"오늘 요리학원 가지? 끝나고 회사에 들러. 내가 할 말이 있으니까."

그래서 나는 내 어깨에 있는 그의 손을 힐끔 돌아보면서 작은 목소리로 대꾸했다.

"왜요? 그냥 지금 해요."

"집에서 할 얘기가 아니니까 그렇지."

집에서 못 할 얘기가 대체 뭔데?

괜히 또 이상하게 가슴이 간지럽고 침이 마른다. 그때 반대편에서 우리 둘을 보고 있던 신락이 고개를 갸웃거렸다.

"요즘 둘이 왜 그렇게 사이가 좋아?"

"응?"

"요즘 노 형이 애 누나 방에 자주 가는 거, 나 알거든?"

오, 이런. 신락이 생각보다 많이 둔한 건 아닌 모양이다.

다음 순간 나는 환하게 웃으며 신노 오빠를 애교스럽게 툭 건드렸다. 그러면서 신락을 향해 말했다.

"내가 결혼이 얼마 안 남았으니까 노 오빠가 많이 외로운 모양이야. 자꾸 날 찾더라고."

그랬더니 내 옆에서 서늘하게 웃은 신노 오빠가 입을 열었다.

"너도 알다시피 신애가 워낙 착하고 순해서 걱정이 많이 되잖아. 그래서 결혼 전에 이런저런 얘기를 해줘야겠다 싶어서."

"하여튼 이 동생 바보 오빠, 호호."

"그 동생이 신애 너니까, 하하."

내 덕분에 이 남자도 연기력이 늘어간다. 얼굴까지 잘생겨서, 정말이지 배우 같다.

"그럼 이따 보자, 신애."

신노 오빠는 나를 정말 아낀다는 듯 내 어깨를 부드럽게 감싸 쥔 뒤 주방을 나갔다. 그때 신락이 작게 중얼거리는 소리가 들렸다.

"노 형……."

"응?"

"분위기가 변했네."

생각지도 못한 신락의 말에 나는 순간 호기심이 일었다.

"왜? 어떻게? 뭐가?"

"잘은 설명 못 하겠는데…… 으음, 분위기가 조금 부드러워졌다고 해야 하나, 조금 귀여워졌다고 해야 하나?"

"풋."

신락의 말에 나는 웃음이 터졌다.

'귀여워? 저 남자가? 저 시크 대마왕 신노가?'

말도 안 된다. 피식피식 웃으며 신락을 보니 그의 입가에 밥풀이 붙어 있는 게 보였다. 그래서 나는 웃는 얼굴로 그에게 말했다.

"네가 귀여운 걸 못 봐서 그러나 본데, 가서 거울 한번 봐봐. 그게 진짜 귀여운 거니까."

그러자 신락이 얼굴 가득 함박웃음을 지었다.

"정말? 내가 그렇게 귀여워?"

신이 난 듯 신락은 발랄한 움직임으로 자신의 휴대폰 카메라를 켜 얼굴을 비춰 보았다. 그러더니 곧 인상을 찌푸렸다.

"우씨, 내가 아니라 밥풀이 귀여운 거잖아."

나는 그런 신락이 귀여웠다. 귀여운 건 저런 걸 말하는 거다.

"할 말이 뭐예요?"

본부장실로 들어온 나는 들고 있던 요리학원 가방을 소파에 올려놓으며 신노 오빠를 향해 물었다. 그러자 책상에 앉아 나를 물끄러미 보고 있던 그가 자리에서 일어서더니 심각한 얼굴로 내게 다가왔다. 다가오는 그의 손에는 웬 누런 서류봉투가 들려 있었다.

"그건 뭐예요?"

"……."

대답 없이 신노 오빠는 그 안에서 문서를 꺼냈다. 그사이, 나는 탁자 위에 있는 물컵을 들어 목을 축였다. 물을 마시면서 신노 오빠를 지켜보고 있는데 그가 내 옆 소파에 앉더니 말을 시작했다.

"널 속인 게 괘씸해서 네 남자 친구를 좀 더 상세히 조사해봤어."

"컥."

깜짝 놀라서 사레가 들리고 말았다. 물에 사레들리면 약도 없다는데 말이다. 기침을 하는 내게로 신노 오빠가 티슈를 뽑아 건넸다. 그 티슈로 재빨리 입을 닦은 나는 놀란 목소리로 그에게 소리쳤다.

"아니, 뭐 그런 짓까지 해요?"

"뭐? 그런 짓? 넌 억울하지도 않아?"

"안 억울한데요?"

생각보다 행동력이 엄청난 신노 오빠 때문에 나는 정말 난감했다. 이 남잔 왜 그런 쓸데없는 짓까지 한 걸까? 곧 그가 그 이유를 알려주었다.

"난 그놈 괘씸해."

"착각하지 말아요, 당신. 난 당신 여동생이 아니에요. 그렇게까지 할 필요가……!"

그런데 신노 오빠는 내 말은 듣지도 않고 자신의 말을 이었다.

"그래서 사람을 시켜서 미행을 했어."

헛. 우리 오빠 미행까지 당한 거야?

정말 미치겠군.

"처음 조사했을 땐 분명 한국의대에 이한량이라는 학생은 없다고 했는데, 집을 나선 그 녀석이 한국의대로 가긴 가더래."

"네, 그랬군요."

이젠 자포자기 심정이다. 이체 얼마 안 있으면 내 이름까지 다 알아내겠군.

"이상해서 더 알아봤더니 한국의대생은 맞는데 이름이 이한량이 아니었던 거야."

신노 오빠는 무슨 굉장히 대단한 사실을 알아냈다는 듯 거만한 얼굴로 내게 말했다. 하지만 나는 전혀 감흥이 없었다. 그것보단 그가 대체 어디까지 알아냈는지 그게 신경 쓰였다.

"본명 한량현. 올해 스물여섯. 한국의대 수석 입학생. 열일곱이 되던 해 여동생 입양과 동시에 부모님이 사고로 사망. 근데 여기서 수상한 건, 입양된 여동생이 현재 행방불명이라는 거."

그 행방불명된 여동생이 당신 앞에 있으니까 그렇겠죠.

"한라현."

잠시 후 그가 나지막하게 덧붙인 내 이름에 나는 순간 심장이 쿵 내려앉는 느낌이 들었다. 생각보다 그는 많은 걸 알아낸 것 같았다.

"그 여동생 이름이라더군. 사진은 구하지 못했는데 굉장한 미인이라고 동네에 소문이 자자하대."

그건 또 몰랐네. 내가 모르는 사실까지 알아내다니, 대단한 정보력이군.

"수상하기도 하고 또 굉장한 미인이라기에 조사를 좀 해봤지."

그리고 그는 나에 대해 조사한 내용을 읽기 시작했다.

"서울 출생. 10살 때까지 고아원에서 자람. 5년 동안 입양과 파양을 반복. 네 번째 만에 입양 성공. 그러나 입양된 해 양부모님이 사고로 돌아가심."

조사한 자료를 읽던 신노 오빠가 갑자기 입을 멈췄다. 그러곤 아주 작게 중얼거렸다.

"이 여자도 참 불운한 여자군."

"······!"

순간 심장이 찌릿하고 아파왔다.

하지만, 맞는 말이다. 객관적으로 보는 나는 저럴 것이다. 몇 주 전까지만 해도 나도 그렇게 생각하고 있었던 부분 아니던가.

"파양을 한 번도 아니고 세 번이나 당한 데다 마지막으로 입양된 집에서는 양부모님이 사고로 사망. 안쓰러울 정도로 불행한 여자네."

잔잔하게 이어지는 그의 혼잣말에 나는 두 주먹을 꽉 움켜쥐고 말았다.

다 사실인데…… 정말 다 맞는 말인데…… 왜 이렇게 울고 싶어지는 걸까.

그 순간 눈물이 터져 나오려고 했기에 참아내려고 이를 악물었다. 그리고 애써 덤덤한 얼굴로 신노 오빠를 바라보았다.

"굉장한 정보력을 가지고 계신다고 생각했는데, 중요한 게 하나 빠졌네요."

"중요한 거?"

그의 한쪽 눈썹이 치켜 올라갔다. 목소리가 잘 나오지 않아서 나는 헛기침을 몇 번 한 뒤 다시 입을 열었다.

"그 불행한 여자, 쌍둥이예요. 쌍둥이 동생 이름은 신애고요."

"뭐……?"

마주하고 있는 신노 오빠의 눈망울이 크게 흔들렸다. 그걸 보는데 순간 눈물이 울컥 차올랐다. 참아보려고 했는데 이번엔 도저히 못 참겠다. 결국 눈가를 타고 눈물이 또르르 흘러내렸다.

"내가…… 그 불행한 여자, 한라현이에요."

흐르는 눈물을 급하게 손등으로 닦아냈다. 그리고 애써 밝게 웃으며 이어 말했다.

"참 다행이죠? 그런 여자가 이 집으로 입양 오지 않아서."

"……."

"내가 이 집으로 왔으면 이 집 부모님이 돌아가셨을지도 모르잖아요?"

사실은 소리를 내서 엉엉 울고만 싶었다. 하지만 나보다 신노 오빠의 얼굴이 더 괴로워 보여서 더는 울지 못했다. 손바닥으로 두 눈을 꾹 눌러서 눈물을 참아내고 있는데 신노 오빠가 낮은 목소리로 내게 말했다.

"미안해. 일부러 상처 주려고 한 말은 아니야. 난 네가 한라현인 줄 정말 몰랐어. 알았으면 절대……."

"네, 그랬겠죠. 전 괜찮아요. 괜찮아요, 정말."

자신에게 위로하듯 그렇게 말하고 있는데 신노 오빠가 내게로 팔을 뻗었다. 그가 그 긴 팔로 나를 부드럽게 끌어안았다.

"……!"

제일 먼저 심장이 쿵 하고 반응했다. 깜짝 놀란 내가 그의 어깨에 손을 올리자 그가 나직하게 말해왔다.

"이건, 오빠로서 건네는 위로와 사과의 허그야. 괜찮지?"

"……네."

"……홀아비 냄새 안 나지?"

나 방금까지 이 남자 때문에 눈물을 흘렸었는데 이젠 이 남자 때문에 웃음이 난다. 내가 웃으면서 그의 품에서 벗어나자 신노 오빠가 내 눈치를 살피면서 말했다.

"상상도 못 했어. 그렇게 살아온 여자애치곤 네가 너무 밝으니까."

"우리 오빠 덕분이에요. 오빠가 날 그렇게 키웠거든요."

"아아, 그 빨간 추리닝……."

량현 오빠를 지칭하는 단어에 나는 또 웃음이 났다. 내 웃는 얼굴을 빤히 보던 신노 오빠가 진지한 표정으로 입을 열었다.

"그럼 엄밀히 말하면 그 빨간 추리닝이랑 너도 친남매는 아닌 거네. 어쩐지 연기가 리얼하더라니……."

"네?"

순간 그가 던진 말을 이해할 수 없어서 나는 다시 물었다.

"그게 무슨 뜻이에요?"

말하기 곤란하다는 듯 그는 헛기침을 했다. 그러나 나는 집요하게 그를 계속 쳐다보았고 결국 그는 어쩔 수 없다는 표정으로 말을 시작했다.

"아니, 널 좋아하는 찌질남 연기가 너무 리얼해서……. 혹시, 그 빨간 추리닝이 널 좋아할 수도 있겠단 생각이……."

그래서 나는 그의 말을 자르며 단호하게 말했다.

"그럴 리는 절대 없죠. 오빠랑 나는 10년 가까이 가족으로 살았어요. 사소한 일에 피 터지게 싸우는 남매로요. 당신도 얼마 전에 여동생은 절대로 좋아할 수 없다고 말했었잖아요?"

"……그랬었지."

"그래서 여동생과 닮은 나도 좋아할 수 없다고 했었고요."

"……그랬었지."

"그럼 우리 오빠도 당연히 날 좋아할 순 없는 거죠."

다음 순간 그는 묵묵히 고개를 끄덕였다. 그래서 나는 하고 싶은 말을 덧붙였다.

"연기가 리얼했던 건 오빠가 워낙 연기를 잘했던 거고요. 그쪽으로 소질이 있는지 저도 처음 알았어요."

"……."

우리 사이에 잠시 이상한 침묵이 흘렀다. 그러나 얼마 지나지 않아 신노 오빠 쪽에서 그 침묵을 깼다.

"그럼 너는 어때?"

"제 연기요? 저도 나쁘진 않죠."

내 대답에 그가 피식 웃었다. 자화자찬하니까 비웃는 건가? 싶었는데, 그건 아니었다.

"그거 말고."

"그럼요?"

"오빠를 남자로서 좋아할 수 있다고 생각해?"

심각하게 생각할 것도 없었다. 대답을 난 이미 알고 있었으니까.

잠시 후 나는 진지한 얼굴로 그에게 대답했다.

"나는 당신이랑 생각이 좀 달라요. 오빠한테 두근거리고 설렌 적이 있거든요."

"뭐?"

순간 눈이 커진 신노 오빠가 자리에서 벌떡 일어섰다. 그러더니 나를 서늘한 눈빛으로 노려보았다.

"허, 너 미쳤구나. 전부터 그런 낌새는 있었지만, 정말 미쳤어, 넌. 단단히 미쳤어. 어떻게 자기 오빠를⋯⋯!"

"내 오빠라고 한 적 없는데요?"

"⋯⋯!"

내 말에 신노 오빠의 움직임이 일순 멈췄다. 나를 노려보던 눈도 다시 동그래졌다.

"그럼 그 오빠란 사람이…… 설마……?"

"네, 맞아요."

동그래진 그의 눈이 주체 없이 마구 흔들리기 시작했다. 아무래도 자기란 걸 눈치챈 모양이다. 역시 예리한 남자다.

나는 아무 말 없이 그를 쳐다보았고 그도 나를 쳐다보았다. 우리는 그렇게 서로를 응시한 상태로 침묵을 유지했다. 그 무거운 시간이 꽤 길어진다 느낀 순간 신노 오빠의 목울대가 꿀렁하고 움직였다.

"있잖아, 라현아, 나는……."

그의 입에서 내 이름이 나왔다. 그래서 나는 여기서 만족하기로 했다.

"네, 맞아요. 희 오빠예요."

"뭐?"

내 말에 그의 눈이 허망한 듯 풀어졌다.

"너무 자상하잖아요. 네일 관리해주지, 헤어 관리해주지, 그리고 내가 좋아하는 줄 알고 고양이도 사다 주지, 나 요리 배우라고 신용카드를 딱 넘길 때는 정말이지 카리스마가 넘치더라고요."

두 손까지 모으고 희 오빠의 칭찬을 했더니 신노 오빠의 얼굴이 삽시간에 딱딱하게 굳어졌다. 이내 입가에 쓴웃음을 단 그가 말을 시작했다.

"야, 한라현. 그 희 형이 사다 준 고양이 지금 누구 방에 있는데? 내가 아침저녁으로 그 녀석 똥 치우느라 얼마나 힘든지 알기나 해? 그리고 네일? 헤어? 그게 형이 관리하는 거냐? 전문가들이 관리해주는 거지. 그리고 카드? 내 지갑에 이렇게 뚱뚱하게 있는 이것들?"

그가 주머니에서 두툼한 지갑을 꺼내 내게 보여주었다. 나는 피식 웃었다.

"왜 그렇게 열을 내요? 안 어울리게."

지금 내가 당신한테 두근거리고 설레었다는 사실을 알려서 뭐하나 싶었다. 그래서 거짓말을 한 것인데 그의 반응이 의외로 참 신선하고 재밌었다.

지갑을 도로 집어넣고 성큼성큼 자신의 자리로 돌아간 신노 오빠가 나를 쳐다보지도 않고 말했다.

"나가줄래? 내가 많이 바쁘거든."

"아, 네."

나는 일에 방해되지 않도록 바로 몸을 돌려 본부장실을 나오려고 했다. 그런데 그런 내 등 뒤로 신노 오빠의 목소리가 다시 들려왔다.

"아, 참고로 부사장실은 위층에 있어. 희 형 보고 싶으면 가보든지."

"네, 감사해요."

"별말씀을."

또 피식 웃음이 났다.

뭐야, 저 남자.

질투하는 건가?

……귀엽게.

신락의 말대로 저 남자, 좀 귀엽다.

수시로 방문 밖으로 온 신경을 집중하면서 현관문이 열리는 소리가 나나 안 나나 체크를 했다.

……뭐, 꼭 누군가를 기다리는 건 아니다.

다만, 오늘 오빠들의 귀가가 늦다. 그게 좀 신경 쓰일 뿐이다.

방에 있는 노트북도 만지작거리고 휴대폰도 만지작거리면서 시간을 보내고 있는데, 드디어 현관문 열리는 소리가 들렸다. 나는 방문을 살짝 열고 현관 쪽을 주시했다.

희 오빠면 귀찮게 구니까 안 나가려고 했는데 들어와서 슬리퍼를 꿰차고 있는 이는 신노 오빠였다.

반가운 마음에 나는 얼른 방문을 활짝 열고 밖으로 나갔다.

"노 오빠, 왔어요?"

그런데 그 순간 신노 오빠의 몸이 크게 비틀거렸다. 넘어지겠다 싶어서 나는 황급히 그를 향해 달려갔다.

"신노 오빠!"

다행히 그는 내 품에 안겼고, 안긴 순간 정신을 차리고 다시 몸의 균형을 잡았다. 그런 그의 몸을 꽉 붙잡은 채 내가 물었다.

"오빠, 많이 피곤한 거예요? 일을 대체 얼마나 많이 했기에……!"

그런데 내 말은 그에게서 풍겨오는 술 냄새를 맡고 딱 멈췄다.

피곤해서, 과로로 비틀거리는 게 아니었어?

"술을 대체 얼마나 마신 거예요?"

나는 신노 오빠에게서 나는 지독한 술 냄새에 재빨리 코부터 막았다. 그러자 신노 오빠가 자신의 입가를 손으로 가리며 대답했다.

"회식이 있었어."

"아니, 내 말 못 알아들어요? 얼마나 마셨냐니까요?"

"……폭탄주를 잘 제조하는 팀장이 있어서……. 긴 컵으로 한 넉 잔 정도……?"

머뭇머뭇 대답하는 그를 나는 서늘한 눈빛으로 노려보았다. 그러곤 코를 막아서 코맹맹이가 된 목소리로 투정 부렸다.

"윽, 술 냄새 너무 싫다."

"응, 미안."

"홀아비 냄새보다 더 싫어요."

"알았어. 이제 안 마실게."

그는 내게 술 냄새를 풍기지 않으려고 계속 입을 막은 상태로 대답했다. 그걸 보는데 내가 좀 지나쳤나 싶은 들었다.

이 남자는 전에 나 술 마셨을 때 업어주기까지 했는데. 업어주지는 못할망정 구박이란 구박은 다 하다니 말이다.

"근데 넌 이 시간에 왜 나와 있었어?"

신노 오빠의 질문에 거실 벽시계를 힐끗 보니 시간이 밤 12시를 향해 가고 있었다. 그래서 나는 핑곗거리를 찾다가 불 꺼진 주방을 보고 대답했다.

"라면, 끓여먹으려고요. 출출해서."

때마침 배가 조금 고프기도 했다. 그런데 내 대답을 들은 신노 오빠가 아주 작은 목소리로 중얼거리는 게 들렸다.

"아침에 얼굴 또 부을 텐데."

"뭐라고요?"

"아니야. 아무것도."

그는 아무 말도 안 했다는 듯 태연한 얼굴로 고개를 저었다. 그래서 그냥 못 들은 척해주기로 했다.

"근데 주방에 라면이 있으려나……?"

확인을 위해 주방으로 걸음을 옮겼다. 그러다 문득 자기 방으로 갈 생각은 않고 그 자리에 멈춰 서 있는 신노 오빠를 돌아보았다.

"오빠도 라면 먹을래요?"

"아…… 글쎄."

망설이는 그에게 나는 친절하게 덧붙였다.

"숙취해소에 좋아요."

"……그럼 한 젓가락만 먹을게."

"알았어요. 잠깐만 기다려요."

나는 그에게 씨익 웃어 보인 후 주방으로 들어왔다. 마침 주방의 찬장에는 라면이 한 봉지 있었다. 다행이라고 생각하면서 나는 찬장을 더 뒤져보았다. 하지만 라면은 더 이상 나오지 않았다. 그래서 나는 심각한 고민에 빠질 수밖에 없었다.

'이걸 누구 코에 붙여? 원래 일반 성인 한라현의 라면 평균 섭취량이 한 봉지 반인데! 근데 고작 이 한 봉지를 또 나눠 먹어야 한다니…….'

벌써부터 라면 결핍 증상이 일어난 것처럼 손끝이 떨렸다.

'……그냥 신노 오빠한테 라면 없으니 가서 자라고 그럴까?'

근데 그건 너무 치사한 것 같았다. 게다가 저 예리한 남자는 내일 아침에 내 부은 얼굴을 보고 분명 혼자 라면 먹은 걸 눈치챌 거다.

결국 나는 양심상 콩 한쪽도 나눠 먹는 걸 선택했다. 정성 들여 끓인 라면을 정확히 반으로 나눠 그릇에 담은 후 신노 오빠를 불렀다. 곧 그는 샤워를 마치고 온 듯 젖은 머리로 내 반대편에 앉았다.

"먹어봐요. 꽤 맛있을 거예요."

"근데 양이 너무 많은 거 아니야? 다 먹을 수 있겠어?"

내 그릇을 힐끔 본 신노 오빠가 말도 안 되는 소리를 했다. 그래서 나는 세 번이나 되물었다.

"네? 네? 네?"

"아…… 넌 신애랑 완전 다르지. 충분히 먹을 수 있겠구나."

"당신의 여동생을 여자의 평균이라고 생각하지 마세요."

"그래, 미안하다."

신노 오빠는 쿨하게 사과를 한 다음 바로 젓가락을 들었다. 그리고 내가 끓인 라면을 후루룩 먹기 시작했다.

"어때요? 괜찮죠?"

"응."

"면발이 탱글탱글하죠?"

"응."

"그건요, 비법이 있어요. 물에다가 면 넣고 끓일 때, 젓가락으로 면발을 집어서 냄비 밖으로 몇 번씩 들어 올려주면요, 공기에 노출된 면발이 탱글탱글해져요."

"흐음."

열심히 설명한 사람 보람도 못 느끼게 무슨 저런 퉁한 반응이람? 하긴, 이 남자는 원래 밥 먹을 때 말을 잘 안 하는 타입이었다.

그러니 뭐, 어쩌겠는가. 답답한 놈이 우물 판다고, 또 어쩔 수 없이 내 쪽에서 그에게 질문을 던졌다.

"있잖아요, 요즘에 여자가 남자한테 라면 먹고 가란 말을 하면 그게 무슨 의미인지 알아요?"

"으음. 자긴 요리 솜씨 없으니 라면 말고는 기대 말아라?"

"땡."

"그럼 라면 먹고 떨어져라?"

"땡. 무슨 사람이 그런 부정적인 생각밖에 안 해요?"

"그럼 뭔데?"

시큰둥하게 묻는 신노 오빠에게 나는 싱긋 웃으며 대답했다.

"오늘 밤에 나랑 같이 있을래요?"

"컥, 쿨럭, 쿨럭……!"

사레들린 듯 신노 오빠가 먹던 라면을 토해냈다. 나는 얼른 눈앞에 있는 컵에 물을 따라 그에게 건넸다.

"마셔요."

물을 벌컥벌컥 마신 후 그는 나를 매섭게 노려보며 말했다.

"너 진짜 오늘 나한테 왜 이러냐?"

"내가요? 뭘요? 난 그냥 요즘 애들이 그렇다는 걸 말한 건데."

"……하여튼 요즘 애들은, 발랑 까져서 글러먹었어."

신경질을 낸 그가 자리를 박차고 일어섰다. 재빨리 나는 그를 올려다보면서 물었다.

"왜요? 더 안 먹어요?"

"입맛 떨어졌어."

그는 그대로 주방을 나가버렸다. 그의 뒷모습에서 시선을 거둔 나는 그가 먹던 라면 그릇을 쳐다보았다.

"……다 먹었구만, 뭘."

신노 오빠의 라면 그릇은 이미 깨끗하게 비워진 상태였다. 그걸 보는데 또다시 웃음이 났다.

"후후."

역시 저 남자, 조금 귀엽다. 아니, 조금보다 조금 더.

010

"오빠."

휴대폰을 손에 든 채 나는 진지하게 량현 오빠를 불렀다. 그러자 전화기 너머로 익숙한 그의 목소리가 들려왔다.

–왜?

"만약에, 아주 만약에 말이야."

–어.

"내가 이 신가네 형제들 중 한 명에게 내 정체를 들켰다면, 오빠 어떻게 할 거야?"

사실 정체는 들킨 지 이미 오래지만 오빠가 어떻게 나올지 몰라서 아직까지 그 사실을 숨겼었다. 우선 오빠의 반응을 먼저 살피고 사실을 전할지 말지 결정하고 싶었다.

-데리고 나와야지.

역시, 그렇겠지. 오빠는 그러고도 남을 거다. 이러니저러니 해도 우리 오빠니까 말이다. 그런데 그때 전화기 너머로 오빠의 이해할 수 없다는 뉘앙스의 목소리가 들렸다.

-근데 말이야, 들켰으면 쫓겨나는 게 먼저 아니냐?

그렇다. 하지만 나는 쫓겨나지 않았다. 오히려 신노 오빠의 보호와 도움을 받으며 이곳에 있다.

잠시 후 나는 마른침을 꿀꺽 삼키며 입을 뗐다.

"내가 어젯밤에 잠이 안 오길래 막 상상력을 동원해서 이것저것 생각해봤는데 말이야, 만약에 내 정체를 알았어도, 그, 신애가 돌아올 때까지만 있게 해줄 수도 있지 않을까 하는……

-자기 동생이 아닌 걸 알았는데도 널 안 내보낸다고? 그거 이상한 거 아니야? 꿍꿍이가 있지 않고서야 널 왜 계속 데리고 있어?

"꿍꿍이가 아니라 그냥, 집안의 평화를 위해서……"

-집안의 평화는 무슨. 넌 신애가 평화로운 집안에서 산 거 같냐? 애가 삐쩍 말라서는 웃는 게 힘이 하나도 없던데.

떠나기 전 신애의 마른 얼굴을 떠올린 나는 잠시 입을 멈췄다. 그때 다시 량현 오빠의 목소리가 들려왔다.

-분명 네 정체를 알았는데도 널 내보내지 않는다는 건, 널 평생 신애로 살게 하려는 의도일 거야.

생각지도 못한 오빠의 추측에 나는 헛웃음이 터졌다. 우리 오빠가 영화를 너무 많이 봤나 보다.

"에이, 설마."

난 웃었지만 오빠는 진지했다.

-신애는 원치 않는 결혼과 오빠들의 지나친 간섭에 힘들어했어. 만약 그녀가 정말로 도망친 거라면 널 그 자리에 대신 세우려는 꿍꿍이일 수도 있지, 뭐.

오빠의 가정은 묘하게 설득력이 있었다. 그걸 느낀 순간 불안감이 엄습했다.

'정말 나 이대로 신애 대신으로 살게 되는 건 아니겠지? 신애 대신 결혼까지 하는 건…… 아니겠지?'

초조함에 주먹을 꽉 쥐는 순간 량현 오빠의 목소리가 다시 들려왔다.

-그런데 걱정 마. 내가 그 꼴은 못 보니까.

그 목소리를 들으니 안심이 되었다.

맞다. 나에겐 우리 오빠가 있었다. 든든한 우리 오빠가.

-근데 왜 갑자기 그런 상상을 했어? 누가 눈치챈 것 같아?

"아니, 그냥. 심심해서."

예리하게 묻는 오빠에게 나는 대충 둘러댄 다음 재빨리 화제를 바꾸었다.

"그나저나 수원엔 가봤어? 신애 닮은 앤, 찾았어?"

-가봤는데, 못 찾았어.

"괜한 고생했네. 그 애가 신애가 아닐 가능성도 많은데.

-하지만 그 애가 신애일 가능성도 있지. 그래서 내 친구한테 혹시라도 또 너 닮은 애 보게 되면 꼭 잡아두라고 했으니까 너무

걱정하지 마.

오빠의 부드러운 목소리에 나는 순간 의아한 마음이 들었다. 전과 다른 미묘한 변화가 포착된 것이다. 그래서 나는 미소를 지으며 물었다.

"오빠, 요즘 나한테 왜 이리 다정해? 내가 곁에 없으니까 이제야 내 소중함을 안 거야?"

그러자 오빠는 아주 큰 소리로 웃음을 터뜨렸다.

ㅡ하하하! 아니, 네가 없으니까 너무 좋은데? 집 안에서 벌거숭이처럼 다 벗고 다녀도 되고.

"누가 들으면 평소엔 안 벗고 다니는 줄 알겠네. 평소에도 팬티만 입고 돌아다니잖아, 오빠?"

ㅡ완전 벌거벗는 거랑 팬티 입는 거랑 차원이 다른 거거든, 이 똥강아지야? 그리고 과자 부스러기 질질 흘리고 먹어도 잔소리하는 사람 없어서 좋더라.

"내가 괜히 잔소리해? 오빠가 과자의 반을 흘리니까 그렇지."

ㅡ다 주워 먹잖아, 그래서. 땅거지도 아니고 깨끗이 주워 먹잖아, 내가.

우리가 평소처럼 별거 아닌 일로 입씨름을 하고 있던 그때, 내 방 밖에서 나를 부르는 소리가 크게 들렸다.

"애야!"

저 부름은 분명 희 오빠다. 희 오빠가 퇴근하고 집에 온 모양이다. 나는 재빨리 전화기에 대고 말했다.

"큰오빠 왔다. 끊어."

황급히 통화를 마치고 자리에서 몸을 일으킨 나는 곧바로 방문 앞으로 걸어가 문을 활짝 열었다. 그러자 문 앞에 커다란 덩치의 희 오빠가 나를 향해 함박웃음을 짓고 있는 게 보였다.

"안녕, 애야!"

"오셨어요, 희 오빠."

내가 그에게 웃으며 인사를 건네는 사이 희 오빠는 내 방 안으로 얼굴을 집어넣으며 안을 살펴보기 시작했다. 나는 깜짝 놀라서 물었다.

"왜, 왜 그래요, 오빠?"

"내가 사준 고양이 여기 있지? 좀 데려와봐. 너만큼 귀여운 야옹이."

"아아, 그게……."

지금 신노 오빠 방에 있을 텐데.

난감함에 어색한 미소만 띠고 있던 그때 갑자기 희 오빠의 뒤로 신노 오빠가 나타났다. 순간 반가운 마음에 나는 그에게 손을 흔들어 신호를 보내려고 했다. 하지만 그는 내 시선을 확 피하며 고개를 옆으로 돌려버렸다. 실망한 내 두 눈에 그의 손에 들린 하얀 새끼고양이가 포착되었다.

"고양이 여기 있어."

신노 오빠가 손에 있는 고양이를 들어 올리며 말하자 희 오빠는 얼른 몸을 돌려 그에게 다가갔다. 그런데 잠시 후 희 오빠 쪽에서 큰 목소리를 냈다.

"노야! 너 얼굴에 이게 무슨 상처야?"

상처?

나도 놀라서 재빨리 그들에게 다가섰다. 희 오빠는 놀란 얼굴로 신노 오빠의 작은 턱을 잡고 이리저리 돌리고 있었다.

"이게 뭐냐니까?"

"……별거 아니야."

"별거 아니긴. 잘생긴 얼굴에 이게 뭐야, 대체?"

그때 내 시야로 신노 오빠의 왼쪽 광대에 붉게 그어진 상처가 들어왔다.

'혹시 저 상처 때문에 방금 고개를 홱 돌려버린 건가? 나한테 안 보이려고?'

"긁혔어, 얘한테."

신노 오빠가 고양이를 들어 보이며 짧게 대답했다. 그러자 희 오빠는 고양이와 신노 오빠를 번갈아 쳐다보면서 안타깝다는 표정을 지었다.

"이 고양이가? 그러게 고양이를 왜 네가 데리고 있어? 별로 좋아하지도 않으면서."

희 오빠의 말에 나는 속으로 깜짝 놀라고 말았다.

'고양이를 안 좋아했어? 그런데 왜 그렇게 덥석 데려간 거야, 저 남자?'

괜히 나 때문인 것만 같아서, 나는 신노 오빠의 반듯한 얼굴에 그어진 생채기에서 시선을 떼지 못했다. 그러나 신노 오빠는 그런 내 집요한 시선을 끝까지 무시하며 희 오빠를 향해 말했다.

"얜 좀 귀여워서 신애한테 달라고 했어. 근데 성질이 보통이 아니네."

"괜찮겠어? 그냥 다시 신애 주는 게 낫지 않아?"

"아니야. 길들이는 재미가 있어."

대답을 하면서 신노 오빠는 자신의 품 안으로 고양이를 끌어안았다. 그런 다음 한 손으로 그 고양이의 머리를 쓰다듬었다. 그 모습이 꽤 다정해 보였다. 그걸 멍하니 지켜보고 있는데 내 쪽으로 몸을 휙 돌린 희 오빠가 나에게 말했다.

"애야, 이번 주 일요일에 김성식 씨네 별장에서 파티 있는 거 알지?"

"네?"

전혀 모르는 일이었다.

갑자기 무슨 파티? 김성식 씨랑 연락 안 한 지도 꽤 됐는데…….

"김성식 씨 우대건설 부사장 취임 축하파티 맞지?"

그런데 그때 신노 오빠가 나에게 확인하듯 물었고 나는 그의 도움에 과감하게 고개를 끄덕일 수 있었다.

"아, 네. 그렇죠."

날 도와줬다, 저 남자. 방금까지 날 무시했으면서 중요한 순간에 도움을 주면 나는 그에게만은 무방비 상태가 되어버린다.

하지만 내가 자신을 빤히 쳐다보자 신노 오빠는 또다시 내 시선을 무시했다.

"예쁘게 하고 가자, 우리 사 남매."

희 오빠는 벌써부터 아주 신 난다는 듯 스텝을 밟으며 2층으로 올라갔다. 희 오빠의 뒷모습이 완전히 사라지자 나는 얼른 신노 오빠의 곁으로 다가갔다. 그리고 그의 상처 난 얼굴을 올려다보면서 물었다.

"얼굴 괜찮아요?"

그는 내게서 물러서면서 퉁명스럽게 대답했다.

"괜찮아. 신경 쓰지 마."

"그래도 나 때문이잖아요. 약이라도 발라야……."

"됐으니까 가까이 오지 마."

말하면서 그는 또 한 발자국 뒤로 물러섰다. 그 행동이 나는 그렇게 섭섭할 수가 없었다. 서운한 마음에 입을 삐죽거리며 물었다.

"혹시 나한테 삐졌어요? 아님 내가 희 오빠 좋아한다고 해서 그래요? 그건 그냥 오빠로서 좋아하는 거예요. 남자로선 별로예요. 남자로 보면 솔직히 당신이 더 나아요."

"그게 아니라……."

갑자기 신노 오빠의 얼굴에 당혹감이 서렸다. 흠흠, 헛기침을 한 그가 짧게 두 단어를 던졌다.

"너, 알레르기."

그때 내 눈에 고양이를 품에 안고 있는 신노 오빠의 두 손이 보였다.

"아아……."

그, 그런 거였구나. 고양이 알레르기인 날 배려한 거였구나. 그런데 난 그냥 날 멀리하는 줄로만 알고 쓸데없는 소리를 지껄인 거였구나. 그렇구나.

순간 민망함에 얼굴이 화악 하고 달아올랐다.

역시 이 남잔 다정해. 그 갭이 너무 커서 가끔은 어지러울 정도
지만.

"나, 나 먼저 들어갈게요."

얼굴이 화끈거려서 나는 얼른 이 자리를 뜨고만 싶었다. 그런
데 그런 나를 신노 오빠의 목소리가 잡아챘다.

"이번 주말만 잘 버티자."

"네? 아, 네."

그러고 보니 이번이 벌써 네 번째 주말이었다. 이제 곧 이곳을
떠날 수 있는 것이다.

"다음 주면 네가 말한 한 달이니까. 신애는 확실히 돌아오겠
지?"

"물론이죠."

난 신애를 믿어요.

다부지게 고개를 끄덕이는 나를 가만히 바라보던 신노 오빠가
갑자기 생각났다는 듯 내게 말했다.

"아, 그리고 다음 주 초엔 부모님이 돌아오실 거야."

"그럼 부모님은 만나 뵙고 가겠네요."

신가네 사 남매, 희노애락의 부모님이 궁금했었기 때문에 오히
려 잘됐다는 생각이 들었다. 그렇지만 신노 오빠는 조금 걱정스런
얼굴을 했다.

"근데 녹록하진 않은 분들이라, 각오는 해두는 게 좋을 거야."

"그 말인즉……?"

"완벽하게 연기하라고."

그의 말에 나는 아주 환하게 웃어 보였다. 이제 연기라면 웬만큼 자신이 있었기 때문이다.

"옛썰!"

"그런 말투 쓰지 마."

"넵."

"그것도."

나는 신노 오빠에게 장난스럽게 엄지를 치켜세워 보인 후 몸을 돌렸다. 그런데 그때 사소한 질문 하나가 머릿속에 퐁 하니 떠올랐다. 얼른 어깨를 틀어 신노 오빠를 향해 물었다.

"근데 나, 파티날 뭐 입고 가요?"

고양이를 자신의 방에 두고 나온 신노 오빠가 날 안내한 곳은 드레스룸이었다. 넓은 방의 사면은 온통 값비싸 보이는 옷들로 가득했다. 게다가 그중의 반은 화려한 여성용 드레스로 반짝거리고 있었다.

"우와!"

나는 제일 먼저 눈에 들어오는 하얀 미니드레스로 달려가면서 감탄했다.

"이거 예쁘다."

하얀 드레스의 곡선에 따라 박힌 진주가 반짝반짝거려 꽤나 인상적이었다. 그러다 무심코 그 옆에 있는 연핑크 드레스에 시선이 갔다.

"이것도 엄청 예쁘네."

"……예쁘면 입어보든지."

뒤에서 들려오는 신노 오빠의 퉁명스러운 목소리에도 나는 꿋꿋하게 드레스들을 살폈다. 이번엔 치파오 형태의 빨간 드레스가 내 눈에 쏙 들어왔다.

"이것도 예쁘다."

"입어봐라. 난 간다."

뒤에서 신노 오빠가 자신의 말만 툭 던지고 가버리려 했다. 나는 재빨리 그에게 달려가 그의 팔뚝을 두 손으로 잡아챘다.

"왜 벌써 가요?"

나는 아직 그를 보낼 수 없었다. 그에겐 아직 할 일이 남았단 말이다.

"나 좀 도와줘요."

"뭐."

귀찮다는 듯 미간을 찡그리는 그에게 나는 애교스럽게 말했다.

"나 드레스 좀 봐줘요."

"내가 왜? 싫어, 나 바빠."

"딱 1분이면 돼요."

"……."

그는 내키지 않는다는 듯 팔짱을 척 꼈지만 움직이지는 않았다. 그래서 우두커니 서 있는 그를 내버려두고 나는 마음에 드는 드레스를 하나 집어 들었다. 아무 무늬 없이 그저 여성 몸의 곡선만을 살린 파란색 실크드레스였다. 나는 그것을 들고 재빨리 구석에 마련된 피팅룸으로 들어갔다. 그리고 설레는 마음으로 그것을 입어보았다.

……헛. 어쩌지?

그런데 막상 입어보니까 허리는 꽉 끼고, 가슴 부분은 휑하니 허전했다.

'신애 이것은 말랐는데 왜 가슴은 크지? 왜? 대체 왜? 나랑 왜 이리 다른 거지?'

드레스를 입고 패닉 상태가 된 내 귀로 신노 오빠의 볼멘소리가 들렸다.

"무슨 1분이 이렇게 길어?"

나는 얼른 피팅룸의 커튼을 열면서 그에게 투정을 부렸다.

"있잖아요, 이거 허리는 너무 끼고 바스트는 너무 남아도는……."

순간 충격을 받아서 말을 마구 내뱉긴 했는데 막상 신노 오빠와 눈을 마주치자 부끄러운 마음이 샘솟았다. 그래서 입을 딱 멈추었다.

'나 지금 너무 솔직했나?'

신노 오빠의 까만 눈동자가 나를 지그시 쳐다보았다. 나는 팔로 몸의 라인을 슬쩍 가렸다. 그때 그가 나직한 목소리로 말했다.

"쌍둥이라도 체형은 다른가 보군."

"그야, 그동안 먹는 게 달랐으니까요."

위축되지 않으려고 당당하게 어깨를 쫙 펴보았다. 그런데 신노 오빠의 다음 말에 나는 다시 초라해져버렸다.

"어깨가 넓은 건? 목이 짧은 것도 식생활 탓인가?"

순간 울컥 화가 난 나는 그에게 다가가 두 손으로 그의 어깨를 밀면서 목소리를 높였다.

"어우, 그런 말 할 거면 그만 나가요."

내가 힘껏 미는데도 신노 오빠는 미동도 하지 않았다. 꼼짝 않고 선 그가 오히려 나에게 핀잔을 주었다.

"가겠다는 날 잡아둔 건 너야, 이 아가씨야."

아, 그랬지, 참.

민망함에 헛기침을 하며 그를 슬쩍 올려다보았다.

"그러니까 이왕 있는 거 예쁜 말만 해주면 얼마나 좋아요?"

"예뻐야 예쁜 말을 하지."

"······!"

혹시 이 드레스가 별론가? 안 예쁘나?

다음 순간 나는 재빨리 시선을 다른 드레스 쪽으로 돌렸다.

"어머, 어머. 이건 정말 예쁘다. 그쵸?"

나는 호들갑스럽게 큰 목소리를 내며 빨간색의 짧은 드레스를 꺼내 들었다. 바스트 부분이 수십 개의 장미꽃으로 되어 있는 아주 강렬한 레드 드레스였다. 그러나 신노 오빠는 나와 생각이 달라 보였다.

"옆에 있는 게 더 예쁘네. 파란색."

신노 오빠가 손가락으로 가리킨 드레스는 긴팔에 치맛자락도 아주 긴 블루 드레스였다. 솔직히 별로 마음에 들지 않았다. 그래서 나는 내 손에 들려 있는 레드 드레스를 흔들면서 말했다.

"이 빨강이 더 섹시하지 않아요?"

그랬더니 그의 표정이 딱딱하게 굳어졌다.

"섹시해 보여서 뭐하려고? 고고해 보여야지."

"어우, 그런 고리타분한 소리 하지 말아요. 그런 축하파티는 가본 적 없지만, 일단 나는 그 파티 주인공의 예비 신부잖아요? 그러니까 눈길을 확 사로잡을 만한 그런⋯⋯."

"신애는 그런 드레스 절대 안 입어. 그리고 사람들 눈길 사로 잡을 필요도 없고."

냉정하게 들리는 그의 말에 나는 어깨를 축 늘어뜨렸다. 그사이 신노 오빠는 성큼성큼 내게로 다가왔다. 그러곤 방금 자신이 찍은 파란색 드레스를 집어서 내게 내밀었다.

"그러니까 이거 입어."

"치잇. 노출이라고는 손하고 발밖에 없는 이 드레스요?"

내가 투정을 부리자 그의 눈썹이 사납게 꿈틀거렸다. 곧 그가 무서운 목소리로 경고했다.

"정신 차려. 넌 지금 한라현이 아니라 신애야, 신애."

"⋯⋯네, 알아요."

"이게 더 신애다우니까 넌 이걸 입어야 돼."

나는 결국 그가 건넨 파란색 드레스를 손에 들고 말았다. 그리고 힘없이 피팅룸 안으로 들어갔다.

물론 나도 아주 잘 알고 있다. 내가 신애 대신이라는 거. 하지만 나도 인간인지라 기분이 상하고 우울해지는 건 어쩔 수 없다.

피팅룸 안에서 우울한 기분을 달래다가 문득 궁금해져서 밖에 있는 신노 오빠에게 물었다.

"만약에요, 신애가 돌아오지 않는다면, 당신은 어떻게 할 거예요?"

"뭐?"

조금 놀란 듯한 그의 목소리가 들리자마자 나는 조심스럽게 질문을 던졌다.

"지금처럼 나를 신애 대신으로 있게 할 건가요?"

"⋯⋯."

밖에선 아무런 대답도 들리지 않았다. 그래서 나는 더욱 목소리를 높였다.

"아니면 날 놔줄 건가요?"

"⋯⋯글쎄."

신노 오빠의 목소리가 짧게 들리더니 이윽고 한층 더 낮아진 그의 음성이 들려왔다.

"그런 끔찍한 상상은 하고 싶지 않은데."

뭐가 끔찍하다는 거지, 저 남자?

신애가 돌아오지 않는다는 거?

아님 날 계속 신애 대신으로 있게 하는 거?

아니면⋯⋯ 날 놔주는 거?

그게 묻고 싶어서 나는 재빨리 피팅룸의 커튼을 열어젖혔다. 하지만 신노 오빠는 이미 그 자리에 없었다.

"⋯⋯."

솔직히 물을 필요까진 없었다.

난 답을 이미 알고 있었으니까.

객관적으로 냉정하게 본다면, 그 말은 분명 신애가 돌아오지 않는다는 끔찍한 가정은 하고 싶지 않다는 의미일 것이다.

'신애가 돌아오지 않는다.'

물론 나에게도 끔찍한 가정이다.

나는 물론 신애를 100퍼센트, 아니 1,000퍼센트 믿고 있지만 그래도 혹시 만에 하나 이대로 신애가 돌아오지 않는다면 나는 어떻게 될까? 이대로 신애의 대신으로 살게 되는 걸까?

그런 상상을 하니까 갑자기 소름이 돋았다.

이대로 한라현이 아니라 신애로 산다? 물론 물질적으로 여유가 있으니 생활은 편해질 것이다. 이제 더는 몸이 고생하는 일은 안 해도 될 거고, 우리 오빠 학비도 걱정 없을 거다.

그런데 이대로라면 한 달 후에 나는 결혼을 한다. 매너 없고 재미도 없는 남자와 한이불을 덮고, 한침대에서 눈을 뜨게 될 것이다. 난 아직 연애도 제대로 해본 적이 없는데 말이다.

절대, 절대 그런 끔찍한 사태는 막아야 한다.

이제 나흘 후면 신애가 약속한 한 달이다. 만약에 혹시라도 그녀가 돌아오지 않는다면 그 상황을 대비해서 나는 지금 무엇을 해야 할까?

그때 내 머릿속에서 어떤 생각이 번뜩였다.

'그래!'

나를 도저히 신애의 대신으로 있게 할 수 없게끔 만들면 되지 않을까?

그러니까, 신애인 듯 신애 아닌 신애 같은 내가 되면 되지 않을까?

011

오늘은 김성식 씨의 우대건설 부사장 취임 축하파티가 있는 날이다.

아침에 눈을 뜨자마자 나는 빨간색 미니드레스를 찾아 입었다. 바스트 부분에 수십 개의 장미 모형이 박혀 있어서 가슴에 자신이 없는 나도 어깨를 당당히 펼 수 있는 그런 드레스였다.

그렇다. 바로 신노 오빠가 반대하던 그 레드 드레스다.

그런 다음, 이른 아침부터 예약된 헤어숍으로 가서 머리에 바짝 힘을 주었다. 틀어 올린 머리로 인해 목덜미가 훤히 드러났다. 그 목 언저리가 허전하지 않도록 진주목걸이를 차는 것도 잊지 않았다.

"그럼 출발하겠습니다."

김 기사 아저씨에 의해 차가 부드럽게 출발하자 나는 바로 손 거울을 들어 내 화장 상태를 확인했다.

'조금, 진한가?'

하지만 이 정도는 해야 신애인 듯 신애 아닌 신애 같은 나일 것 같았다. 마스카라와 아이라이너로 부각된 두 눈이 너무 커 보여서 부담은 되었으나, 이 또한 과정이었다. 내가 나로 돌아가기 위한 과정.

"도착했습니다, 아가씨. 내리시죠."

김 기사 아저씨의 에스코트를 받으며 별장까지 들어온 나는 두근거리는 마음으로 파티장 안으로 들어섰다.

"⋯⋯!"

그런데 거짓말처럼 그 안에 있던 사람들의 시선이 모두 나에게로 쏠렸다. 내가 물론 오늘 화장과 헤어, 드레스에 힘을 좀 주긴 했지만 이렇게 다들 쳐다볼 정도란 말인가? 조금 어리둥절했다.

파티장 안의 슈트를 입은 남자들은 모두 내게서 시선을 떼지 못하는 듯 보였고, 화려한 드레스를 입은 여자들은 나를 좀 경계하는 듯한 느낌이 강하게 들었다.

그들의 시선은 내 어깨를 하늘 높이 치솟게 만들었다. 그래서 뽕이라도 넣은 것처럼 한껏 높아진 어깨로 당당하게 걸었다.

내가 걸을 때마다 시선이 따라왔다. 그건 썩 나쁘지 않은 느낌이었다.

그때 저 구석에서 바이올렛 빛깔의 화려한 슈트를 입은 남성이 나를 향해 뛰어왔다.

"누나!"

그 바이올렛 슈트의 남성은 바로 신락이었다. 그의 단정하게 쓸어 넘긴 노랑머리와 바이올렛 슈트가 대조되면서 무척 인상적이었다.

"근데 누나……."

락이는 내 드레스를 한참이나 훑으면서 벌어진 입을 다물지 못했다. 벌어진 입으로 그가 뱉어낸 첫마디는 이거였다.

"미쳤어?"

"내가 묻고 싶은 말이다. 머리는 노란색에 슈트는 바이올렛? 물감놀이 하니?"

신락은 3대7 가르마로 가지런하게 정리한 자신의 노랑머리를 손으로 슥 쓸어 올리면서 내게 찡긋 윙크를 했다.

"뇌리에 콱 박힐 만한 비주얼로 준비해봤지."

"그래, 콱콱 박힌다."

"누나도 만만친 않은데? 아참, 누나, 누나. 저기 저 예쁜 애 보여? 쟤가 아까부터 날 그렇게 쳐다봐. 아무래도 반했나 봐."

내 옆으로 자신의 몸을 기울인 신락이 턱으로 한쪽 구석을 가리켰다. 그곳으로 시선을 돌렸더니 파란색 롱드레스를 입은 예쁘장한 여자가 이쪽을 힐끔힐끔 쳐다보고 있는 게 보였다. 그래서 나는 신락에게 냉정하게 말해줬다.

"넌 지금 안 쳐다볼래야 안 쳐다볼 수가 없는 상태야. 너 길거리에 피에로 지나가면 쳐다보지? 그런 거랑 똑같은 거라니까?"

"에이, 누나! 아깐 나 보고 막 얼굴도 붉혔다니까?"

"피에로를 처음 봤나 보지. 신기해서."

"우씨, 기다려봐. 내가 꼭 저 여자 번호 따올 테니까."

씩씩거리며 가버리는 신락의 모습에 나는 피식 웃음이 났다. 웃으면서 주위를 둘러보다가 문득 깨달았다. 파티장 안의 사람들은 모두 한 손에 샴페인 잔을 들고 있다는 걸. 그래서 나도 그들을 따라 테이블 위에 있는 샴페인 잔을 들어 올렸다. 그리고 살짝 맛을 보았다.

"……!"

맛있었다. 생각보다 굉장히 맛이 좋은 샴페인에 감탄한 나는 그것을 홀짝홀짝 계속 마셨다.

잠시 후 깨끗이 비워진 잔을 테이블 위에 올려놓고 또 다른 잔을 탐색하고 있었는데, 누군가 내게로 다가왔다.

"오랜만이네요."

다가온 남자는 첫눈에 호감이 갈 만한 굉장한 미남이었다. 신애를 알고 있는 듯한 그의 말투에 나는 싱긋 미소를 지었다.

"아아, 네. 오랜만이에요."

그때 그가 내 몸 앞으로 자신이 들고 있던 샴페인 잔을 내밀었다.

"드세요."

"네, 감사합니다."

나는 주저 없이 바로 손을 뻗었다. 하지만 내 손이 그 잔에 닿기 직전 누군가 내 팔을 덥석 잡아챘다.

"한참 찾았잖아……!"

깜짝 놀라 고개를 드니 회색 슈트를 입고 있는 신노 오빠가 보였다. 그는 내 팔을 잡은 채 거친 숨을 몰아쉬고 있었다.

"노 오빠……?"

그는 나를 잠시 노려보더니 내게 샴페인을 건넨 잘생긴 남자에게로 고개를 돌렸다.

"우리 신애가 요즘 신부수업 중이라 술은 좀 자제하고 있어."

"아…… 그렇군요."

다음 순간 잘생긴 남자는 실망한 듯 중얼거리며 샴페인 잔을 거둬갔다.

"그럼 실례했습니다."

그 남자가 자리를 뜨자 신노 오빠는 내 팔을 잡은 손에 힘을 주며 내게 가까이 다가왔다. 그러곤 목소리를 낮춰 말했다.

"저런 얼굴만 반반한 녀석이 건네는 건 그 어떤 것도 마시지 마. 뭐가 들었을지 알 수 없잖아?"

"무슨 말을 그렇게 해요? 좋은 사람 같았는데."

내 말에 그의 눈썹이 살짝 구겨졌다.

"너 지금 얼굴만 보고 좋은 사람 같다고 말하는 거야? 얼굴만 반반하면 저놈이 어떤 카사노바이건 난봉꾼이건 상관없는 모양이지?"

저 남자, 혹시 유명한 카사노바인가?

"……알았으니까 이거 좀 놓고 말해요."

내가 신노 오빠에게서 내 팔을 빼내는 사이 그는 테이블 위에 있던 샴페인을 들어 주욱 들이켰다. 샴페인을 넘기는 그의 목울대를 물끄러미 보고 있는데 잔을 비운 그가 다시 나를 무섭게 쳐다보았다.

"게다가 너, 그 드레스 뭐야? 난 네가 그 블루 드레스 입은 줄 알고 파란색만 엄청 찾아다녔는데, 그 꼴이 뭐야? 반항하는 거야? 당장 안 벗어?"

역시. 저렇게 나올 줄 알았다.

하지만 사람들의 시선을 한 몸에 받는 이 섹시한 드레스를 내가 대체 왜 벗어야 한단 말인가! 방금도 엄청 잘생긴 남자가 접근했을 정도로 섹시한 이 드레스를.

"큰형 오기 전에 벗어."

내가 그의 말을 들은 척도 안 하자 신노 오빠가 나직한 목소리로 내게 경고했다. 나는 두 눈에 힘을 주고 당당한 얼굴로 그 이유를 물었다.

"왜요?"

"이건 신애답지 않아."

"신애도 가끔은 이렇게 섹시하게 입고 싶었을 거예요."

"설사 그렇다 쳐도 오빠들이 입지 말라면 안 입었을 거야. 신애는 그런 애니까."

그의 말에 나는 한쪽 입술 끝만 올리며 피식 웃었다.

"아하, 그래서 애가 그렇게 말랐던 거군요? 오빠들한테 스트레스를 받아서."

"야, 너……."

다음 순간 신노 오빠가 또다시 내 팔뚝을 잡아챘다. 얼굴을 굳히고 그를 지그시 응시하자 그 역시 나를 빤히 쳐다보았다. 잠시 후 그가 먼저 입을 뗐다.

"그래서, 지금 안 벗겠다는 거야?"

"네."

"그럼……."

잠시 말을 끊은 신노 오빠가 내 눈을 뚫어지게 보면서 나머지 말을 이었다.

"내가 벗길까?"

……이렇게 나오시겠다? 하지만 나도 순순히 물러서고 싶진 않았다.

"네. 대신 여기서 벗겨요."

"야, 한라현."

내 풀네임을 나직하게 부르는 신노 오빠의 무서운 목소리와 매서운 눈빛을 나는 꿋꿋이 견뎌냈다. 우리가 서로를 노려보고 있던 그때 우리 사이로 남자 한 명이 다가왔다.

"오셨군요, 신애 씨, 신노 씨."

신노 오빠와 내 고개가 동시에 그 남자에게로 돌아갔다. 그는 딱 한 번 본 적이 있는 김성식 씨였다.

"아, 성식 씨, 취임 축하드려요."

연회복을 입은 김성식 씨에게 인사를 건네자 그는 자연스럽게 내 옆으로 와서 섰다. 그사이 신노 오빠는 그에게 짧게 인사를 한 후 어딘가로 가버렸다.

"오늘 아름다우시네요."

신노 오빠가 사라진 쪽을 물끄러미 보고 있는데 김성식 씨의 목소리가 들려왔다.

"감사합니다."

김성식 씨의 칭찬에 나는 미소를 지으며 감사의 인사를 전했다. 하지만 그 뒤로 딱히 할 말은 없어서 그냥 원래 조용한 여인네인 것처럼 입을 다물고 샴페인만 홀짝거렸다. 그런데 잠시 후 김성식 씨 쪽에서 내게 말을 걸었다.

"아, 그거 알아요?"

"뭐요?"

"저희 파티엔 늘 블라인드 키스 타임이 있어요."

순간 그 말의 의미를 모르겠어서 고개를 갸우뚱했다.

블라인드 키스 타임?

그래서 뭘 어쩌라고?

"이제 곧 불이 꺼질 거예요."

말이 끝나기 무섭게 김성식 씨가 내 어깨를 두 손으로 잡았다. 그의 얼굴은 지금 상당히 진지했다.

'서, 설마 나랑 키스하려는 거야?'

그걸 깨닫자마자 소름이 확 돋았다.

손에 들고 있는 샴페인 잔을 이 남자의 얼굴에 뿌려버릴까, 아님 정강이를 까버릴까, 아님 여기 치한 있다고 소리 질러버릴까. 엄청난 고민에 빠졌다.

그사이 김성식 씨의 얼굴은 점점 더 가까워지고 있었다.

"저, 저기! 저는……!"

당신이랑 키스하기 싫어요!

내가 그의 손을 떼어내려는 순간 파티장 안에 불이 꺼졌다.

"……!"

아무것도 보이지 않는 칠흑 같은 어둠 속에서 나는 그저 얼굴을 뒤로 빼는 것밖에는 할 수 있는 일이 없었다. 그런데 다행히도 내 입술에 다른 입술이 닿는 일은 없었다. 대신 내 어깨에 있던 손이 떨어져나가고 내 귀에 아주 낮은 목소리가 들려왔을 뿐이다.

"한라현."

신노다. 이 안에서 내 본명을 아는 건 그뿐이니까.

신노가, 그가 돌아온 것이다. 도망간 줄 알았는데, 또 말없이 가버린 줄 알았는데. 그가 돌아온 것이다.

"내가 아무리 너한테 신애를 바라지만, 싫은 남자랑 억지로 키스까지 할 필욘 없어."

어둠 속에서 들려오는 그의 저음에 내 심장이 설레기 시작했다. 그래서 제멋대로 입이 움직였다.

"그럼……."

말을 멈추고 마른침을 꿀꺽 삼킨 나는 천천히 손을 뻗었다. 이내 내 손에 신노 오빠의 작고 날렵한 턱이 잡히자 나는 그만 들리게끔 아주 작게 속삭였다.

"좋은 남자랑은 해도 되죠?"

그리고 나는 조금의 망설임도 없이 발꿈치를 들고 그의 입술에 내 입술을 맞추었다.

"……!"

입술이 닿았다가 떨어지는 순간 파티장 안에 불이 들어왔다. 다시 환해진 파티장 안은 웃음과 말소리로 가득했지만, 신노 오빠와 나만은 정적이었고, 고요했다.

"……."

"……."

우리의 눈이 공중에서 마주쳤다. 무슨 변명이라도 하고 싶은데 입이 안 떨어진다. 목소리가 안 나온다. 그때 우리 곁으로 누군가 성큼성큼 다가왔다.

"키스 타임이었는데, 둘이 왜 붙어 있어?"

그는 남색 슈트를 멋지게 차려입은 희 오빠였다. 그가 우리를 이상하다는 눈초리로 쳐다보았기에 나는 황급히 입을 열었다.

"제가, 갑자기 불이 꺼져서 당황하고 있었거든요. 그런데 마침 지나가는 남자한테서 홀아비 냄새가 나길래, 아, 우리 노 오빠나 희 오빠겠구나 하고 덥석 잡았어요! 그뿐이에요."

"야."

희 오빠도 신노 오빠도 표정이 딱딱하게 굳어졌다. 하지만 나는 그들의 기분까지 살필 여력이 없었다. 일단은 내가, 내 자신이 지금 너무 정신이 없었다.

"저, 잠깐만, 화장실 좀……."

나를 빤히 쳐다보고 있는 신노 오빠의 시선을 피해서 나는 급하게 파티장을 빠져나왔다.

부끄럽다. 너무 부끄럽다.

내가 대체 무슨 짓을 한 거지?

이게 다 어둠과 샴페인이 빚어낸 비극이다, 비극.

별장을 빠져나온 나는 화끈거리는 얼굴을 두 손으로 꾹 눌렀다. 그리고 냉정하게 생각해보았다.

비극, 아니다.

이건 오히려 잘된 걸 수도 있다.

원래 오늘 나는 신애인 듯 신애 아닌 신애 같은 콘셉트로, 신노 오빠가 나를 도저히 신애 대신으로 있게 할 수 없겠다고 생각하게 만드는 게 목표가 아니었던가?

그렇다면 성공이다.

신노 오빠가 설마 자신한테 키스까지 한 나를 한집에 계속 두진 않겠지.

그래! 심장은 벌렁거리지만 잘한 거다. 잘한 일이다.

늦은 밤까지 나는 잠을 이루지 못했다. 낮에 내가 친 사고 때문에 아직까지 심장이 평균치보다 빨리 뛰고 있었기 때문이다.

심장이 아프다. 이제 그만 진정했으면 좋겠는데 쉽지가 않다.

아무래도 하루라도 빨리 이곳을 벗어나야 이 심장도 낮고 나도 살 수 있을 것 같다.

심장을 달래기 위해서 물이라도 마셔야겠다는 생각에 방에서 나왔다. 그러다 마침 계단을 올라오고 있던 락이와 마주쳤다.

"누나, 아직 안 잤어?"

"어. 물 좀 마시려고."

대답을 하고 계단을 내려가고 있는데 나를 지나치던 락이가 나지막하게 하는 말이 들렸다.

"조심해. 주방에 노 형 있어."

"아, 그래?"

순간 심장이 쿵 하고 반응했다. 그래서 걸음을 멈췄는데 문득 녀석의 말에서 이상한 부분을 느끼고 말았다.

"근데 조심하라니, 무슨 소리야?"

"형 혼자 보드카 마시고 있거든. 노 형이 그렇게 독한 거 마실 때는 저기압이라는 뜻이니까."

"아, 응. 그렇구나."

설마 낮의 내 키스 때문에 아직도 저기압인 건가?

……근처에 가지 말아야겠다.

그래서 나는 다시 방으로 들어왔다.

어차피 내일이면 그를 마주해야 한다는 사실을 잘 알고 있다. 계속 피할 수만은 없다는 걸 아주 잘 알고 있다.

하지만, 지금은 피하고 싶었다.

012

거의 뜬눈으로 밤을 새우고 아침을 맞이했다.

"아가씨, 아침 드세요."

메이드 아주머니가 아침 식사를 하라고 알려왔지만 나는 먹고 싶지 않았다. 심장이 아팠고, 또…… 신노 오빠의 얼굴을 똑바로 쳐다볼 자신이 없었다.

"……지금 갈게요."

하지만 나는 잠시 후 침대를 박차고 일어났다.

신노 오빠를 제대로 마주할 자신이 없어서 아침 식사를 거르고 싶었지만, 그럴수록 더 그를 마주해야 한다는 생각이 강하게 들었던 것이다.

나는 계속 이렇게 신애인 듯 신애 아닌 신애 같은 콘셉트로 그가 나를 내쫓게 만들어야 하니까. 그래야 나로 돌아갈 수 있으니까.

다행인지 불행인지 식탁에는 신노 오빠 혼자만 앉아 있었다. 조금 떨렸지만 나는 애써 당당하게 걸어가면서 인사를 건넸다.

"좋은 아침이에요."

쫄지 말자, 한라현.

설마 어제의 그 키스 얘기를 저 고리타분한 남자가 먼저 꺼내기야 하겠어?

신노 오빠는 내가 자신의 반대편 자리에 앉는 것을 물끄러미 쳐다보았다. 그 시선에 긴장해서 고개를 돌리다가 문득 그의 입술에 내 두 눈이 멈췄다.

'저 입술에 내가 어제 키스를……. 안 돼! 떠올리지 마.'

머릿속에 떠오르는 잔상을 떨쳐내려고 고개를 흔들던 그때 신노 오빠의 목소리가 들려왔다.

"어제 말이야."

"힉!"

설마가 사람을 잡았다. 그가 먼저 어제 '그 일'을 입에 담다니.

내가 괴이한 소리를 내자 신노 오빠의 한쪽 눈썹이 확 치켜 올라갔다. 그래서 나는 억지로 크게 웃어 보았다.

"하하하. 아아, 어제요, 제가 샴페인을 마시고 실수를 좀 했죠? 제가 워낙 술이 약하다 보니……."

"그거 논알코올이었어."

대충 둘러댄 변명이 그의 말 한마디에 신빙성을 잃었다. 이렇게 되면 나도 패닉상태다.

알코올 때문이 아니라면, 그럼 나는 대체 왜 괜히 업돼서 이 남자한테 키스를 한 거지?

'설마, 혹시, 정말, 나 진짜…… 하고 싶어서 했나?'

관자놀이를 타고 식은땀이 흘러내리는 듯한 느낌이 들었다. 그래서 손가락으로 관자놀이를 쓸어내리며 입을 열었다.

"제가, 요즘, 그, 거시기……."

하지만 마땅한 변명이 떠오르지 않았다. 술에 취한 것도 아닌데 대체 왜 저 남자의 입술에 내 입술을 맞춰버린 것이냐, 나란 여자는.

정답은 하나 있었지만 그건 절대 말할 수 없었다. 그건 분명…… 고백이 될 테니까.

지금 반대편에선 신노 오빠가 나를 빤히 쳐다보며 대답을 촉구하고 있었다. 그의 집요한 시선에 나는 거의 뱉어내듯이 말했다.

"욕구불만이에요!"

"컥!"

신노 오빠는 너무 놀라서 공기를 잘못 들이마신 모양이다. 그 뒤 그의 마른기침이 이어졌다.

"쿨럭, 쿨럭……."

많이 놀랐구나. 하긴, 말한 나도 놀라서 굳어졌으니 들은 당사자는 얼마나 놀랐겠는가.

자신의 앞에 있는 물컵을 들고 마시면서 신노 오빠는 미간을 찡그렸다. 곧 물컵을 내려놓는 그의 입에서 아주 깊은 한숨이 터져 나왔다.

"⋯⋯정말 못 말리겠다, 너."

그의 중얼거림에 나는 슬며시 미소를 지으며 그의 눈치를 살폈다.

"그죠? 신애 대신으론 영 못 써먹겠죠?"

그러니까 그냥 내보내버려요.

그런데 그 순간 신노 오빠의 두 눈이 동그래졌다. 생각에 잠긴 듯 움직임을 멈춘 그가 이내 어이없다는 헛웃음을 터뜨렸다.

"원래도 좀 이상했지만 어제부턴 더 이상해졌다 했더니, 그런 생각을 하는 거였어?"

그는 내 의중을 이제야 알았다는 듯 허무해 보이는 웃음을 지었다.

"왜? 내가 널 평생 신애로 있게 할까 봐 무서워?"

"그, 그럴 수도 있잖아요. 정말 만약에, 혹시라도 신애가 안 돌아오면⋯⋯."

"야, 넌 정말⋯⋯."

신노 오빠는 조금 화가 난 것처럼 보였다. 하지만 내 입장에선 충분히 그렇게 생각할 수도 있지 않은가.

물론, 내가 그냥 이 집을 나가버리면 그만일 수도 있다. 하지만 내가 그래도 명색이 신애 친언니인데, 그렇게 무책임하게 떠나서 그녀를 곤란하게 만들 수는 없었다.

"네가 생각하는 그런 일은 절대 없어."

신노 오빠의 진지한 말에 나는 두 눈을 부릅뜨고 물었다.

"정말이죠?"

"물론이지. 그러니까 그런 이상한 행동 하지 마. 안 그래도 넌 충분히 이상하니까."

"뭐라고요?"

우리의 시선이 공중에서 얽혀 서로를 강렬하게 노려보았다. 그런데 그때,

"노 형! 애 누나!"

갑작스럽게 소란스러운 소리가 들리더니 주방 안으로 신락이 뛰어 들어왔다. 녀석은 무슨 귀신이라도 본 것처럼 우리에게 소리쳤다.

"엄마, 아빠 왔어!"

엄마, 아빠? 그럼 신애의 부모님? 생각보다 빨리 오셨네?

다음 순간 신노 오빠는 바로 자리에서 일어나 거실로 나갔고, 나도 그를 따라 거실로 나갔다. 그런데 전쟁의 서막을 알리는 것처럼 우렁차게 소리치던 신락은 갑자기 어딘가로 뛰어갔다. 그리고 잠시 후 검정색 스냅백을 꾹 눌러쓴 채 나타났다. 그렇게 쓰니까 그의 노랑머리가 하나도 안 보였다.

'아, 혹시 부모님이 쟤 노랑머리를 싫어하시나?'

그때 머리에서부터 발끝까지 명품으로 치장한 화려한 옷차림의 중년 여성이 집 안으로 들어왔다. 그녀의 뒤로 역시나 명품으로 보이는 슈트를 입은 중년 남성이 들어왔다. 나는 그들에게서 느껴지는 범상치 않은 기운에 나도 모르게 마른침을 꿀꺽 삼켰다.

"오셨어요, 아버지, 어머니."

신노 오빠가 그들에게 정중하게 인사를 건넸기에 나도 얼른 그들을 향해 허리를 숙였다.

잠시 후 허리를 들다가 중년 여성과 눈이 마주쳤는데, 그 순간 그녀의 잘 다듬어진 눈썹이 확 구겨졌다.

"신애야, 너 살쪘니?"

"……!"

첫마디가 저거? 조금 충격이었다.

'그놈의 살, 살. 좀 찌면 안 되나?'

이 집 식구들은 어째 죄다 살에 민감한 모양이다. 전에 신노 오빠도 그렇고, 어머님도 오랜만에 만난 딸내미의 인사도 받는 둥 마는 둥 급하게 살부터 지적하는 걸 보면 말이다.

"우선 당장 식단관리부터 들어가고, 내일 바로 개인트레이너 붙여줄 테니까 운동해."

그런 다음 신애의 어머님은 화려하게 화장한 눈으로 나를 머리에서부터 발끝까지 주욱 훑어 내리기 시작했다.

"신애야, 너 피부 관리는 받고 있는 거니? 예비 신부 얼굴이 그게 뭐야? 시부모님이 속으로 욕하시겠다."

적잖게 당황스러웠지만 그저 어설프게 웃으며 내 볼을 쓰다듬는 것밖에는 할 수 있는 일이 없었다. 그런데 그때 소파의 상석에 앉으신 신애의 아버님이 나를 향해 물었다.

"결혼은?"

"네……?"

"잘 진행되고 있는 거지?"

"아, 네."

엄숙한 그의 포스에 나는 얼떨결에 대답을 해버렸다. 그의 매섭게 빛나는 두 눈이 이번엔 신락에게로 향했다.

"신락, 비행기 안에서 네 성적 확인했다. 성적이 대체 그게 뭐야?"

"죄송해요."

스냅백을 꾹 눌러쓴 채 구석에 있는 듯 없는 듯 서 있던 신락이 머리를 푹 숙였다. 그에게로 신애 아버님의 날 선 목소리가 또 날아들었다.

"너 계속 이렇게 하면 유학밖엔 길이 없어."

"……유학은 가고 싶지 않아요. 그런 낯선 곳에 가기 싫어요."

"우리도 너 그런 대학에 보내기 싫었다."

"……죄송해요."

"그런 대학에서도 성적이 그 모양이면 어쩌자는 거냐?"

아버님의 서슬 퍼런 표정과 어투에 신락은 시무룩한 표정으로 어깨를 축 늘어뜨렸다.

"어렸을 땐 제일 똑똑했던 애가 왜 저렇게 됐나 몰라."

혀를 끌끌 차는 아버님의 언짢은 얼굴에 나는 순간 소름이 돋았다. 이 집은 내가 예상하는 것보다 훨씬 더 무섭고 이상한 곳일지도 모른다는 생각이 들었던 것이다.

보통 공부 못하는 아들한테 저런 말까지 하나? 좀 과하다 싶었다. 거기다 신락은 공부를 못하는 편도 아니었다. 내가 알기로 락이의 대학은 꽤 좋은 대학이었단 말이다.

기가 죽은 신락이 말없이 2층으로 올라가버리자 부모님은 옷을 갈아입겠다며 안방으로 들어가셨다.

조용한 거실에 신노 오빠와 나만이 남게 되자 나는 천천히 그에게 다가섰다. 그리고 2층과 안방을 번갈아 쳐다보면서 물었다.

"락이 학교, 우리나라에서 TOP3 안에 드는 대학교 아니에요? 그럼 엄청 똑똑한 건데, 대체 왜 저런 말씀을……."

"맞아, 똑똑하지. 하지만 형이랑 나랑 신애는 모두 한국대 출신이야."

한국대라면 우리나라에서 제일 똑똑한 애들만 모인다는 그 대학 아닌가? 그럼 사 남매 모두 평범한 두뇌의 소유자는 아니란 말이구나.

"그럼 사 남매 모두 엘리트네요? 아, 혹시 오빠들 외국 유학까지 다녀왔어요?"

"형과 나는 미국에서 MBA 과정을 밟고 왔지."

무덤덤한 표정으로 별거 아니라는 듯 툭 내뱉은 그의 대답에 나는 두 눈을 크게 떴다.

"그럼 엄청 똑똑한 거 아니에요?"

"……내 입으로 그걸 인정하긴 좀 그렇군."

자기자랑 같을까 봐 신노 오빠는 인정하지 않았지만, 어차피 대답을 원한 질문은 아니었다. 방금 내 질문은 질문이었다기보다 그저 감탄사에 가까웠으니까.

그런데 어떻게 사 남매가 다 똑똑할 수가 있지? 보통 형제들 중

한 명은 꼭 꼴통이 나오기 마련인데 말이다.

그때 문득 떠올랐다. 저 사 남매가 친남매가 아니라는 사실이 말이다. 그런 사실이 떠오르자 조금 웃긴 가정도 떠올랐다.

혹시…… 저분들, 엘리트 육성이 목적이었던 건가? 설마, 재벌이 되기 위한 수단으로 쓸 똑똑한 아이들만 입양한 건…… 아니겠지?

하지만 방금 상황을 보면 충분히 가능성 있는 일이었다. 그래서 나는 그 웃긴 가정을 좀 더 그럴싸하게 바꿔서 신노 오빠에게 물었다.

"혹시 말이에요, 진짜 그냥 묻는 건데요, 똑똑한 오빠들은 회사 경영에 참여시키고 신애는 합병과도 같은 결혼을 시켜서 회사 규모를 더 크게 키우려는 게 입양의 목적이었던 거예요, 저 부모님들?"

"그게 다는 아니야."

신노 오빠는 진지한 표정으로 나지막하게 대답했고, 그로 인해 내 얼굴은 경악으로 물들어갔다.

'저, 저거 반은 인정한 거지, 지금?'

차라리 아무것도 묻지 않고, 듣지도 않았다면 마음이 더 편했을 것 같았다.

"……그래서 우리 신애가 그렇게 힘들어한 거군요."

나는 잠깐이지만 신애 부모님과의 만남에 진이 다 빠지는 느낌이었다. 숨이 콱 막힐 것같이 갑갑했고 무서웠다. 그런 부모님 밑에서 신애는 14년을 산 것이다. 분명 내가 상상도 못 할 만큼 많이 지치고 힘들었을 것이다.

"그게 다는 아니라니까. 우리 부모님은 완벽주의자에다가 그냥 좀, 많이 현실적이고 냉철하신 분들일 뿐이야. 그래도 고아인 아이들을 넷이나 입양하고 여태까지 부족함 없이 잘 키워주신 건 사실이니까."

내 말에 신노 오빠가 반박을 했지만 나는 여전히 납득할 수가 없었다.

"공부시키고 관리시키고, 참 잘 키워주셨네요."

학생 때도 저렇게 관리당했을 신애를 상상했더니 가슴이 아파 왔다. 나는 이제야 어렴풋이 신애의 마음을 알 것 같다.

"아까도 봤죠? 인사 대신 내 살 지적하시는 거?"

결국 나는 화를 참지 못하고 신노 오빠의 굳은 얼굴을 향해 말을 시작했다. 그는 별 대꾸 없이 그저 묵묵히 내 이야기를 들었다.

"내가 지금 나 살쪘다고 하셔서 삐져서 이러는 게 아니라, 정말, 정말 화가 나서 그래요. 피부 지적하시면서 시부모님이 속으로 욕하겠다 이러시는데, 그 말은 정말이지, 딸한테 애정이 하나도 안 느껴지는 말이었다고요."

이런 집에서 신애는 살고 있었던 것이다. 나는 그녀가 준재벌 집으로 들어갔으니 그냥 마냥 행복할 거라 생각했었다. 그래서 그녀가 하는 말들은 다 투정같이 들렸었다. 철이 없다고 화도 냈었다. 그때를 생각하니 마음이 너무 아팠다.

"당신은 우리 신애가 힘들어하는 걸 알고 있었죠?"

날카롭게 신노 오빠를 노려보며 물었다. 그는 나를 지그시 내려다보며 무거워 보이는 입술을 열었다.

"어느 정도는. 하지만 집을 떠나고 싶을 정도로 힘든 줄은 몰랐어."

얼마 전 내 정체가 탄로 나던 그때, 신노 오빠는 내게 신애가 올해 초에 화를 냈다고 말했다. 그 일이 떠올라서 나직하게 물었다.

"올해 초에 신애가 당신에게 화를 낸 이유도 바로 그런 거죠?"

"맞아. 구체적으로 말하면, 정략결혼 문제였지. 신애는 그때 처음으로 결혼하기 싫다 말했었어. 하지만 난 계속 신애를 설득했지. 이렇게 될 줄도 모르고."

지금 신노 오빠의 표정은 굉장히 슬퍼 보였다. 그런 그의 얼굴을 물끄러미 바라보는데, 그도 안쓰럽다는 생각이 들었다. 이곳에서 자란 건 신애만이 아니지 않은가.

"당신은 어때요?"

조심스럽게 질문을 던져보았다.

"뭐가?"

"당신은 이 집을 떠나고 싶다고 생각해본 적, 한 번도 없어요?"

그러자 다음 순간 신노 오빠의 짙은 속눈썹이 미세하게 떨리는 게 보였다.

대답을 망설이는 걸까?

그러나 그는 끝내 단호하게 고개를 저었다.

"없어. 우리 부모님은 5살 때 버려져서 거리에서 살던 나를 거둬주신 분들이니까."

"……!"

그에게 그런 과거가 있는 줄은 상상도 하지 못했다. 그래서 그 말을 듣는 순간 가슴이 저릿저릿 아파왔다.

잠시 후 그는 출근 준비를 해야 한다며 나를 스쳐 지나갔다. 내 시선은 그런 그를 조용히 좇아갔다. 그런데 2층으로 오르는 계단 앞에서 그는 멈춰 섰다. 그러고는 다시 내게로 돌아왔다. 내 앞으로 걸어온 그가 진지한 얼굴로 말했다.

"내일이면 약속한 한 달이네."

"네, 그러네요."

신애가 돌아오기로 약속한 한 달 후가 바로 내일이었다. 심각한 표정을 한 그가 잠시 뜸을 들이다가 입을 열었다.

"만약에 내일 신애가 돌아오지 않는다면…… 대책을 세울 때까지 며칠만 더 이곳에 있어줄 수 있나?"

"……."

어떤 대답을 해야 할지 몰라 입이 안 떨어졌다. 내 망설임을 눈치챈 듯 그가 말을 이었다.

"걱정 마. 아까 말한 대로 널 평생 신애로 있게 하진 않을 거야. 약속해."

그의 반듯한 얼굴을 바라보는데 순간 믿음이 확 생겼다. 그는 내 비밀을 누설하지 않았듯 이번에도 약속을 지킬 것이다. 그래서 나는 천천히 고개를 끄덕였다.

"……알았어요. 그럼 믿을게요."

하지만 신애는 돌아올 것이다. 나는 믿는다. 그녀를, 내 동생을 믿는다. 신애는 절대 나하고의 약속을 어기지 않을 것이다.

아침이 밝았다. 신애가 돌아오기로 약속한 날이 된 것이다.

나는 초조했지만 그렇지 않은 척 신애를 기다렸다. 그렇게 아침이 지나고 점심이 지나고 저녁이 되었다.

그러는 동안 신노 오빠와 나는 서로 아무 말도 하지 않았다. 그저 묵묵히 서로의 자리를 지켰다.

신노 오빠는 저녁 식사를 하는 내내 아무 말도 하지 않았지만, 이따금씩 낮고도 긴 한숨을 내쉬었다. 그 깊은 한숨이 그의 마음을 대신하는 듯했다.

나는 침대에 누워서 밤 12시를 향해 가는 시간을 물끄러미 올려다보았다.

'결국…… 오지 않았구나.'

약속한 날 신애는 끝내 돌아오지 않은 것이다.

그때 휴대폰이 울렸다.

Rrrrrr.

발신자는 우리 오빠였다. 받지 않으려고 했지만 계속 울려대는 전화에 어쩔 수 없이 통화 버튼을 누르고 말았다. 전화 연결이 되자마자 량현 오빠는 다짜고짜 이렇게 말했다.

ㅡ신애 안 왔지? 내 그럴 줄 알았다.

"……."

내 무언이 대답이 되었는지 오빠는 진지한 목소리로 말을 이었다.

-넌 할 만큼 했어. 그러니까 거기서 당장 나와.

"오빠, 난……."

-긴말 필요 없어. 넌 그냥 '응' 한마디만 하면 돼.

휴대폰 너머 량현 오빠의 목소리가 무섭게 들렸다. 하지만 나는 용기를 끌어내 힘겹게 말을 시작했다.

"사실은, 신노 오빠가 내 정체를 알고 있어."

그러자 오빠의 목소리가 바로 높아졌다.

-뭐? 언제부터?

"좀 됐어. 암튼, 신애가 돌아오지 않아서 그 사람이나 나나 아주 곤란해하고 있어."

-넌 곤란할 거 없어. 거기서 당장 나오기만 하면.

"난 못 가. 그 사람이, 대책을 세울 때까지만 내가 이곳에 있어주길 원해."

-네가 왜 그 자식 말을 들어야 되는데?

10년 가까운 기간 동안 단 한 번도 들어본 적 없을 정도로 차가운 오빠의 목소리에 나는 두 눈을 질끈 감았다.

"미안해."

-그딴 소리 하지 말고 정신 차려. 넌 지금 홀린 거야, 그 잘생긴 놈한테. 그놈이 어떻게 널 유혹했는지 모르겠는데, 내가 보기에 넌 지금 이용당하는 거야.

"그렇다 해도 상관없어. 조금만 더 이곳에 있고 싶어."

―야, 한라현!

"이해해줘, 오빠."

나는 그냥 전화를 끊어버렸다.

근거는 없지만 나는 신애가 돌아올 거라 믿는다. 그러니 신애가 돌아와서 나와 바통터치만 제대로 한다면 무사히 지나갈 일이다. 내가 평생 신애로 있겠다는 것도 아니고, 단 며칠만 더 있어달라는 신노 오빠의 부탁을 모른 척할 수도 없지 않은가.

똑똑똑.

이것이 신노 오빠의 하루 일과의 시작이었다. 아침마다 노크로 내 존재를 확인하는 것.

"왜요?"

잠이 가득한 얼굴로 문을 열자 하얀 와이셔츠를 입은 신노 오빠가 보였다. 그 모습을 멍하니 보고 있는데 그가 나를 향해 어색하게 인사를 건넸다.

"잘 잤어?"

"당신이 깨우기 전까진 아주 잘 잤죠."

신애가 돌아오기로 약속한 날로부터 3일이 흘렀다. 그 3일 내내 신노 오빠는 이상하게 나보다 더 불안해 보였다. 그는 아침저녁으로 내가 집에 있는지 확인 전화를 했고, 계속 신애를 찾고 있다며 나를 안심시켰다.

"그래. 그럼 계속 자."

내 얼굴을 확인한 신노 오빠가 가버린 후 나는 다시 잠에 들었다.

이것이 요즘 매일 이뤄지는 우리의 조례행사였다.

무슨 사정이 있겠지, 분명 뭔가 이유가 있겠지, 하고 나는 끝까지 신애를 믿기로 했다. 하지만 한편으론 그녀가 아예 돌아오지 않을지도 모른다는 생각이 들기도 했다. 내가 이곳에 살아보니까 떠나고 싶었던 그녀의 마음도 이해가 되니 말이다.

늦은 밤, 량현 오빠로부터 간결하지만 가슴을 울리는 문자가 도착했다.

[라현아, 오빠는 기다릴게.]

이 문자에 가슴이 답답해졌다. 그래서 우울한 기분을 전환할 겸 정원으로 나왔다.

달이 뜬 밤은 꽤 어두웠지만 정원 등의 도움을 받아 이곳저곳을 기웃거리며 마음을 달랬다. 그런데 폼 잡으려고 뒷짐 지고 돌아다니다가 그만 돌부리에 걸려 넘어지고 말았다.

"엇!"

그대로 두 무릎을 찧은 나는 늦은 밤이라 소리도 못 지르고 바닥을 나뒹굴었다.

그런데 그때였다.

"신애야!"

갑작스럽게 다급한 목소리가 들렸다. 나를 부르는 소리에 곧바로 대답하고 싶었지만 넘어진 몸 수습이 먼저였다.

"신애야!"

그런데 그 부름이 또 들렸다. 나는 바닥에 앉은 채 재빨리 손을 번쩍 들었다.

"나 여기 있어요!"

헐레벌떡 달려온 듯한 신노 오빠가 바닥에 있는 나를 보고는 크게 한숨을 내쉬었다. 넘어졌다고 솔직하게 말하기는 좀 창피해서 서둘러 변명을 만들어냈다.

"아, 나 여기서 잡초를 좀 뜯고 있었……."

파앗!

그런데 그 순간 신노 오빠가 나를 향해 손을 뻗더니 내 팔을 잡아 나를 일으켜 세웠다. 그러곤 일어선 내게 버럭 소리를 질렀다.

"가버린 줄 알았잖아……!"

"그냥, 정원 산책 좀 한 거예요."

그가 내 팔을 얼마나 세게 잡고 있는지 고통이 느껴질 정도였다. 하지만 그는 그걸 모르는 듯 계속 내게 화를 냈다.

"어딜 가면 간다고 말을 해야지!"

이 남자, 지금 왜 화를 내는 거지?

"새삼스럽게 왜 그래요? 내가 언제부터 말하고 다녔다고……."

말을 하는데 무릎에서 통증이 느껴졌다. 그 탓에 눈썹을 살짝 찡그리면서 고개를 숙였다. 그 순간 정수리 쪽에서 신노 오빠의 목소리가 들려왔다.

"다쳤어?"

"아…… 사실은 넘어졌었어요."

내 말이 끝나기도 전에 신노 오빠는 내 다리 쪽으로 한쪽 무릎을 꿇었다. 그리고 손을 뻗어 내 종아리를 잡으며 말했다.

"까졌네."

그 행동에 나는 얼굴이 화끈거리고 심장이 세차게 뛰기 시작했다.

"괘, 괜찮아요. 별로 안 아파요."

내 다리를 잡고 있는 그의 손이 너무 뜨겁게 느껴졌다. 나는 황급히 그의 어깨를 밀어내면서 말했다.

"그런데 뭘 그렇게 불안해하고 화를 내요?"

"……."

"내가 여기 있겠다고 약속했잖아요."

"……도망간 줄 알고 조금 놀란 것뿐이야."

잠시 후 신노 오빠는 천천히 자리에서 일어났다. 나는 그런 그를 슬쩍 쳐다보면서 달아오른 얼굴에 손부채질을 했다. 그러다 순간 그와 눈이 마주쳤다.

"……."

"……."

우리 사이엔 묘한 침묵이 흘렀고, 나는 그 어색한 분위기를 깨기 위해 이리저리 시선을 돌리면서 말했다.

"아, 그날 생각난다."

이 남자와 정원에 함께 있으니까 내 정체가 들통난 그날이 생각났다.

"그날?"

"나 그날 되게 무서웠거든요. 당신이 막 나한테 '너 신애 아니지? 너 누구야?' 이랬던 날이요."

"아아."

신노 오빠의 굳었던 표정이 조금 풀어졌다. 그래서 나도 좀 더 편하게 말을 이었다.

"그러고 보니까 진짜 궁금하네요."

"뭐가?"

나를 물끄러미 보는 그에게 나는 장난스럽게 웃으며 물었다.

"내 정체를 처음 눈치챈 게 언제예요? 설마 제일 어설펐던 첫날? 아님 무면허 운전 하겠다고 했을 때? 아님 술 마시고 진상 부렸을 때? 아니면……."

"모르겠어."

신노 오빠는 바로 고개를 저었다. 별로 대답을 기대했던 질문은 아니었기에 나는 그냥 웃어버렸다. 그런데 그때 그가 다시 입을 열었다.

"그냥 어느 순간부터 너만 보면 두근거리더라고."

"네……?"

심장이 조금 전과 비교가 안 될 정도로 쿵쾅쿵쾅 빠르게 뛰기 시작했다.

"그래서 이상하다 생각했지. 내가 내 여동생한테 두근거릴 리는 없으니까."

어쩌면 량현 오빠의 말이 맞는지도 모르겠다. 오빠 말대로 난 이 남자한테 홀린 거다.

하지만 그러면 좀 어떤가.

"그래서 느꼈어. 얜 신애가 아니구나."

내 평생 이렇게 달콤한 고백은 들어본 적이 없단 말이다.

두근두근.

심장이 계속 두근두근거렸다. 얼굴이 화끈거려서 눈앞에 있는 신노 오빠의 얼굴도 제대로 못 쳐다보겠다. 그런데 그의 고백은 그게 끝이 아니었다.

"얜 신애가 아니라 날 두근거리게 하는 신애 닮은 여자구나 하고 깨달았지. 그래서 토마토 샌드위치 테스트도 해본 거고. 넌 보기 좋게 날 속여 넘겼지만."

"하하, 하하하……."

민망함과 어색함에 나는 그냥 웃음을 터뜨렸다. 그런데 신노 오빠는 내 웃음소리에도 아랑곳 않고 자신의 말을 이었다.

"그렇게 생각하고 보니까 얼굴이 조금 다르더라고."

생각지도 못한 그의 말에 나는 웃음을 멈추고 두 눈을 크게 떴다.

"아, 그래요? 어떻게요? 우린 쌍둥인데……?"

"자주 빨개지는 광대라든가 웃을 때 보이는 가지런한 치아라든가 길어서 그림자 지는 속눈썹이라든가, 뭐 그런 것들이……."

생각에 잠겨서 천천히 말을 내뱉는 신노 오빠의 얼굴을 보는데 심장이 콩콩콩 빠르게 뛰었다.

"오빠, 나 되게 열심히 관찰했네요? 부끄럽게."

"그런 거 아니야."

신노 오빠는 부정했지만 나는 실룩거려지는 입가를 멈출 수가 없었다. 결국 나는 얼굴 가득 함박웃음을 지어버렸다.

그 순간 신노 오빠와 눈이 마주쳤는데 문득 장난이 치고 싶어졌다. 그래서 재빨리 두 손을 올려 얼굴을 싹 가린 채 그에게 물었다.

"내 얼굴에 점이 몇 개 있게요? 오빠라면 맞힐 수 있을 것 같아서요."

내 짓궂은 질문에 신노 오빠가 어이없다는 듯 헛웃음을 터뜨리는 게 들렸다.

"내가 그걸 어떻게 맞혀?"

그래서 나는 얼굴을 가린 상태에서 큰 소리로 웃었다.

"하하, 맞아요. 사실은 나 얼굴에 점 없거든요."

그런데 다음 순간 신노 오빠의 입에서 놀라운 말이 들려왔다.

"무슨 소리야? 너 얼굴에 점 하나 있잖아. 턱 밑에."

"와우, 소름."

턱 밑에 조그맣게 있는 그걸 맞히다니. 없는 거나 마찬가지인 그걸, 나도 가끔 잊어버리는 그걸 말이다.

나는 천천히 두 손을 내리며 신노 오빠의 반듯한 얼굴을 올려다보았다. 그의 표정은 조금 굳어져 있었다. 나는 무슨 말을 어찌

해야 할지 몰랐고, 그도 아무 말이 없었다. 그로 인해 우리 사이엔 긴장감을 담은 침묵이 흘렀다.

잠시 후 어색함을 참지 못하고 내 쪽에서 먼저 장난스럽게 말했다.

"오빠 사실은 나 엄청 좋아하죠? 그죠? 맞죠?"

"……너 안 자냐?"

내게 퉁명스럽게 말한 뒤 신노 오빠는 그대로 등을 돌렸다. 그러곤 앞으로 성큼성큼 걸어갔다.

"난 잘 거다."

그래서 나는 그의 뒤를 따라 달려갔다.

"오빠, 같이 가요!"

013

신노 오빠의 고백은 우리 사이를 미묘하게 만들었다. 그러니까, 마치 꼭, 썸 타는 것 같은 느낌이랄까.

"잘 잤어?"

우리는 일단 아침에 거실에서 마주치면 서로를 지그시 쳐다보면서 인사를 건넨다.

"네. 오빠는요?"

"나도 잘 잤지."

그리고 또 한참 동안 서로를 쳐다본다. 아주 애틋하게.

그런데 그때 신노 오빠가 갑자기 피식 웃음을 터뜨렸다. 그 이유가 궁금해서 나는 눈을 동그랗게 뜨고 물었다.

"왜 웃어요?"

그랬더니 그가 웃는 얼굴로 되물었다.

"혹시 화장했어?"

저, 저 예리한 남자!

전부터 느낀 거지만 저 남잔 예리하다. 보통 예리한 것이 아니다. 나는 당황한 나머지 서둘러 입을 열었다.

"어우, 아니에요. 그냥 비비만 발랐을 뿐인데."

"그게 그거잖아."

"아니에요! 달라요."

엄밀히 말하면 나는 화장을 한 게 아니라 그냥 피부톤을 보정하고자 색조 크림을 바른 것뿐이다. 화장을 한 게 절대 아니란 말이다. 화장이란 것은 자고로 스킨로션, 에센스를 포함해서 메이크업베이스, 파운데이션, 파우더 등등의 귀찮은 과정을 다 거쳐야 하는 것이란 말이다. 그러나 억울한 내 마음을 알 리 없는 신노 오빠는 계속 피식피식 웃었다.

"그동안은 민낯으로 당당하게 활보하고 다니더니, 새삼스럽게 무슨 바람이 불어서 화장을 한 거야?"

……이 남자는 정말 썸 타는 여자의 마음을 모르는구만!

눈치 없는 남자에게 나는 조금 정색하며 말했다.

"화장 아니라니깐요?"

"그래, 그 비빈지 비비씬지."

이 여자의 마음도 모르는 바보!

"오빠 바보예요!"

결국 나는 버럭 소리를 지르고 다시 방으로 뛰어 들어왔다. 바로 화장대에 앉아 클렌징크림을 얼굴에 덕지덕지 바르고 있는데 방문이 열리고 신노 오빠가 들어왔다.

"삐졌어?"

나는 대답 없이 분노의 손길로 얼굴 전체에 크림을 넓게 펴 발랐다. 그런 다음 티슈로 그것을 거칠게 닦아냈다. 그 모습을 뒤에서 가만히 지켜보던 신노 오빠가 입을 열었다.

"아침잠도 많은 애가 잠이나 한숨 더 자지, 왜 화장을 해? 화장 안 해도 예쁘니까 내일부턴 그냥 잠을 더 자."

"……."

저 남자도 바보지만 나도 참 바보다. 저 남자의 말에 이렇게 마음이 사르르 녹아내리는 걸 보면 말이다.

"벌써 일주일이 지났네."

벽에 걸린 달력을 물끄러미 바라보며 신노 오빠가 내뱉은 말이었다. 그래서 나도 그를 따라 달력을 쳐다보았다.

약속한 한 달이 지나고 일주일이 더 지났는데도 신애는 나타나지 않았다. 그 일주일 동안 신노 오빠와 함께 있는 것이 행복하면서도 한편으론 불안하기도 했다. 내가 알기로 신애의 결혼은 이제 한 달도 채 남지 않았던 것이다.

"근데 나…… 결혼은 절대 하고 싶지 않아요."

내 근심 어린 표정을 보면서 신노 오빠는 나를 안심시켰다.

"걱정 마. 내가 무슨 일이 있어도 결혼은 막아줄게."

하지만 나는 여전히 불안했다. 내가 그에게로 불안한 시선을 보내자 그의 손이 부드럽게 내 어깨를 움켜쥐었다.

"지금 사람 시켜서 신애의 행방을 찾고 있어. 찾게 되면 널 제일 먼저 내보낼 거야. 그러니까 안심해."

그의 믿음직한 말에 가슴속 불안감이 다소 사그라지는 듯했다.

그렇지만 시간은 대책 없이 흘러갔다. 약속한 날에서 일주일이 지나고 이틀이 더 지났다. 그쯤 되자 우리 오빠 쪽에서는 난리가 났다. 아침저녁으로 전화를 했고, 끊임없이 돌아오라는 문자를 남겼다.

—너 지금 거기서 뭐 하냐?

결국 늦은 밤 마음이 약해진 내가 량현 오빠에게로 전화를 걸자 오빠는 다짜고짜 이렇게 물었다.

—설마 그놈이랑 연애하냐?

"그런 거 아니야."

나는 휴대폰을 붙잡은 채 펄쩍 뛰었다. 하지만 전화기 너머 량현 오빠는 좀처럼 화를 누그러뜨리지 못했다.

—네가 지금 한가하게 연애나 할 때냐? 신애가 약속한 한 달을 어기고 널 배신 때렸는데?

"……."

—네가 제정신이면 지금 그 집에 있으면 안 되는 거야. 당장 나와야지.

신애가 약속을 어긴 건 사실이다. 하지만 분명 피치 못할 사정이 있었을 것이다. 설사 일부러 그런 것이었어도 지금은 분명 후회하고 있을 것이다.

─그러니까 지금 나와, 한라현.

"오빠, 나는…… 신애를 기다리고 싶어."

나는 하나뿐인 신애의 언니니까 말이다.

그렇지만 량현 오빠에겐 나 역시 하나뿐인 동생이었다.

─대체 언제까지? 네가 신애 대신 결혼까지 할 거야? 결혼이 한 달도 안 남았는데!

화를 내는 량현 오빠의 목소리를 들으면서 나는 낮게 한숨을 내쉬었다. 그러자 문득 신노 오빠의 얼굴이 떠올랐다. 그래서 다급하게 입을 열었다.

"신노 오빠가, 막아준다고 했어."

─막아줘? 어떻게? 결혼을 엎기라도 하겠대?

"구체적인 얘긴 안 해줬지만……."

─그럼 그 사람도 방법이 없는 거야. 그냥 신애 대신으로 널 이용하는 것뿐이라고!

정말 신노 오빠는 한 달도 안 남은 결혼식을 엎기라도 하려는 걸까? 아니면, 정말 량현 오빠의 말대로 그에게 호감이 있는 나를 이용하는 걸까?

─그러니까 거기서 당장 나와, 라현아! 오빠 부탁이다.

전화기 너머 량현 오빠의 목소리가 애절하게 들려왔다. 순간 마음이 약해졌다. 심각하게 고민하고 있는데 오빠 쪽에서 강압적으로 말했다.

─아니면 내가 끌고 온다?

"조금만, 조금만 더……."

언제까지고 이곳에 있을 수만은 없다는 걸 아주 잘 알고 있다. 어물거리는 내가 답답했던지 량현 오빠가 분명하게 말했다.

-딱 3일 줄게. 3일 후 밤 12시에 데리러 갈 테니까 그렇게 알아.

무거운 마음으로 요리학원에 가기 위해 외출 준비를 시작했다. 요리학원 따위를 갈 기분은 아니었지만, 어쨌든 나는 지금 예비 신부 신애였으니 어쩔 수 없었다.

입고 있던 라운드티를 벗고 흰 셔츠에 두 팔을 꿰어 넣었다. 그런 다음 셔츠의 단추를 위에서부터 채워 나갔다. 그때였다. 방문이 노크도 없이 벌컥 열렸다.

"누나!"

단추를 잠그고 있던 두 손을 멈추지 않고 계속 움직이면서 두 눈으론 거칠게 들어온 신락을 노려보았다. 그 상태로 나는 서늘하게 말했다.

"노크하고 다시 들어와."

락이는 겁을 먹은 얼굴을 했다.

"왜 그래, 누나? 무섭게."

"노크하고 다시 들어오라고."

결국 락이는 쭈뼛거리며 방을 나가더니 노크를 두 번 했다. 그 노크 소리에 내가 대답하자 곧 문이 다시 열렸다.

"됐지?"

"잘했어. 앞으로도 그렇게 노크하는 버릇 좀 들여."

"……누나, 묘한 카리스마가 생겼어."

역시 신락은 둔하다. 녀석은 신애가 변했다고만 생각하지, 다른 사람이라고는 절대 생각하지 않으니 말이다.

"근데 무슨 일이야?"

"아, 있잖아, 누나, 누나."

갑자기 락이가 애교스럽게 태도를 바꾸며 내게로 다가왔다. 그런 녀석을 수상하다는 눈빛으로 보고 있는데 녀석이 빙그레 웃으며 말했다.

"나 용돈 좀 줘."

"용돈? 내가 돈이 어디 있어?"

무심코 진실을 말해버렸다. 내가 신애란 걸 잊고서 말이다.

"누나 돈 많잖아? 회사 주식도 꽤 갖고 있고, 카드도 많고."

아, 맞다. 난 지금 부잣집 딸 신애지.

락이의 지적에 머쓱해진 나는 일부러 깐깐한 표정으로 질문을 던졌다.

"근데 갑자기 돈은 왜?"

"나 오늘 봉사하러 가거든."

"봉사? 거짓말하지 마. 봉사하러 가는데 돈이 왜 필요해?"

아무래도 수상해서 다시 물었더니 락이가 억울하다는 표정을 지었다.

"고아원 애들한테 장난감이랑 간식 좀 사가려고 그래."

"고아원?"

그런 거라면 돈을 주고 싶었지만, 난 사실 돈이 없다. 있을 리가 없다. 난 신애가 아니니까.

그렇게 주저하고 있는데 노크 소리와 함께 방문이 열렸다.

"요리학원 안 가? ……신락, 너 누나 방에서 뭐 하냐?"

방문을 열고 들어오려던 신노 오빠가 락이를 발견하고는 물었다. 그 순간 나는 구세주를 만났다 싶어서 그에게 빠르게 말했다.

"노 오빠, 락이가 고아원에 봉사를 하러 간대요. 참 착한 일을 하죠?"

"아, 응. 그러네."

"그래서 칭찬을 좀 해주고 있었어요. 칭찬의 의미로 용돈도 좀 주려고……."

"용돈? 네가 돈이 어디 있어서?"

신노 오빠의 솔직한 질문에 내 옆에 서 있던 락이가 놀란 목소리를 냈다.

"노 형도 누나랑 똑같은 소릴 하네? 대체 왜 그래, 둘 다? 누나가 돈이 왜 없어?"

아까의 나처럼 지금 신노 오빠의 얼굴에도 당황한 기색이 역력했다. 결국 내가 나서기로 했다.

"난 결혼 준비 하느라 이곳저곳 돈 쓸 일이 많잖아."

"아, 그런가."

락이가 어느 정도 납득하는 듯 보이자 나는 얼른 신노 오빠를 향해 윙크를 찡긋 날렸다.

"그러니까 노 오빠가 대신 락이한테 용돈 좀 줘요."

"어, 그래."

주머니에서 지갑을 꺼낸 신노 오빠가 락이에게 카드를 하나 건
넸다.

"와우, 고마워, 형!"

"그래. 고아원 봉사 열심히 하고."

"네!"

힘차게 대답을 한 락이가 내 방을 나가자 신노 오빠는 내게 어
색한 미소를 지어 보였다.

"쓸데없는 소리 해서 미안. 놀랐지?"

"아니에요."

솔직히 지금 나는 전혀 다른 곳에 신경이 쏠려 있었다. 그걸 눈
치챈 신노 오빠가 내 얼굴을 살피며 물었다.

"무슨 생각 해?"

고아원. 나는 지금 고아원 생각을 하고 있었다.

"있잖아요."

"응."

"나…… 고아원에 가봐야겠어요."

"고아원? 왜? 락이랑 같이 봉사하려고?"

그의 질문에 나는 다부지게 고개를 좌우로 저었다.

"아뇨. 신애랑 저의 고아원이요."

방금 문득 신애가 혹시라도 옛날 생각이 나서 우리 고아원에
가보진 않았을까, 하는 생각이 들었던 것이다.

"신애가 그곳에 갔을까?"

"잘 모르겠어요. 그래도 한번 가보고 싶어요."

만약 신애가 정말 한국에 있는 거라면 예전 우리의 추억이 가득한 그곳에 한 번은 가보지 않았을까 하는 생각이 막연하게 들었다. 그래서 가보고 싶어졌다.

곧바로 나는 외출 준비를 마치고 집을 나섰다. 그런 나를 따라오며 신노 오빠가 말했다.

"김 기사 차 타고 가."

"괜찮아요. 혼자 갈게요."

"타고 가."

고집부리는 내 팔을 잡으며 그가 나직하게 말했다.

"걱정되니까."

나를 진심으로 걱정하는 듯한 신노 오빠의 표정은 내 마음을 더 무겁게 만들었다.

내 마음이 자꾸 그에게 가는데 그 마음을 모른 척하고 나는 떠날 수 있을까?

서울 변두리에 위치한 고아원으로 차가 내달렸다. 고아원에 도착한 차가 부드럽게 멈춰 서자 나는 천천히 차에서 내렸다. 고아원의 운동장은 어릴 때 신애와 뛰어놀던 그대로였다.

고아원 건물의 문을 열고 들어서자 풍채 좋은 아주머니 한 분이 나를 맞이했다. 내 기억이 맞는다면 저분은 분명 이 고아원의 실장님이다.

"안녕하세요. 저……."

내가 내 소개를 하려던 순간 실장님이 빠르게 다가오더니 내 손을 덥석 잡았다.

"어머! 반갑다, 애야! 잠깐, 네가 쌍둥이 언닌가 동생인가."

실장님은 확실히 우리 자매를 기억하고 있는 눈치였다.

"가만있자, 좋은 집으로 간 애가 동생이었는데……."

이렇게 작게 중얼거린 실장님은 내 뒤쪽 유리문을 통해 김 기사 아저씨와 고급세단을 확인하고는 미소를 지었다.

"저 차를 보니까 네가 동생인 모양이구나."

이럴 땐 뭐라고 설명을 드려야 하는 걸까.

사실은 제가 그 언니인데 지금 잠깐 동생 대신 그 좋은 집에 들어가 있습니다, 이렇게 설명드려야 하나?

그런데 그때 실장님이 내 손을 부드럽게 쓰다듬으며 눈가를 촉촉하게 적셨다.

"그때 너 혼자 입양되고 언니가 많이 우울해했었는데."

그랬었지. 사실 그때 나는 왜 우리가 같이 입양되지 않았는지, 왜 신애 쪽이 입양된 건지 궁금해했던 것도 같다. 그 이유를 실장님이라면 아시지 않을까? 그런 마음에 실장님을 향해 슬쩍 물었다.

"근데 그때 왜 저 혼자만 입양된 거예요?"

그러자 실장님의 두 눈이 동그래졌다.

"기억 안 나니? 그때 너, 아이큐 테스트 받았었는데."

"네? 아이큐 테스트요?"

전혀 생각지도 못한 엄청난 사실을 알게 된 나는 좀 멍해졌다.

"우리도 그건 안 된다고 말리고 싶었는데, 너희 나이대는 입양이 잘 안 되니까……. 그렇게라도 좋은 집에 입양이 될 수 있었으면 싶어서 모른 척했었어."

말을 하던 실장님이 손을 들어 자신의 눈가를 닦아냈다. 그리고 잠시 후 말을 이었다.

"암튼, 너희 언니는 워낙 성격이 곧은 애라 그런 검사 왜 하는 거냐고 난리를 쳤고 그 바람에 얌전히 있던 너만 테스트 받고 입양된 거잖아."

실장님의 말을 듣는 순간 어렴풋이 어렸을 때의 기억이 떠올랐다. 너무 흐릿해서 꿈일지도 모른다고 생각했던 기억이었다. 그때 우리를 보러 왔다는 사람들이 내민 종이를 나는 끝내 받아 들지 않았었다.

신애가 안쓰러웠다. 입양된 순간부터 신애는 모든 걸 다 알고 그 집에서 생활한 거였으니까. 그런 무서운 집에서 우리 신애는 14년이나 산 거였으니까.

떠나고 싶었던 그녀의 마음이 절절하게 이해가 되는 순간이었다.

마음이 너무 무겁고 착잡해서 그 집으로 돌아가고 싶지가 않았다. 그래서 김 기사 아저씨에게 오빠들의 회사로 가달라고 부탁했다.

신신건설의 부사장과 본부장의 동생인 신애의 얼굴을 한 나는 누구의 저지도 없이 본부장실까지 올라올 수 있었다. 내가 엘리베이터에서 내리자 전에 본 적 있는 신노 오빠의 비서가 나를 발견하고는 자리에서 일어섰다.

"아, 오셨습니까, 아가씨."

"네, 안녕하세요."

그녀에게 인사를 한 후 본부장실의 문을 열기 위해 손을 뻗었
는데 그 순간 그녀의 목소리가 다시 들려왔다.

"호텔 생활은 어떠세요? 불편하진 않으세요?"

"네?"

생뚱맞은 그녀의 질문에 나는 어깨를 틀어 그녀를 돌아보았다.
그러자 그녀가 곱게 색을 칠한 붉은 입술을 열었다.

"지금 한국호텔에 머물고 계시잖아요? 아, 벌써 댁으로 들어
가셨어요? 며칠 더 계실 거라고 본부장님께 그렇게 들었는데."

이 여자, 지금 무슨 소리를 하는 거지?

"……!"

그 순간 소름이 확 돋았다.

'이 여자 설마…… 진짜 신애에 대해서 말하고 있는 건가?'

신애가 지금 한국호텔에 있어?

그것도 신노 오빠의 보호 아래?

그건 엄청난 충격이었다. 휘몰아쳐오는 배신감에 나는 서 있기
조차 힘이 들었다.

하지만 나는 두 주먹을 꽉 쥐고 버렸다. 직접 확인하기 전까진
아직 쓰러질 수 없었다.

다음 순간 나는 그 여비서에게 억지로 싱긋 웃어 보이고는 본
부장실의 문을 똑똑 두드렸다.

"네, 들어오세요."

곧 안에서 신노 오빠의 목소리가 들려왔기에 나는 천천히 문을 열고 그 안으로 들어섰다. 나를 발견한 신노 오빠의 두 눈이 동그래졌다.

"웬일이야, 여기까지?"

"……그냥요."

목소리가 잘 나오지 않았다.

"외출하고 돌아가는 길에 들른 거야?"

"네."

질문을 하면서 그는 자리에서 일어나 내게로 다가왔다. 그의 얼굴에 띠인 옅은 미소를 보면서 나는 마른침을 삼켰다.

……솔직히 물어보고 싶지 않았다. 잔혹한 진실과 마주하게 될 것 같아서.

하지만 나는 그 진실을 알아야 할 의무가 있다.

"신애 소식은 아직 없어요?"

그래서 안 떨어지려는 입술을 겨우 열어 물었다. 바로 그의 대답이 들려왔다.

"어, 없어."

거짓말.

단호하게 고개를 젓는 그를 보는데 가슴이 돌로 가격당한 것처럼 아파왔다. 그 고통을 참아보려고 잠시 아랫입술을 꽉 깨물었다. 하지만 조금도 나아지지 않았다.

"솔직히 나, 신애의 마음을 조금이나마 알 것도 같아요."

잠시 후 나는 살짝 떨리는 음성으로 말을 시작했다. 그러자 신노 오빠의 까만 눈동자가 나를 지그시 응시했다. 그 눈을 보면서 나는 말을 이었다.

"어느 누가 힘들지 않았겠어요? 아이큐 테스트를 통해서 아이를 입양하고, 어려서부터 엘리트로 자라게끔 공부시키고, 외모관리부터 심지어 성격까지 관리하는데……. 그렇게 하면 나 같아도 많이 지쳤을 거예요."

내 말이 냉소적으로 들렸는지 신노 오빠의 미간이 살짝 구겨졌다. 하지만 내 입은 거기서 멈추지 않았다.

"지금 이 심정이라면 신애가 돌아온다고 해도 말리고 싶을 정도예요."

"한라현."

신노 오빠가 내게로 한 발자국 더 다가오면서 나직하게 나를 불렀다. 뜨겁게 느껴지는 그의 시선을 나는 끝내 피해버렸다.

"고아원에서 무슨 일 있었어?"

"……신애와 함께 지내던 곳이었으니까요. 옛 생각이 많이 나더라고요. 그래서 좀 감성적이 됐나 봐요."

그럴싸한 변명을 던져놓고 나는 그를 피해 뒤로 몇 발자국 물러섰다. 그렇게 잠시 그를 물끄러미 바라보다가 인사를 건넸다.

"나, 이제 가볼게요."

그런 다음 본부장실의 문손잡이를 잡았다. 그리고 그것을 돌리기 직전 다시 한 번 신노 오빠를 향해 물었다.

"가기 전에 한 번만 더 물을게요. 신애 소식은 아는 거 전혀 없죠?"

"······없어."

"신애는, 언제쯤 돌아올까요?"

"······글쎄."

무서운 사람.

신애를 숨겨놓고 나한텐 모른 척하다니.

우리 오빠의 말이 맞다. 나는 오빠의 말대로 이 남자한테 홀려서 이용당한 것이다.

본부장실을 빠져나오는데 눈물이 또르르 흘러내렸다. 마음 같아서는 딱 주저앉아 울고 싶었지만 꾹 참고 그곳을 씩씩하게 걸어나왔다.

하지만 혼자만 있는 엘리베이터 안에서 나는 무너져 내렸다. 터져 나오는 눈물을 참지 못하고 울면서 바닥에 쪼그려 앉아버렸다.

아프다. 너무 아프다.

사람은 왜 항상 이런 최악의 순간일 때 깨닫는 게 있는 걸까.

"흐윽······ 흑······!"

나는 저 남자가 좋았다.

아주 많이 좋았다.

배신당해서 이렇게 아플 만큼 나는 신노 오빠가 좋았다.

014

겨우 마음을 진정시키고 회사 건물을 빠져나왔는데 그런 내 앞을 김 기사 아저씨가 막아섰다.

"타시죠."

아저씨는 인자한 미소를 지으며 나를 차 쪽으로 안내했다. 하지만 나는 그 차에 타고 싶지 않았다.

"저 그냥 따로 가고 싶은데요."

"본부장님께서 집까지 잘 모시라고 하셨습니다."

정말이지 은근히 배려심 넘치는 남자다. 아니면 그저 신애의 대체자인 내가 어딘가로 도망가버릴까 봐 불안한 거거나. 아무래도 후자일 가능성이 크겠지.

결국 나는 어쩔 수 없이 김 기사 아저씨의 차에 올라탔다. 신가네 차에 타고 싶지 않았을 뿐, 나는 어차피 신가네로 돌아갈 생각이었다.

배신감에 몸을 가누기가 힘들었지만 그렇다고 이 길로 바로 집을 나오고 싶지는 않았던 것이다. 그래도 가족들에게 마지막 인사는 해야 할 것 같았고, 또 하고 싶기도 했다.

이젠 진짜 내 동생 같은 락이한테도 인사를 하고 싶었고, 나한테 엄청 잘해줬던 희 오빠한테도 감사의 인사를 전하고 싶었다. 그리고 신노 오빠한테도……. 그의 얼굴을 떠올리는 순간 가슴이 찌릿하고 아파왔다.

그는 왜 신애를 찾고도 나에게 말하지 않은 걸까? 설마 처음부터 모든 게 다 연극이었나? 날 신애의 대체자로 세우기 위한? 혹시 지금도 돌아오겠다는 신애를 억지로 붙잡아두고 있는 건 아닐까?

별의별 생각이 다 들기 시작했다. 머릿속이 너무 혼란스러워서 이성적인 판단을 하는 건 거의 불가능했다.

집으로 돌아온 나는 일단 거실의 커다란 소파에 앉은 채 두 눈을 감았다.

이제 어떻게 해야 할까 머릿속이 복잡했지만, 어떻게 보면 복잡할 것도 없었다. 그냥 마음이 심란한 거였다. 어차피 답은 이미 나와 있었으니 말이다.

나는 신애에게 배신을 당했고, 신노 오빠에게도 배신을 당했다. 그러니 내가 이곳에 있을 이유는 단 하나도 없었다.

떠날 결심을 하고 나는 두 눈을 떴다.

그때 현관문이 열리고 발랄한 스텝을 밟으며 신락이 들어왔다. 녀석은 소파에 꼼짝 않고 있는 나를 발견하고는 두 눈을 크게 떴다.

"아우, 깜짝이야! 불은 좀 켜놓고 있지?"

해가 진 시간이라 거실은 좀 어두컴컴했다. 그 어둑한 거실에서 아무것도 안 하고 앉아 있는 내가 락이의 눈에는 귀신처럼 보였던 모양이다.

"락아."

내가 나직하게 자신의 이름을 부르자 락이는 거실의 불을 환하게 켜면서 나를 쳐다보았다. 그래서 나는 그를 향해 두 팔을 벌렸다.

"이리 와봐, 우리 락이."

"왜 이래? 술 마셨어?"

락이는 내 행동이 이상하게 느껴졌는지 미간을 찡그렸다. 그래도 착하게 내 앞으로 다가오기는 했다.

"여기 앉아봐."

옆자리를 손바닥으로 툭툭 치자 락이는 대체 왜 이러냐며 투정을 부리면서도 얌전히 내 옆에 앉았다. 나는 천천히 손을 뻗어 락이의 노랑머리를 쓰다듬어주었다.

"우리 락이는, 순진하고 착하네."

"응? 내가? 난생처음 듣는 말인데? 누나 왜 그래? 진짜 취했어? 킁킁."

락이는 아무래도 내 행동이 이상하다며 내 얼굴 근처로 자신의 코를 들이밀고는 킁킁 냄새를 맡았다.

"술 냄새는 안 나는데……. 그럼 약인가? 약 했어, 누나?"

퍼억.

나는 곧바로 손을 들어 락이의 뒤통수를 세게 내려쳤다. 그런 다음 눈썹을 구기며 살벌하게 말했다.

"약 따위 안 했어. 너, 전부터 약이니 뭐니 이상한 소리 하는데, 너야말로 약 하면 누나 손에 죽는다?"

"노, 농담이야."

락이는 고통스러운 표정으로 자신의 뒤통수를 움켜쥐었다. 그 순간 퍼뜩 나 지금 너무 신애답지 않겠구나, 라는 생각이 들었다.

하지만 아무렴 어쩌랴, 이 짓도 오늘이 마지막인데.

난 오늘 밤에 떠날 거니까.

굳게 결심을 한 나는 여전히 내 옆에서 순진한 얼굴로 앉아 있는 락이를 힐끔 쳐다보았다. 그러자 녀석은 내 시선에 몸을 움찔 떨면서 나를 경계했다.

"누나, 악력이 세졌네? 전에 맞았을 때보다 아파. 힝."

락이는 제법 귀엽게 투정을 부렸다. 정말이지 얘는 내가 신애라고 철석같이 믿고 있구나. 전혀 의심을 안 하네.

"우리 락이, 넌 왜 이렇게 바보니?"

무심코 속내를 뱉어냈더니 락이가 펄쩍 뛰며 난리를 쳤다.

"아오, 진짜! 누나까지 나 바보라고 놀릴 거야? 안 그래도 엄마, 아빠가 멍청하다고 계속 구박하는데!"

"아니야. 바보면 어때. 착하면 됐지."

"바보라고 하지 말라고! 바보 콤플렉스 있다니까?"

"이 세상엔 너 같은 아이도 필요한 거야."

내 진지한 말에 락이는 눈썹을 찡그렸다.

"그거 칭찬이야, 욕이야?"

"나는 우리 락이 좋아."

"얼버무리지 마. 칭찬이야, 욕이야? 욕이지?"

나는 정말 신락이 좋았다. 하지만 이제 녀석과 함께할 수 없다. 이제 이런 장난도 더 이상 칠 수 없다.

그런 생각이 들자 조금 슬퍼졌다. 그런데 그때 현관문이 다시 열리고 이번엔 희 오빠가 들어왔다.

"애야!"

그는 들어오자마자 나를 발견하고 내게로 뛰어왔다. 그러곤 곧바로 락이를 밀쳐내고 내 옆자리를 꿰찼다.

"오빠 오늘 너무 피곤행."

희 오빠가 덩치에 안 어울리게 혀 짧은 소리를 내며 내 어깨에 자신의 큰 머리를 기댔다. 그래서 나는 곰곰이 생각하다가 자리에서 일어섰다.

"제가 안마해드릴까요?"

내 튼실한 손가락들로 안마하는 시늉을 하면서 희 오빠를 내려다보자 그가 피식 웃음을 터뜨렸다.

"에이, 우리 애는 악력이 워낙 약해서 하나도 안 시원한 거 다 알아, 이 오빠가."

아이고. 우리 신애는 나랑 달리 악력도 약하구나. 걔는 도대체 약하지 않은 것이 없네.

"아니야, 형. 내가 방금 맞아봐서 아는데, 악력이 제법 세졌어."

옆에서 락이가 내 대신 나를 적극적으로 홍보하고 나섰다. 녀석의 말에 솔깃했는지 희 오빠가 얼굴 가득 흥미롭다는 미소를 지었다.

"진짜? 그럼 한번 해봐."

자신의 어깨를 탕탕 치는 희 오빠의 믿음에 보답하기 위해 나는 두 손에 힘을 콱콱 줘서 열심히 안마를 했다. 반응은 아주 좋았다.

"와우! 진짜 시원해!"

희 오빠는 매우 만족스러워했다. 그때 곁에서 그의 표정을 지켜보던 락이의 두 눈이 동그래졌다.

"어? 정말?"

다음 순간 락이는 내 바로 옆으로 오더니 자신의 어깨를 들이밀면서 나를 귀찮게 했다.

"그럼 나도, 나도!"

"싫어."

귀찮아서 싫다고 거절했더니 락이의 떼는 한층 더 업그레이드되었다.

"에이, 해줘! 나도 안마해줘! 안마해달란 말이야! 안마해줘잉."

"아, 싫다고! 어디서 같잖은 애교질이야?"

내 농담이 너무 신애답지 못했는지 희 오빠도 락이도 동시에 행동을 멈췄다. 그런데 잠시 후 그들은 얼굴이 빨개질 정도로 크게 웃어대기 시작했다.

"크크…… 하하하하하."

"풋, 푸하하하. 애교질이래. 하하."

웃는 그들의 얼굴을 보다가 나도 피식 웃어버렸다. 그러다 문득 슬퍼졌다. 이제 저 얼굴들을 볼 일은 없겠지, 하는 생각이 들어서.

그때 현관문이 열리는 소리가 났다. 들어온 이는 조금 지쳐 보이는 신노 오빠였다. 그는 즐겁게 웃고 떠들고 있는 우리들 쪽을 말없이 쳐다보았다.

"노야, 왔어?"

"왔어, 형?"

형제들이 그를 반갑게 맞이하는 와중에도 나는 차마 입이 떨어지지 않아서 아무 말도 하지 못했다. 그래서 그냥 묵례만 했다. 그런데 그 순간 신노 오빠와 눈이 마주쳤고, 나는 다시 가슴이 아파 오는 것을 느꼈다.

"저녁은? 먹었어?"

희 오빠가 그에게 물었지만 그는 대답 없이 나를 물끄러미 쳐다볼 뿐이었다. 그래서 이번엔 내가 물었다.

"저녁 드셨어요?"

"……생각 없어."

신노 오빠는 무겁게 고개를 좌우로 저었다. 그가 많이 피곤해 보였기에 나는 걱정스런 얼굴로 말했다.

"피곤하시겠다. 어서 들어가서 쉬세요."

나는 일부러 그에게 상냥한 태도를 보였다. 내 실망한 마음이 그에게 전해질까 봐 평소보다 더 부드럽게 말했고, 더 예쁘게 웃어 보였다. 그가 떠나려는 나를 눈치채지 못하도록 말이다.

신노 오빠는 별말 없이 2층으로 올라갔다. 나는 그걸 조용히 지켜보다가 희 오빠와 락이를 향해 고개를 돌렸다.

"저도 이제 들어가서 쉴게요."

그리고 바로 자리를 털고 일어났다. 희 오빠가 아쉬운 표정을 지었다.

"벌써?"

"조금 피곤해서요."

천천히 방 쪽으로 걸음을 옮기다가 문득 발을 멈추고 희 오빠와 락이를 향해 돌아섰다. 아쉬운 얼굴로 나를 보고 있는 그들에게 나는 두 팔을 넓게 벌렸다.

"……!"

"뭐야, 그거?"

두 눈이 동그래진 희 오빠와 락이에게 나는 빙그레 웃으며 대답했다.

"굳나잇 허그요."

마지막이니까.

"뭐? 진짜?"

"웨, 웬일이야? 한동안 안 했었잖아!"

깜짝 놀라면서도 희 오빠와 락이는 나를 향해 한달음에 달려왔다. 그러고는 각자 두 팔을 쫙 벌렸다. 그들의 행동에 나는 또 웃음이 났다.

"잘 자요, 희 오빠."

나는 좀 더 가까이에 있는 희 오빠를 먼저 꽉 안아주었다. 희 오빠도 나를 꽉 끌어안았다.

"잘 자, 우리 애."

그런 다음 상기된 얼굴로 서 있는 락이도 꽉 안아주었다.

"잘 자, 우리 착한 락이."

"굳나잇, 애 누나."

이로써 이들과의 마지막 인사도 끝이 났다. 조금 울적해진 마음으로 천천히 뒤로 물러서는데 락이가 갑자기 2층을 향해 소리쳤다.

"노 형, 노 형! 이리 와봐! 애 누나가 굳나잇 허그 해준대!"

그 목소리에 나는 적잖게 당황하고 말았다. 황급히 락이에게로 몸을 다시 돌리며 말했다.

"락아, 왜, 왜 노 오빠까지……."

"왜? 부르면 안 돼? 노 형은 아직까지 냄새 나나?"

"그, 그건 아닌데."

당황해서 관자놀이만 긁적이고 있는 사이 2층에서 정말 신노 오빠가 내려왔다. 그의 놀란 듯한 얼굴을 보는 순간 심장이 쿵 내려앉았다.

나는 그를 안을 자신이 없었다. 안다가 울어버릴 수도 있으니까…….

이대로 방으로 들어가버리고 싶었지만 그러면 너무 이상해 보일 것 같았다. 그래서 나는 두 주먹을 꽉 쥐고 신노 오빠에게 빠르게 다가섰다. 그리고 보다 빠르게 그의 몸을 두 팔로 껴안았다.

"안녕, 노 오빠."

그에게 마지막 인사를 건넨 나는 경보하듯 빨리 걸어서 내 방으로 들어왔다. 방으로 들어온 순간 눈물이 터져 나오려고 했지만 꾹 참아냈다.

이제 끝이다. 모든 게 끝난 거다. 난 마지막까지 최선을 다했다. 이런 생각이 들자 절로 깊은 한숨이 흘러나왔다.

"후우……."

이대로 이곳을 나간다 해도 누가 뭐라고 하지 못할 정도로 나는 최선을 다했다. 또한 마지막까지 믿고 기다렸다. 결국은 철저하게 배신당했지만 말이다.

잠시 멍하니 앉아 있던 나는 이내 결심을 하고 휴대폰을 집어들었다. 그리고 바로 량현 오빠에게 전화를 걸었다.

-라현아!

기다렸다는 듯이 짧은 신호음 끝에 오빠의 목소리가 들렸다. 나는 그 목소리에도 눈물이 나올 뻔했다. 가까스로 눈물을 참아낸 나는 잠시 후 다부지게 말을 꺼냈다.

"나 데리러 와줘, 오빠."

-정말? 진짜지? 진심이지, 너?

"응."

-그래. 생각 잘했다, 잘했어.

목소리에서 즐거움이 느껴지는 량현 오빠에게 나는 보다 강한 어조로 말했다.

"그 빨간 추리닝 입고 꼭 데리러 와. 알았지?"

-야, 내가 언제까지 그 빨간 추리닝만 입겠냐? 오빠, 옷 하나

장만했다.

"아, 진짜? 돈이 어디 있어서 옷을 샀어? 아! 전에 신애한테 받은 걸로 산 거야?"

장난스럽게 물었더니 휴대폰 너머로 거친 말이 들려왔다.

─그 계집애 얘기는 꺼내지도 마. 내가 그 계집애가 내미는 돈도 뿌리치고 좋은 마음으로 널 보냈는데! 근데 감히 배신을 때려? 만나기만 해봐, 아주.

오빠의 말속에서 흥미로운 사실을 포착한 나는 슬쩍 미소를 지으며 다시 물었다.

"진짜 돈 안 받았어?"

─그래! 내가 안 받았다고 처음부터 말했잖아!

오호. 이건 좀 감동이다.

감동받아서 함박웃음을 짓고 있는데 휴대폰 너머로 오빠의 목소리가 나직하게 들려왔다.

─암튼, 지금 데리러 가면 되지?

그런데 순간 나는 망설여졌다. 굳게 결심했다고 생각했는데 맥없이 흔들렸다.

"아니, 그러지 말고 12시쯤 와라. 그때쯤이면 삼 형제 다 자거든."

─마지막까지 그 형제들 눈치를 봐야 되냐?

"조용히 떠나고 싶어서 그래."

─쯧. 그래, 알았다.

"고마워."

바로 전화를 끊으려고 했는데 그 순간 오빠가 빠르게 하는 말이 들려왔다.

-아! 너 나올 때 이불이랑 베개랑 막 바닥에 던져놓고 휴지도 막 버리고 더럽게 하고 나와. 그래야 오빠 맘이 조금이라도 풀린다.

그래서 나는 피식 웃으며 전화를 끊었다.

시간을 보니 12시가 되려면 아직 2시간이 넘게 남아 있었다.

난 대체 어쩌자고 12시라고 한 걸까. 아직도 이런 집에 미련이 남은 걸까. 바보같이.

침대에 누워 멍하니 천장만 올려다보고 있는데 똑똑, 노크 소리가 들렸다. 나는 황급히 눈을 감아버렸다.

"자니?"

목소리를 들어보니 신노 오빠다. 그라는 걸 안 순간부터 내 심장은 빠르게 뛰기 시작했다.

"……."

내가 자는 척 아무 말도 안 하면 그는 바로 돌아갈 거라고 생각했다. 그래서 아무 반응 않고 있었는데 곧 문이 열리는 소리가 났다. 그리고 이어서 발소리도 들렸다. 아무래도 그가 안으로 들어온 것 같다.

"……라현아."

방으로 들어온 그가 내 진짜 이름을 불렀다. 심장은 미친 듯이 쿵쾅쿵쾅 뛰었지만, 나는 잠을 자는 척 꼼짝도 하지 않았다. 그가 다가오는 느낌이 든다 싶었는데 곧 내 이마 쪽으로 따뜻한 기운이 느껴졌다. 그 기운은 조심스럽게 내 머리카락들을 뒤로 넘겨주었다.

"······!"

이 느낌은 분명 손이다. 그는 그렇게 한참을 내 머리카락을 쓸어 넘겨주더니 다시 조용히 방을 나갔다.

쿵!

문이 닫히는 소리가 나자 나는 황망히 눈을 떴다.

"······뭐야?"

저 남자 대체 왜 저러는 거야?

왜 그렇게 애틋한 손길로 내 머리를 넘겨주는 거야?

왜 그러는 거야, 도대체? 왜?

사람 혼란스럽게.

나는 혼란스러운 마음에 아랫입술을 잘근 깨물었다.

제발, 고작 신애의 대체자일 뿐인 내게 그런 묘한 행동 하지 말란 말이야.

12시가 되기 5분 전 나는 조심스럽게 현관문을 열고 정원으로 나왔다. 그리고 천천히 걸어서 대문 앞에 도착했다.

"한라현."

대문 너머로 내가 얼핏 보였는지 량현 오빠의 목소리가 들려왔다.

"얼른 나와, 인마."

반가운 그의 목소리에 나는 바로 대문을 열고 밖으로 나갔다. 그러자 량현 오빠가 나를 두 팔 벌려 환영했다.

"어서 와, 내 동생."

아까 예고한 대로 오늘 오빠는 빨간 추리닝을 입고 있지 않았다.

"와우."

감탄사를 터뜨린 나는 량현 오빠의 목에서부터 발끝까지를 눈으로 슥 훑어 내렸다.

"옷 장만했다더니, 그거야?"

"어."

당당하게 대답하는 량현 오빠를 보다가 순간 정색을 하고 다시 물었다.

"빨간 추리닝이랑 다를 게 뭐야, 대체?"

오빠는 지금 파란 추리닝을 입고 있었던 것이다. 내 지적에 량현 오빠는 모르는 소리 말라며 혀를 끌끌 찼다.

"그거랑은 완전 다르지! 너 색맹이냐? 색부터 확연히 다르잖아. 그리고 이건 팔목과 발목을 조여주는 보호밴드 같은 게 있어서 더 스타일리시하잖아. 게다가 주머니가 엉덩이 양쪽으로 달려 있어서 굉장히 유용한 뉴 트렌드 추리닝이라고!"

"추리닝에 트렌드가 어디 있어? 편하면 장땡이지."

"너 자꾸 내 뉴 추리닝 무시할래?"

오빠는 자기 추리닝 어필에 흥분해서 이곳이 어딘지도 잊고 목소리를 높이고 있었다.

"목소리가 너무 커."

내 지적에 량현 오빠는 말을 멈추고 조용한 주변을 둘러보았다.

"그래. 일단 집에 가서 얘기하자, 너."

그리고 오빠는 바로 걸음을 떼며 내게 가자고 손짓했다.

"얼른 가자."

먼저 앞장서는 량현 오빠의 뒷모습을 물끄러미 보다가 고개를
돌려 신가네 집을 올려다보았다. 발이 잘 안 떨어지는 걸 보니 그
깟 한 달 반 정도 만에 정이 꽤 든 모양이다.

"뭘 망설여?"

내가 발걸음을 떼지 못하고 있는 게 신경 쓰였던지 량현 오빠
는 다시 내게로 돌아왔다. 그러고는 내 팔을 덥석 잡았다.

"빨리 와."

나를 서둘러 이곳에서 벗어나게 하고픈 오빠의 마음을 아주 잘
알고 있었기에 나는 별말 없이 그를 따라 걸었다.

그런데 우리가 그 집에서 10미터도 벗어나지 못했을 때 갑자기
익숙한 목소리가 들렸다.

"애야, 어딜 가?"

"……!"

깜짝 놀라 어깨를 틀어보니 그곳엔 덩치 큰 희 오빠가 서 있었
다. 그런데 그는 혼자가 아니었다.

"이 늦은 밤에 어딜 가? 그것도 모르는 남자랑."

희 오빠의 뒤에는 검정 양복을 입은 남자들이 열 명도 넘게 서
있었다. 그들의 포스에 나는 공포를 느꼈다.

그때 내 옆에 있던 량현 오빠가 희 오빠를 향해 소리쳤다.

"얜 신애가 아니에요!"

헛. 말해버렸다.

하지만 어차피 이제 모든 게 다 끝난 일이다. 그래서 나도 크게 소리쳤다.

"맞아요! 난 신애가 아니⋯⋯!"

"알아."

내 말을 자르고 들려온 희 오빠의 나직한 목소리에 심장이 쿵 내려앉았다.

뭐⋯⋯?

안다고?

"하지만 상관없어. 네가 필요해."

나는 지금 이 순간 내 귀를 의심했다.

"뭐라고요⋯⋯?"

내가 제대로 들은 게 맞는 건지, 뭐가 어떻게 된 상황인지, 머릿속이 매우 혼란스러웠다.

그때 희 오빠가 내 머릿속을 간단하게 정리해주는 말을 휙 던졌다.

"난 처음부터 다 알고 있었다고, 이 아가씨야."

너무 놀라서 목소리도 안 나왔다.

⋯⋯역시.

우리 착한 락이의 말은 정확했다.

"너한테 신애를 보낸 것도 나니까."

신희 오빠는 정말, 정말 무서운 사람이었다.

015

"너, 설마 바보같이 내가 네 그 어설픈 연극에 속아 넘어갔다고 생각했던 거야?"

가슴에 꽂히는 희 오빠의 차가운 말에 나는 손끝이 벌벌 떨려왔다.

처음부터 모든 것이 다 신희 오빠의 계략이었단 말인가? 신애가 날 찾아온 것도? 한 달만 자신의 행세를 해달라 부탁했던 것도 전부 다?

그럼 난 저 사람 앞에서 아주 우스꽝스러운 연극을 하고 있었던 거구나.

너무 비참해서 눈물도 나오지 않았다. 대신 실없는 웃음이 튀어나왔다. 그렇게 실성한 사람처럼 서 있는데 다시 희 오빠의 차가운 목소리가 들려왔다.

"나도 처음엔 외모만 보고 꽤 닮았다고 생각했지. 하지만 성격이 너무 다르더군. 게다가 너의 그 어설픈 연극으론 세상 누구도 못 속여. 착하고 순진한 우리 락이 빼고."

락이……. 우리 착한 락이. 너만은 진실이었구나. 그게 그나마작은 위로가 된다.

"어쨌든, 자세한 얘기는 가면서 하자."

"가면서……?"

그 순간 희 오빠가 가볍게 손짓하자 두 명의 남자가 내게로 달려왔다. 그들은 내 팔을 양쪽으로 붙들고는 나를 차 쪽으로 끌고갔다.

"라현아!"

이게 대체 무슨 상황인가 황당해하고 있는데 량현 오빠의 목소리가 크게 들려왔다.

"야, 이 자식들아! 그거 못 놔?!"

내가 끌려가는 것을 본 량현 오빠가 내게로 달려오려고 했지만그는 곧 다른 남자들에게 어깨를 붙들리고 말았다.

"오빠!"

그런 량현 오빠를 향해 두 손을 뻗어보았다. 하지만 내 몸은 이미 차 안으로 넣어지고 있었다. 그래서 나는 있는 힘껏 발버둥을쳤다.

"놔! 이거 놔! 놓으라고……!"

내가 목소리를 높여 소리치자 남자들 중 한 명이 손바닥으로 내 입을 막았다. 그때 량현 오빠의 분노에 찬 목소리가 들렸다.

"야, 이 새끼들아! 내 동생 몸에 손대지 마!"

퍽!

그런데 오빠의 목소리가 끝나기도 전에 무언가가 강하게 부딪치는 소리가 났다. 황급히 고개를 돌렸더니 량현 오빠가 검정 양복의 남자들에게 맞고 있는 게 보였다. 순간 너무 끔찍해서 견딜수가 없었다. 그래서 내 입을 막고 있는 남자의 손을 이빨로 확 물어버렸다.

"악!"

남자의 손이 떨어져나가자 나는 힘껏 소리를 질렀다.

"하지 마요! 우리 오빠 때리지 마!"

그러자 희 오빠가 갑자기 내 쪽으로 성큼성큼 걸어왔다. 그 움직임에 흠칫 놀라 긴장하고 있는데 그가 나를 지그시 내려다보면서 입술을 열었다.

"정말 눈물겨운 우애군."

희 오빠는 이렇게 중얼거린 후 손으로 내 어깨를 잡더니 나를더 안쪽으로 밀어 넣었다. 그러곤 차 문을 쾅 닫았다.

곧바로 차 문이 덜컥 소리를 내며 잠겼고, 나는 차 안에서 량현오빠가 쓰러지는 것을 지켜볼 수밖에 없었다. 그건 정말이지 내인생에서 가장 끔찍한 순간이었다.

잠시 후 희 오빠가 조수석으로 올라탔고, 그가 타자마자 차는출발했다. 멀어지는 차 안에서 나는 량현 오빠의 입가에 터진 피를 발견하고 눈물을 뚝뚝 흘렸다.

다 내 잘못이다. 내가 처음부터 신애를 모질게 쳐냈다면, 그녀의 부탁을 끝까지 모른 척했다면, 우리 남매에게 이런 끔찍한 일은 일어나지 않았을 텐데…….

"안심해."

잠시 후 눈물을 흘리고 있는 나를 돌아보며 희 오빠가 무미건조하게 말했다.

"네 오빠는 네 결혼식만 끝나면 무사히 집으로 돌려보내질 테니까."

그리고 그는 바로 고개를 돌렸다. 나는 그가 하는 말을 이해할 수 없어서 그의 뒤통수를 보면서 물었다.

"내 결혼식이요……?"

"그래. 엄밀히 말하면 신애의 결혼식이지. 그 전까지 너는 우리 별장에 얌전히 있다가 결혼하면 돼."

기가 막혀서 아무 말도 나오지 않았다.

그러니까 나는 결국 신애의 정략결혼을 이루기 위한 인형에 불과했단 말인가? 그것도 모르고 나는 그저 내 동생 위한답시고 신가네에 내 발로 직접 걸어 들어온 것이고?

"허."

입 밖으로 말 대신 헛웃음이 튀어나왔다. 결국 나는 저 신가네 남매의 계략에 보기 좋게 이용당한 거구나.

"넌 그저 결혼만 하면 돼. 대신 그 집에 들어간 후론 네 자유야. 즉, 언제든 그 집을 나와도 좋다는 말이야."

끔찍한 말을 희 오빠는 아무렇지도 않게 뱉어냈다.

"이혼사유야 얼마든지 만들어낼 수 있으니까."

아아.

저 사람은 나를 인간이라고 생각하지 않는 거구나. 없이 사는 사람에겐 감정 따위, 생각 따위는 아예 존재하지 않는다고 믿는 거구나!

"이 계획만 무사히 잘 끝나면 너한테 엄청난 보상을 해줄 거야. 평생 돈 걱정 안 해도 될 정도로 큰 보상을."

비참함을 견디기 힘들어 아랫입술을 꽉 깨물었다.

저렇게 말하면 내가 감사합니다, 하고 절이라도 할 줄 알았나?

감당하기 힘든 분노가 휘몰아쳤지만 그렇다고 지금 내가 할 수 있는 일은 없었다.

나는 그저 얌전히 차에 실려 외진 별장에 도착을 했고, 남자들에 의해 실내로 옮겨졌을 뿐이다.

적막이 흐르는 별장의 내부는 굉장히 심플했다. TV나 오디오도 없었고, 오직 소파와 와인 진열장만이 커다란 거실의 내부를 채우고 있었다.

허망한 얼굴로 거실 한가운데에 서 있는데 그런 나를 본 희 오빠가 내 근처로 다가왔다. 나는 그에게서 두어 발자국 떨어지면서 정색했다.

"가까이 오지 말아요."

"피곤해 보이는데 좀 앉지?"

나를 걱정하는 그의 어투에 나는 코웃음이 났다. 곧바로 얼굴을 굳힌 나는 희 오빠를 서늘하게 노려보면서 입을 열었다.

"고양이 주제에 쥐 생각 하는 척 말아요. 위선으로밖에 안 들리니까."

"……넌 정말 신애랑 다르구나."

희 오빠의 얼굴에 묘한 미소가 걸렸다. 웃는 건지 우는 건지 헷갈리는 그런 모호한 미소가.

그를 바라보면서 나는 깊은 한숨을 내쉬었다. 지금 내 처지가 너무 서글펐던 것이다.

"당신이야 그렇다 쳐도 나랑 피를 나눈 신애까지 이 일에 동조하다니, 언니로서 정말 비참하네요."

그런 애를 나는 그래도 내 동생이라고 끝까지 믿었었는데…….

"뭐?"

그런데 그 순간 희 오빠의 눈썹이 꿈틀하며 사납게 구겨졌다.

"뭔가 오해가 있는 것 같아서 말해두는데, 이 계획을 세우고 실행한 건 어디까지나 내 단독행동이야. 신애는 이 상황까진 모른다고."

신애는 모른다고?

내가 미간을 찡그리며 희 오빠를 쳐다보자 잠시 후 그는 마지못해 다시 입을 열었다.

"신애의 정략결혼은 부모님이 바라고 또 바라던 일이었고, 우리 사업의 중요한 거래였어. 그런데 신애는 그걸 내키지 않아 했지. 그건 그저 거래에 불과한 거라고 설득했는데도 이해를 하지 못했어. 그래서 그 문제로 올해 초부터 우리 남매들 사이가 자주 삐걱거렸지. 그전까진 정말 세상에 둘도 없는 우애 좋은 남매였는데 말이야."

말을 하면서 희 오빠는 중간중간 아주 낮은 한숨을 내쉬었다. 그의 미간에 새겨진 주름이 그간의 근심을 보여주는 듯했다.

"그렇게 위태위태하게 지내던 어느 날, 그러니까 지금으로부터 두 달쯤 전에 신애가 또다시 정략결혼 문제로 힘들어하기에 그럼 널 대체할 복제인간이라도 만들어줄까 하고 농담처럼 말했지. 그랬더니 신애가 자기한텐 쌍둥이 언니가 있다고 고백하더군. 그리고 그 언니에게 가고 싶다는 말도 했었어."

내가 모르는 그들의 이야기를 듣는 지금 내 심장은 쿵쾅쿵쾅 빠르게 뛰고 있었다. 이야기가 길어도 워낙 스펙터클하니 지루할 틈이 없었다.

"그날 이후 나는 너를 신애 대신 결혼시키려는 계획을 짜게 되었지. 그래서 너에 대한 조사를 하게 되었고, 네가 부모님 없이 양오빠랑 단둘이 힘들게 살고 있다는 걸 알게 되었어."

역시 희 오빠는 무서운 사람이었다. 무섭고 나쁜 데다가 아주 이기적인 인간이었다.

"그 사실을 알고 널 안쓰러워하는 신애에게 나는 재미있는 제안이랍시고 내 계획의 미끼를 던졌지."

"……."

"언니랑 인생을 바꿔보는 건 어떻겠냐고, 딱 한 달만."

그 순간 나는 희 오빠를 노려보며 말했다.

"하지만 신애는 한 달이 지나도 돌아오지 않았어요."

그는 나를 향해 순순히 고개를 끄덕였다.

"맞아. 처음부터 신애가 돌아올 예정은 없었어, 내 계획에. 내가 막을 생각이었거든. 그녀가 한 달 동안의 유럽여행을 마치고 돌아오면 내가 공항에서 그녀를 어딘가로 보내버릴 생각이었으니까. 결혼이야 신애가 아닌 네가 하면 되는 거고."

울컥 화가 치밀어서 두 주먹을 꽉 움켜쥐었다. 그런데 그때 희 오빠가 얼굴 표정을 굳히며 말을 이었다.

"그런데 변수가 발생했어. 신애가 유럽여행을 너무 빨리 마치고 돌아온 거야. 그래서 내 쪽에서 허겁지겁 그녀를 찾고 있는 와중에 우리 노가 네가 가짜인 걸 눈치채고 바로 신애를 찾아내더군. 그런데 이상한 건 그 녀석이 애를 집으로 데려오지 않고 빼돌렸다는 거야."

"빼돌려요……?"

대체 왜?

심장이 쿵쾅쿵쾅 아프도록 빠르게 뛰었다.

"이유야 모르겠지만 어쨌든 신애를 바로 집으로 데려오지 않았다는 건, 그 녀석 생각도 나랑 같다는 거겠지?"

"……!"

역시 그런 건가…….

만약 그가 희 오빠의 계획을 알았다면 잘못된 일이니까 바로잡기 위해서라도 신애를 데려왔어야 하고, 몰랐어도 날 위해 신애를 데려왔어야 한다.

그러나 그는 신애를 감췄다. 그가 날 희 오빠의 계획처럼 신애 대신으로 이용할 생각이 아니라면 대체 왜 신애를 숨겼겠는가?

나에게 거짓말까지 하면서.

신노 역시 희 오빠와 다를 게 없다. 무섭고 나쁜 사람이다.

"우리 형제들은 신애를 정말 사랑해. 그녀가 행복했으면 좋겠어. 하지만 우릴 거둬준 부모님도 정말 소중해. 그들이 정략결혼을 필요로 한다면 신애 대신으로라도 성사시켜드리고 싶었어."

희 오빠 계획의 전말을 듣게 되자 내 눈에선 눈물이 주르륵 흘러내렸다.

"이기적이라 비난해도 난 그게 최선이었어."

비참했다. 너무 비참했다. 하지만 나는 애써 덤덤하게 눈물을 닦아냈다. 그런 다음 희 오빠를 향해 차갑게 말했다.

"아까 그 말 그대로 돌려드릴게요. 정말 눈물겨운 우애네요."

"……고맙군."

그의 대답을 듣는데 그동안 희 오빠가 나한테 했던 행동들이 파노라마처럼 스쳐 지나갔다. 그 사람 좋아 보이던 동생 바보의 모습들이.

"그리고 내 연기랑 달리, 당신 연기는 아주 훌륭했어요."

"……그것도 고맙군."

다음 순간 희 오빠는 컴컴한 별장 안에 나 혼자만 남겨둔 채 몸을 돌렸다. 그리고 현관문과 대문 밖에 검정 양복을 입은 남자들을 세워두고는 가버렸다.

얼마나 지났을까.

아침이 밝았고 다시 어두워졌다. 그리고 지금은 다시 해가 뜨기 직전이다. 그렇다는 건 하루하고도 조금 더 지났다는 의미려나.

그 하루 동안 끼니마다 메이드 아주머니가 와서 밥을 차려주었지만 나는 밥 한 톨도 입에 넣지 않았다. 그저 묵묵히 시간이 흐르기만을 기다렸다.

'도망.'

생각 안 해본 단어는 아니었다.

하지만 내가 도망가면 우리 량현 오빠는 어떻게 되는 걸까. 못난 동생 때문에 또 다치는 건 아닐까. 그냥 지금은 내가 이 상황을 받아들이고 가만히 있는 것이 제일 좋지 않을까.

이런 생각이 들자 나는 아무것도 하고 싶지 않았다.

그래서 오늘도 소파에 멍하니 앉아 있는 일밖에는 아무것도 하지 않았다. 이따금 머릿속에 어떤 남자의 반듯한 얼굴이 떠올랐지만 애써 지워냈다. 정말 잊고 싶은 남자의 얼굴이었으니까.

그런데 그때 갑자기 밖에서 소란스런 소리가 들렸다. 무언가 부딪치고 누군가 비명을 지르는 소리였다. 그 소리에 겁을 먹고 소파에서 일어난 순간 현관문이 거칠게 열렸다.

"라현아……!"

내 이름을 부르며 들어온 이는 지금 내가 가장 잊고 싶다고 생각했던 남자였다. 벌어진 내 입이 그의 이름을 작게 불렀다.

"신노……."

우리의 눈이 공중에서 마주쳤다. 그의 흔들리는 까만 눈동자를 마주하는 순간 눈물이 울컥 차올랐다.

"한라현!"

다음 순간 신노 오빠는 거실 중앙에 서 있는 나를 향해 달려왔다. 그러곤 두 팔로 나를 꽉 끌어안았다.

파앗.

나를 안은 그의 몸이 미세하게 떨리고 있는 게 느껴졌다. 하지만 나는 모른 척 그 몸을 밀쳐냈다.

"이러지 마세요."

나를 보는 신노 오빠의 얼굴은 혼이 나간 사람처럼 정신이 하나도 없어 보였다.

"라현아, 괜찮아? 어디 다친 덴 없고? 내가 얼마나 걱정했는……."

"걱정이요? 날 걱정했다고요? 거짓말 말아요. 난 이제 당신네들을 믿지 않아요. 신가네 사람들이 하는 말은 단 한마디도 믿지 않을 거라고요."

신노 오빠의 말을 차갑게 자른 나는 그에게서 한 발자국 뒤로 물러섰다. 그리고 더욱더 냉정하게 말했다.

"가세요."

"라현아……."

"도망가거나 하는 그런 어리석은 짓은 안 할 테니까."

그대로 나는 몸을 돌려 방 안으로 들어가기 위해 걸음을 뗐다.

"……!"

그런데 그때 신노 오빠가 뒤에서부터 팔을 잡아 내 몸을 홱 돌렸다. 내가 그를 노려보자 신노 오빠가 입을 열었다.

"솔직하게 말할게. 네가 잡혀오기 3일 전에 신애를 찾았어. 그런데 막상 신애를 찾고 널 내보내려고 하니까…… 우울하고 미치겠더라. 그걸 상상하는 것만으로도 생활이 불가능할 정도였으니까. 그래서 단 며칠만이라도 더 널 내 곁에 두고 싶었어. 내가 살려고……."

"그만해요. 듣고 싶지 않아요."

나는 모질게 그의 말을 잘라냈다. 하지만 그는 멈추지 않았다.

"그래서 신애는 이왕 자유로워진 거 며칠 더 자유를 만끽하라고 호텔로 보내놓고, 너한텐 신애를 찾지 못했다고 거짓말을 했지. 그래야 네가 내 곁에 있을 테니까. 나도 그런 내가 미쳤다고 생각했어. 하지만 그렇게라도, 단 하루만이라도 더 널 곁에 두고 싶었어……."

"말했잖아요. 이제 당신네들이 하는 말은 그 어떤 것도 믿지 않겠다고……!"

나는 거칠게 신노 오빠의 손을 떼어내며 소리쳤다. 솔직히 지금은 그 어떤 말도 믿기 힘들었다.

"그럼 이 말만 믿어줘."

잠시 후 신노 오빠는 이렇게 말하며 다시 내 팔을 움켜쥐었다. 내가 그의 손을 거부하려고 몸을 비트는 순간 그의 목소리가 나직하게 들려왔다.

"사랑해."

깜짝 놀라서 움직임을 멈추자 내 얼굴 쪽으로 신노 오빠의 반듯한 얼굴이 다가왔다. 그리고 내가 미처 무슨 생각을 하기도 전에 그의 입술이 내 입술에 와 닿았다.

"……!"

순간 심장이 쿵 내려앉았다. 몸에 힘이 빠지는 느낌이 들어서 손으로 그의 옷깃을 부여잡았다.

그때 입술을 뗀 그가 내 입술 위에서 속삭였다.

"계속 이렇게 하고 싶었어."

016

갑작스런 그의 고백이 기쁘지 않았다면 거짓말이지만 나는 아직도 너무 혼란스러웠다. 이 남자의 말을 믿어도 되는 건지 걱정이 앞섰다. 누군가를 또다시 믿기엔 나는 너무나 큰 상처를 받았기 때문이다.

"방금까지 내가 한 말에 거짓이 있다면 지금 이 순간 천벌을 받아도 좋아."

잔잔하게 이어지는 신노 오빠의 말에 나는 아랫입술을 잘근 깨물었다. 아직도 많이 혼란스럽다. 그래서 나는 그에게서 두어 발자국 물러서면서 물었다.

"여긴 어떻게 알았어요?"

"네가 사라진 걸 알고 어제 하루 미친 듯이 널 찾아 돌아다녔어. 그런데 어젯밤에 형이 가짜는 무사하니까 신애나 잘 돌보라고 말하더군."

말을 하면서 신노 오빠는 두 주먹을 꽉 움켜쥐었다. 그의 주먹에 드러난 힘줄을 물끄러미 보고 있는데 그의 목소리가 다시 들려왔다.

"이성을 잃고 너 어디 있냐고 소리치니까 형이 결혼식 날까지 자신이 데리고 있겠다고 하는 거야. 그래서 그 이유를 물었더니…… 그 끔찍한 계획을 토해내더군."

시선을 올려 신노 오빠의 굳은 얼굴을 쳐다보았다. 그리고 냉정하게 물었다.

"희 오빠의 그 계획을 당신은 정말 모르고 있었나요?"

그러자 신노 오빠는 조금도 흔들림이 없는 표정으로 나에게 대답했다.

"난 몰랐어. 그전까진 정말 신애가 힘들어서 여행을 다녀오는 거라고만 생각했어. 그런데 그 배후에 형이 있었다니……. 신애 대신 너를 정략결혼 시키려는 계획을 세우고 있는 걸 미리 알았다면 내가 무슨 수를 써서라도 막았을 거야."

나를 바라보는 신노 오빠의 눈빛은 절실해 보였다. 하지만 나는 그 진실해 보이는 눈빛조차 믿을 수가 없었다. 가슴이 계속 아파서 자꾸 눈물이 나올 것만 같았다.

그때 신노 오빠가 내게로 한 발자국 가까이 다가오면서 말했다.

"내가 형 대신 사과할게. 미안해."

"······이건 미안하다는 사과로 끝날 수 있는 간단한 문제가 아니에요."

나는 단호하게 고개를 저었다. 그리고 그를 올려다보면서 다부진 표정으로 말을 이었다.

"난 솔직히 아직도 당신을 믿을 수가 없어요. 희 오빠는 말할 것도 없고 신애 역시 원망스러워요."

그냥 평생 모르는 사람처럼 살걸. 어렸을 적 좋은 추억이 남아있는 그대로 남처럼 살걸.

"신애는 아직 아무것도 몰라. 내가 말하지 않았어. 모든 걸 알게 된다면 아마 죄책감에 힘들어할 거야."

나를 달래듯 조곤조곤 말하는 그에게 나는 순간 화가 치밀었다.

"나는요? 나는 힘들다 못해서 곧 죽을 것 같아요. 견딜 수 없을 만큼 비참하고 우울하다고요! 당신 형한테 나는 내 존재를 처참하게 짓밟혔으니까요!"

결국 신노 오빠에게 버럭 화를 내버렸다. 이렇게라도 하지 않으면 미쳐버릴 것 같아서. 하지만 정작 내가 화를 내야 할 사람은 이 사람이 아니다.

"신애한테 희 오빠에 대해서 알려줄 거예요. 나만 이렇게 고통 속에 있는 건 너무 억울하니까요."

나는 바로 몸을 돌려 현관 쪽으로 걸어갔다. 그런데 곧 뒤에서부터 팔이 잡혀버렸다. 내 팔을 잡아 나를 멈춰 세운 신노 오빠가 내 앞으로 걸어오더니 말했다.

"넌 못 해."

"아뇨, 난 해요."

"그렇게 할 수 있는 여자였다면 애초에 우리 집에 들어오지도 않았을 거야."

그 말을 부정할 수가 없었다. 솔직히 지금 내 행동은 그저 객기일 뿐이다. 나는 결국 그렇게 하지 못할 것이다.

빌어먹게도, 신애는 내 동생이니까.

그 순간 볼을 타고 눈물이 주르륵 흘러내렸다. 난 황급히 손등으로 눈물을 닦아냈다. 그걸 가만히 지켜보던 신노 오빠가 잠시 후 입을 열었다.

"여기 오기 전에 신애를 집으로 돌려보내고 왔어."

"……!"

"그러니까 너도 이제 다시 네 자리로 돌아가면 돼."

그의 말에 나는 눈물을 멈출 수가 없어졌다. 어쩌면 지극히 당연한 일인데, 다시 나로 돌아갈 수 있다는 말에 왜 이렇게 눈물이 나는지 모르겠다.

한참을 울다가 시선을 드니 내 우는 얼굴을 빤히 쳐다보고 있는 신노 오빠가 보였다. 순간 멋쩍어진 나는 눈물을 닦으면서 고개를 돌려버렸다. 신노 오빠가 나를 향해 나직하게 말했다.

"일단 날이 밝으면 같이 나가자."

밖은 아직 좀 어두웠다. 그의 말에 내가 고개를 끄덕이자 그는 손을 들어 내 머리를 부드럽게 쓰다듬어주었다. 그런데 그 순간 퍼뜩 량현 오빠가 떠올랐다. 나는 황급히 입을 열었다.

"난 못 가요. 내가 나가면 우리 오빠가 위험해져요."

"한량현이라면 걱정하지 마. 내가 집까지 데려다줬으니까."

나를 안심시키는 신노 오빠의 말에 나는 두 눈을 크게 뜨며 물었다.

"정말이요? 오빠가 어디 있었는데요?"

"널 찾아다니다가 한국호텔 VIP룸에 형 이름으로 된 방을 하나 발견했는데, 아무래도 수상한 거야. 그래서 바로 들어가 봤지. 그랬더니 한량현이 거기에 있더라고."

"호텔 VIP룸에요?"

다행이다. 희 오빠가 우리 오빠를 아무 곳에나 내버려둔 건 아닌 모양이다.

"응. 그래서 바로 꺼내줬어."

그런데 희 오빠에게 그렇게 당한 우리 오빠를 신노 오빠가 구해냈다? ……분명 예의 바르게 행동하진 않았을 것 같았다. 그래서 나는 조심스럽게 신노 오빠에게 물었다.

"우리 오빠가 아무 말 안 해요?"

"욕을 하던데?"

아아, 역시. 우리 오빠는 그러고도 남을 인간이다.

순간 민망함에 얼굴이 화끈거렸다. 하지만 신노 오빠는 의외로 꽤 쿨한 면모를 보였다.

"욕먹어도 싸지, 뭐."

나는 그에게 어색한 미소만 지을 뿐, 어떤 말도 해줄 수가 없었다.

잠시 우리 사이에 침묵이 흘렀다. 그렇게 말없이 내 얼굴을 빤히 보던 신노 오빠가 조용히 물었다.

"잠은 좀 잤어?"

"아뇨, 무서워서 거의 못 잤어요."

"그럼 방에 들어가서 눈 좀 붙이자."

"네?"

내가 두 눈을 휘둥그레 뜨자 신노 오빠가 덧붙였다.

"사실은 나도 잠을 전혀 못 자서."

그 말에 나는 두 팔을 엑스 자로 만들어 가슴에 갖다 대고 그를 경계하면서 물었다.

"그, 그래서 지금 같이 자자는 거예요?"

"응."

허, 이 남자가 이런 기회주의자일 줄이야.

"아직은 안 돼요. 진도가 너무 빠른 것 같⋯⋯."

그 순간 신노 오빠가 내 말을 다 듣지도 않고 성큼성큼 걸어가더니 방문을 활짝 열었다.

"⋯⋯!"

그러자 방 안에 양 사이드로 붙은 커다란 침대가 두 개 보였다.

"아쉽게도 침대가 두 개라 그런 걱정은 안 해도 될 것 같아."

누가 부잣집 별장 아니랄까 봐 방에 침대가 두 개씩이나 있다니. 나 부끄럽게.

"안 덮칠 테니까 걱정 말고 들어가서 자자."

"⋯⋯네."

신애도, 량현 오빠도 다들 각자 집으로 돌아갔다고 하니까 안심이 되어서인지 그제야 피곤이 느껴지고 잠이 쏟아지는 것 같았다. 난 신노 오빠와 함께 방으로 들어가기 위해 걸음을 옮겼다. 그런데 그때,

"노야!"

큰 목소리와 함께 현관문이 거칠게 열렸다. 나와 신노 오빠는 동시에 그쪽으로 고개를 돌렸다.

"형……?"

그 목소리의 주인공은 희 오빠였다.

"너 여기서 뭐 하는 거야?"

우리를 보는 희 오빠의 얼굴은 화가 난 듯 붉으락푸르락했다. 곧 그는 눈을 매섭게 뜬 채 신노 오빠에게 소리쳤다.

"대체 신애는 왜 집으로 보낸 거고……! 넌 왜 여기로 온 거야?"

신노 오빠는 나를 자신의 뒤쪽으로 보내고는 내 앞을 막아섰다. 나는 넓은 신노 오빠의 등 뒤에서 숨을 죽였다. 희 오빠를 향한 신노 오빠의 낮은 목소리가 들렸다.

"형, 나는 이제 한라현을 데리고 여길 나갈 거야."

지금 희 오빠의 얼굴은 굳이 보지 않아도 알 것 같았다. 분명 절망에 가득 찬 얼굴이겠지.

"말도 안 돼!"

이렇게 소리친 후 희 오빠는 성큼성큼 신노 오빠의 앞으로 걸어왔다. 그러고는 신노 오빠의 양어깨를 덥석 잡았다.

"신애의 정략결혼이 틀어지면 부모님께서 많이 실망하실 거다."

"그동안 내가 부모님께 실망한 건?"

신노 오빠의 어깨 너머로 보이는 희 오빠의 얼굴은 많이 일그러져 있었다. 그는 신노 오빠의 말에 꽤 충격을 받은 듯 보였다.

"뭐……?"

그는 마치 지금 이 상황을 믿고 싶지 않은 것처럼 절망적인 표정을 지었다.

"그분들은 한 번도 우리를 인간적으로 대해주신 적이 없어. 그저 성적이 좋으면 용돈을 주시고, 남들한테 좋은 평가를 들으면 선물을 사주셨지."

"하지만 우린 그분들 덕분에 부족함 없이 자랄 수 있었어. 벌레보다 못한 취급을 받으면서 살다가 그분들 덕분에 사람답다 못해 떵떵거리며 살 수 있었다고!"

"그래서 나도 그동안 그분들 말씀대로 엘리트 코스 밟으면서 착실하게 살아왔잖아."

"그래, 너나 나나 열심히 살았지. 그래서 우리가 여기까지 올 수 있었고. 그러니까 앞으로도 그렇게 살면 돼."

"아니."

단호하게 거절의 말을 내뱉은 신노 오빠가 갑자기 내게로 손을 뻗었다. 그리고 그 손으로 내 손을 꽉 움켜쥐었다. 내 손을 잡은 신노 오빠가 나머지 말을 이었다.

"이젠 착실한 차남 역할 그만하려고."

담백하게 말을 끝낸 신노 오빠는 곧바로 나를 데리고 현관문을 향해 걸어갔다. 그런 우리 둘 앞을 희 오빠가 황급히 막아섰다.

"노야, 이러지 마. 형 말 들어."

"듣기 싫어. 비켜."

"안 돼. 넌 못 가."

희 오빠는 애절한 얼굴로 두 팔을 넓게 벌렸다. 지금 그는 너무 절실해 보였다.

"노야, 제발 형 말 들어. 너, 형 좋아했잖아?"

"……형."

나직하게 희 오빠를 부른 신노 오빠가 얼굴에 서늘한 미소를 띠고는 말했다.

"나는 이제 형 뒤만 졸졸 쫓아다니던 그 실어증 걸린 꼬맹이가 아니야."

"……!"

생각지도 못한 신노 오빠의 고백에 나는 심장이 쿵 내려앉는 기분이 들었다. 짐작은 했었지만 신노 오빠 역시 평범한 어린 시절을 보내진 못했구나. 그가 안쓰럽게 느껴졌다.

그때 희 오빠가 괴로워 보이는 얼굴로 말했다.

"네가 이러면 안 돼. 내가 너를, 너희를 얼마나 소중하게 애지중지 생각하는데……! 내 목숨보다 더 아끼는데……!"

"형의 그 계획은 우리 가족만 소중하고 남은 어떻게 되어도 상관없다는 식이었어. 난 그런 형한테 많이 실망했고. 더 솔직히 말하면…… 형한테 질렸어."

이제 서서히 날이 밝아지고 있었다. 조금씩 밝아지는 공간 안에 잠시 무거운 침묵이 흘렀다. 그런데 그 침묵 안에서 나는 따가운 시선을 느끼고 무심코 고개를 들었다. 그리고 나를 노려보고 있던 희 오빠와 눈이 마주쳤다.

"……날 그렇게 노려보지 말아요. 내 잘못이 아니잖아요. 가족한테 이상한 집착을 보인 당신의 정신적인 문제지."

"다 너 때문이야. 너 때문에 우리 노가 이상해져버렸잖아."

순간 너무 기가 막혔다. 아무리 생각해도 희 오빠는 정상이 아니다. 그래서 나도 차갑게 말을 내뱉었다.

"내가 보기엔 이 세상에서 제일 이상한 건 당신이에요."

"역시 널 선택한 건 내 판단미스였어. 보고, 듣고, 자란 거 없는 너 따위가 무슨 우리 신애를 대신한다고……."

빠직. 지금 내 이성에 금이 가는 소리가 났다.

허, 저 인간이 날 더 열 받게 하네? 안 그래도 악감정이 아주 많이 남아 있는데 말이야.

"노 오빠."

끓어오르는 화를 억누른 나는 일단 신노 오빠를 나직하게 불렀다. 그가 바로 나를 쳐다보자 나는 당당하게 말했다.

"지금 날 좀 집으로 데려다줄래요?"

"그래, 가자. 한량현도 걱정하고 있을 거야."

나를 보고 있는 신노 오빠에게 나는 단호하게 고개를 저었다.

"아뇨, 우리 집 말고요. 신가네요."

내 말에 두 남자의 눈이 동시에 커졌다.

"뭐?"

"거긴 왜?"

"할 일이 있어서요."

나는 걱정스런 표정을 짓는 신노 오빠의 손을 잡으며 가자고 재촉했다. 그사이 희 오빠가 내 앞으로 다가왔다.

"너 또 무슨 짓을 하려는 거야?"

내 행동을 경계하는 그에게 나는 서늘하게 웃어주었다. 그런 다음 다시 신노 오빠를 돌아보며 말했다.

"아무것도 묻지 말고 같이 가줄래요, 노 오빠?"

"알았어. 일단 가자."

우리는 서로의 손을 꼭 잡은 채 현관문을 향해 걸어갔다. 곧 신노 오빠가 현관문을 열자 우리 앞으로 검정 양복을 입은 남자들이 다가와 길을 막았다.

"이 사람들 좀 치워줄래, 형?"

그들을 노려보면서 신노 오빠가 뒤에 있는 희 오빠를 향해 말했다.

"설마 동생인 날 칠 건 아니지, 형?"

이어지는 신노 오빠의 말에 희 오빠가 힘없이 손짓을 하자 남자들은 홍해의 기적처럼 두 갈래로 갈라졌다.

우리는 바로 신노 오빠의 고급세단에 올라탔다. 신노 오빠가 지체 없이 차를 출발시키자 예상대로 우리의 차 뒤로 희 오빠의 차가 따라왔다. 말없이 운전만 하던 신노 오빠가 나를 힐끔 쳐다보았다. 그래서 나도 그를 힐끔 쳐다보았다. 하지만 서로 말은 없었다.

우리가 서로의 눈치만 보는 불편한 시간이 흐르는 사이 차는 어느덧 신가네 집 근처로 들어섰다. 창밖으로 보이는 익숙한 풍경에 다시 한 번 마음을 다잡고 있는데, 신노 오빠가 내게 물었다.

"근데 우리 집엔 대체 왜 다시 가려는 거야?"

분명 아까부터 묻고 싶은 질문이었을 거다. 그래서 나는 솔직하게 대답했다.

"신애를, 데리러 가는 거예요."

"신애를?"

"네, 내가 그 집에서 신애를 데리고 나올 거거든요."

순간 신노 오빠의 눈이 휘둥그레졌다. 놀란 듯한 그가 헛기침을 하면서 차를 세웠다. 그래서 창밖을 슥 보니 신가네 대문에 보였다.

"……쉽진 않을 거야."

"네, 알아요. 하지만 그 정도는 해야 속이 풀릴 것 같아서요."

나직하게 들려오는 신노 오빠의 말에 나는 씩씩하게 대답을 한 후 차에서 내렸다. 그러곤 빠른 걸음으로 신가네 대문과 정원을 지나 안으로 들어갔다.

현관문을 열고 집 안으로 들어온 나는 곧바로 신애의 방으로 향했다. 그리고 문 앞에 멈춰 서서 노크를 두 번 했다.

"신애야."

내가 부르는 소리에 곧 문이 열렸고, 그 안에서 잠에서 막 깬 듯 신애가 눈을 비비며 나왔다.

"언니!"

그녀는 나를 보고는 두 눈을 크게 떴다. 그녀의 그 놀란 얼굴은 곧 울 것 같은 얼굴로 변했다.

　"언니, 내가 약속한 한 달을 넘겨서 화 많이 났지?"

　"아니야. 괜찮아. 그건 이제 신경 안 써."

　"정말? 근데 그거, 나 정말 일부러 그런 거 아니야. 유럽여행에서 조금 일찍 돌아와서 국내여행을 하고 있었는데 누군가가 날 쫓는 것 같은 거야. 그래서 막 도망 다녔는데, 그게 알고 보니까 노 오빠 사람들이었어. 그래서……."

　"응, 알아. 괜찮다니까."

　나는 손을 뻗어 신애의 어깨를 부드럽게 다독거렸다. 역시 신애의 얼굴을 보니까 모진 말은 도저히 못 하겠다. 아까도 말했지만 나는 빌어먹게도 신애의 언니니까.

　"근데 언니, 이 이른 아침부터 무슨 일이야?"

　신애는 의문을 가득 담은 두 눈으로 나를 보았다. 그런 그녀에게 나는 다부진 목소리로 말했다.

　"우리 같이 나가자, 신애야."

　"뭐?"

　순간 신애의 두 눈이 휘둥그레졌다. 그래서 나는 더욱 강하게 말했다.

　"하기 싫은 정략결혼 따위 왜 하니? 왜 먹고 싶은 거 맘대로 먹지도 못해? 하고 싶은 말도 제대로 못 하고?"

　이런 썩어빠진 인간들이 사는 집에 더 이상 신애를 내버려둘 수는 없다. 그러니 이제부턴 내가 신애의 가족 노릇을 할 것이다.

"여기서 나가자. 언니랑 살자, 신애야."

내가 신애의 손을 잡으려고 팔을 뻗는 순간 현관문이 열리고 희 오빠와 신노 오빠가 들어왔다. 희 오빠는 신애와 내 곁으로 한 걸음에 달려왔다.

"무슨 짓이야, 너?"

나를 향해 으르렁거리는 희 오빠에게 나는 감정이 느껴지지 않을 정도로 냉정하고 차갑게 말했다.

"신애 친언니의 자격으로, 저는 지금 당장 신애를 데리고 나가겠습니다."

"뭐? 말도 안 되는 소리 하지 마."

역시 희 오빠는 불같이 화를 냈다. 하지만 겨우 이 정도에 물러설 거였으면 시작도 하지 않았다.

"난 신애와 피를 나눈 친언니예요. 언니가 동생을 데려가겠다는데 뭔가 문제가 있나요?"

"너흰 엄연히 법적으로 남남이야."

"나는 지금 법적인 이야기를 하고 있는 게 아니에요."

희 오빠가 매서운 눈빛을 보내고 있었지만 나는 전혀 무섭지 않았다. 오히려 나 역시 두 눈에 힘을 주고 그를 노려보았다.

"내 소중한 동생이 이 집 사람들한테 정신적인 압박을 당하고 있는데, 가만히 있으면 그게 인간적으로 언니가 할 행동은 아니지 않나요?"

당당하게 맞받아쳐준 후 나는 바로 신애에게로 고개를 돌렸다. 그리고 그녀를 향해 손을 뻗었다.

"신애야, 가자."

"언니……."

신애의 눈빛으로 짐작건대 그녀는 지금 망설이고 있었다. 주저하는 그녀에게 나는 조금 강한 어조로 말했다.

"너 여기 계속 있으면 그 재미없고 매너 없는 남자랑 결혼해야 돼. 이 세상에 멋진 남자들이 얼마나 많은데, 그건 너무 끔찍하지 않니?"

"야, 한라현."

다음 순간 희 오빠가 내 어깨를 잡아채며 강압적인 행동을 취했다. 내가 그를 노려보자 어느새 우리에게로 다가온 신노 오빠가 내 어깨에서 그의 손을 거둬갔다.

"형이 나설 문제가 아니야. 선택은 신애가 하는 거니까."

희 오빠가 소리쳤다.

"난 신애 오빠야……!"

"응, 신애 오빠지, 신애 본인은 아니잖아?"

저 말, 나도 예전에 신노 오빠한테서 들어본 적이 있는 말이다. 그땐 꽤 냉정한 말이라고 생각했는데 이제 보니 굉장히 정확한 말이었다.

잠시 후 나는 다시 신애의 말간 얼굴을 쳐다보았다. 그녀는 여전히 결단을 내리지 못하는 것 같았다.

"뭘 망설여? 너 결혼할 거야? 계속 그렇게 스트레스 받으면서 살 거야?"

"언니……."

"자, 언니 손 잡아."

나는 다시 신애의 몸 앞으로 손을 내밀었다. 그러자 그녀는 조금 주저하다가 내 손을 잡았다.

"알았어. 가자, 언니."

됐다. 이제 됐어.

그녀를 데리고 나오려는데 그런 우리 앞을 희 오빠가 막아섰다. 지금 이 순간 희 오빠의 표정은 정말이지 딱 울기 직전 같았다.

아아, 통쾌하다. 그러게 왜 아무 죄 없는 사람한테 고통을 줘? 그러니까 그대로 돌려받지.

"얘야, 다시 한 번만 생각해봐."

희 오빠의 목소리가 애절하게 울려 퍼졌다.

"아니요. 저 갈게요."

그러나 신애는 단호하게 고개를 돌렸고 희 오빠는 금방이라도 울 것같이 얼굴을 일그러뜨렸다.

"다들 뭐 해?"

그때 2층에서 신락이 내려왔다. 그는 잠이 가득한 얼굴로 연신 하품을 하면서 우리에게 가까이 걸어왔다.

"……!"

그 순간 락이의 큰 두 눈과 내 눈이 마주쳤다. 그의 눈은 곧 내 쪽에서 신애 쪽으로 옮겨졌다. 그리고 우리를 한참 번갈아 쳐다보았다.

"어? 어? 어? 뭐, 뭐야? 나 아직도 꿈속인가? 왜 애 누나가 둘이지? 유, 유체이탈인가? 누나 유체이탈 했어?"

……역시 바보구나, 우리 락이는.

"다음에 또 보자, 우리 락이."

유체이탈 했는데 옷은 왜 다른 거냐며 난리법석을 피우는 락이에게 손 인사를 보낸 다음 나는 신애를 데리고 신가네를 나왔다.

이게 끝이 아니라 새로운 시작이란 걸 아주 잘 알고 있다. 나는 고개를 슥 돌려 불안한 표정으로 아랫입술만 잘근잘근 깨물고 있는 신애를 쳐다보았다. 그녀를 안심시키기 위해 나는 그녀의 손을 꽉 잡았다.

그런데 그때 다시 대문이 열리고 신노 오빠가 나왔다.

"나도 같이 가."

"……!"

정말 깜짝 놀랐다. 계단을 내려온 신노 오빠가 손에 들고 있던 외투 두 벌을 신애와 나에게 건넸다. 나는 그가 준 외투를 걸치면서 조심스레 물었다.

"저희 데려다주려고 나온 거예요?"

"아니."

그는 단호하게 고개를 저었다. 그래서 나는 또 물었다.

"그럼 정말 저희랑 같이 나온 거예요?"

"응."

"……희 오빠 쓰러지는 거 아닌가 몰라요."

하긴, 내가 왜 그 인간을 걱정한담? 흥.

잠시 후 나는 조용히 우리를 따라오고 있는 신노 오빠를 슬쩍 돌아보았다. 그의 표정은 어딘가 홀가분해 보였다. 나는 그를 향해 물었다.

　"어디 갈 데나 있어요?"

　"응."

　"어디요? 호텔?"

　"아니."

신노 오빠는 바로 고개를 젓더니 툭 던지듯 말을 이었다.

　"너희 집."

017

"우리 집이요?"

이 남자, 지금 우리 집으로 가겠다는 소릴 아주 당연하게 하고
있네? 생각보다 뻔뻔한 남자다, 진짜.

"지, 지금 나랑 동거를 하자는 거예요?"

그러자 신노 오빠는 놀라서 묻는 나보다 더 놀란 얼굴을 했다.

"그렇게 들렸어? 어떻게 그렇게 들을 수가 있지?"

신노 오빠는 당황한 표정으로 되묻다가 내 옆에 서 있는 신애
를 힐끔 보면서 말을 이었다.

"이제부터 내 동생이 거기에서 살 거니까 오빠로서 이런저런
걱정이 되잖아. 그래서 내가 직접 신애 옆에서 도와주고 지켜주려
는 거지."

저렇게 그럴싸하게 포장해도 난 저 속마음을 다 안다.

분명 나와 함께 있고 싶어서겠지. 하지만 나는 우리 집의 비좁은 거실과 그보다 더 비좁은 방을 떠올리고는 한숨을 내쉬었다. 그리고 잠시 후 두 눈을 질끈 감고 고백했다.

"우리 집, 옥탑방이에요!"

"아, 그래?"

다행히 신노 오빠는 크게 놀라는 것 같진 않았다. 예상했었다는 듯 덤덤히 고개를 끄덕일 뿐이었다. 그런데 그 뒤에 이어진 그의 질문에 나는 절망하고 말았다.

"그래도 한량현 방은 있을 거 아니야?"

그걸 어떻게 설명해야 할까 난감했지만 그래도 사실을 알려야 했기에 힘겹게 다시 입을 열었다.

"우리 오빠…… 거실에서 자요. 가끔은 잠결에 굴러가다가 현관에서 자기도 하고."

"아……."

"방은 하나밖에 없어요. 내 방."

방금까지는 그래도 사람 얼굴답게 살구색이었던 신노 오빠의 얼굴빛이 잿빛으로 변해간다. 나는 그의 잿빛 얼굴을 향해 물었다.

"거봐요. 고민되죠?"

"……거실에서 한번 자보지, 뭐. 신선한 경험이 되겠네."

헛. 이 사람 생각보다 쿨한데?

역시 사랑의 힘이란 이토록 위대한 것이란 말인가?

자꾸 입술을 비집고 웃음이 터져 나오려고 했다. 그래서 손으로 입가를 가리며 신노 오빠를 힐끔 쳐다보았다. 그는 내가 왜 자기를 보면서 웃고 있는 건지 영문을 모르겠다는 얼굴로 고개를 갸웃거렸다.

하지만 내 웃음은 거기서 멈출 수밖에 없었다. 량현 오빠의 빨간 추리닝이 떠올랐던 것이다. 얼마 전에 파란 추리닝을 하나 장만하긴 했지만 그래도 워낙 빨간 추리닝의 역사가 길다 보니 오빠를 떠올리면 자연스레 빨간 추리닝이 같이 떠오른다. 암튼, 집에 객식구가 둘이나 늘었다. 분명 그 짠돌이에다 돈 좋아하는 오빠가 가만히 있지 않을 거다.

"아마, 우리 오빠가 허락하지 않을 거예요."

내가 절망스러운 얼굴로 말하자 신노 오빠는 걱정 말라는 듯 미소를 지어 보였다.

"아아, 물론, 월세는 얼마든지 지불할 수 있어."

남의 집 거실에서 잘 거면서 월세를, 그것도 꽤 많이 지불하겠다는 의사를 표시하는 신노 오빠를 나는 조금 존경 어린 눈빛으로 쳐다보았다.

그래. 설마 월세를 내겠다는 객식구를 쫓아내기야 하겠어? 일단 가보자.

나는 굳은 결심을 하고 신애와 신노 오빠의 손을 잡은 채 우리집으로 향했다.

"오빠, 나 왔어."

일단 신애와 신노 오빠는 계단 아래에 서 있게 한 뒤 나 혼자 옥탑방 문을 활짝 열었다. 내 얼굴을 본 량현 오빠는 맨발로 달려 나왔다.

"탈출했으면 오빠한테 바로 연락을 했어야지, 인마! 어디 다친 덴 없어?"

오빠는 내 어깨를 잡고 이리저리 흔들면서 다친 곳은 없나 체크를 했다. 나는 피식 웃으며 대답했다.

"난 괜찮아. 오빤 다친 데 없어?"

량현 오빠는 갑자기 어깨를 축 늘어뜨리면서 아픈 척 연기를 하기 시작했다.

"나 진짜 죽을 뻔했어. 나, 납치돼 가지고 이상한 데로 막 끌려가고……."

암튼 우리 오빤 연기를 참 잘한다.

"호텔에 있었다면서?"

"누, 누가 그래?"

순간 눈이 커진 오빠가 되묻는 말에 나는 어깨를 틀어 뒤쪽을 돌아보았다. 그러자 이미 계단 위로 올라온 신노 오빠의 잘난 얼굴이 시야에 들어왔다.

"저분이."

내가 그를 소개하듯 몸을 옆으로 비키자 량현 오빠와 신노 오빠의 눈이 공중에서 마주쳤다.

"저, 저 형 뭐야?"

놀란 량현 오빠의 입에서 격앙된 질문이 튀어나왔다. 내가 대답할 말을 고르고 있는 사이 신노 오빠는 앞으로 더 걸어 나왔다.

"저 형 뭐냐니까?"

계속되는 량현 오빠의 질문에 나는 결국 입을 열 수밖에 없었다.

"당분간 같이 좀 지내자."

"뭐? 미쳤……. 어라? 쟤 또 뭐야?"

그때 오빠가 신노 오빠의 뒤에 서 있던 신애를 발견했다. 그녀를 본 량현 오빠의 눈썹이 사납게 구겨졌다. 오빠는 내가 말릴 틈도 없이 신애를 향해 성큼성큼 걸어갔다. 그것도 맨발로.

"너 여기가 어디라고 와?"

"네?"

아무것도 모르는 신애를 향해 량현 오빠는 버럭 소리를 질렀다. 그래서 나는 빠르게 달려가 오빠의 어깨를 잡아챈 후 그의 귓가에 작게 속삭였다.

"신애는 아무것도 몰라. 그러니까 제발 아무 말도 하지 마."

"뭐?"

그 순간 오빠가 두 눈에 힘을 주고 나를 노려보기 시작했다. 하지만 그렇게 노려보기만 할 뿐, 더 이상 신애를 향해 목소리를 높이진 않았다.

"눈물겨운 우애다, 정말."

대신 오빠는 불만 가득한 표정으로 이렇게 중얼거리며 팔짱을 척 꼈다. 그리고 그 상태로 신노 오빠와 신애의 얼굴을 번갈아 쳐다보았다.

잠시 후 량현 오빠가 눈빛을 날카롭게 빛내며 입을 열었다.

"방금 라현이가 당분간 같이 지내자는 말을 한 것 같은데, 그건 대체 무슨 뜻일까요?"

말을 하면서 오빠는 과하게 고개를 갸웃거렸다. 도저히 이해할 수 없다는 표정을 짓는 량현 오빠를 향해 신노 오빠가 덤덤하게 대답했다.

"말 그대로야. 신세 좀 질게."

"싫은데요?"

0.1초의 망설임도 없는 즉답이었다. 곧바로 신노 오빠의 얼굴에는 머쓱함이 서렸다. 그걸 본 나는 재빨리 량현 오빠의 파란 추리닝 옆구리를 붙잡고 그를 구석으로 끌고 왔다. 그리고 목소리를 낮춰 비장하게 말했다.

"그냥 좀 있게 하자. 월세도 낸대."

말이 끝나기 무섭게 량현 오빠가 파란 추리닝에다 맨발인 상태에서 펄쩍 뛰었다.

"미쳤어? 돈이 문제야? 내가 왜 신가네 식구를 우리 집에 들여야 되는데? 절대로 싫어!"

"좀 봐줘라, 응?"

"난 이제 그 신가네의 '신' 자만 들어도 치가 떨려!"

펄쩍펄쩍 뛰는 량현 오빠의 어깨를 잡아 누르며 나는 진지하게 말했다.

"저 오빠가 그 신가네를 버리고 왔다니깐, 글쎄!"

"난 싫다니깐, 글쎄!"

내 손을 모질게 쳐낸 량현 오빠는 나를 밀어낸 후 다시 신노 오빠와 신애의 앞으로 걸어갔다. 그리고 얼마 지나지 않아 오빠의 비아냥거리는 목소리가 얄밉게 들려왔다.

"돈 많으신 분들 아니세요? 근데 왜 이런 누추한 옥탑방에 들어오려고 하시나?"

나는 낮게 한숨을 내쉬면서 량현 오빠의 행동을 지켜보았다. 이러니저러니 해도 한가네 장남은 우리 오빠였기 때문이다. 오빠가 우리 집에 들이지 않겠다고 결심한 이상 나도 사실상 그것을 뒤집기는 힘들었다.

그때 신노 오빠가 정장 재킷 안주머니에서 두툼한 흰 봉투를 하나 꺼냈다. 그리고 그것을 량현 오빠의 손에 쥐어주었다.

"일단 급하게 뽑아 온 거라 얼마 안 되는데, 다음 추리닝 살 때 보태 써."

"이딴 거 필요 없⋯⋯. 뭘 이렇게 많이 넣으셨어요?"

말은 필요 없다고 하면서 량현 오빠의 눈은 빠르게 봉투 안을 훑었다. 제법 많은 액수가 예상되는지 순간 오빠의 표정이 밝아졌다. 하지만 그건 찰나였다.

"이렇게 많은 돈, 필요 없습니다. 도로 가져가세요."

정신을 차린 량현 오빠가 다시 도도한 얼굴로 그 돈을 돌려주려고 하자 신노 오빠가 웃는 얼굴로 말했다.

"근데 그 추리닝 굉장히 비싸 보인다? 어디 브랜드니? 나이키?"

"나이키는 무슨⋯⋯. 시장에서 만 원 주고 산 건데요."

"아, 진짜? 완전 멋있는데. 너 추리닝 모델 해도 되겠다, 야."

"……그런 소리 자주 들어요. 뭐, 간지가 난다나?"

신노 오빠는 생각보다 꽤 능청스러웠고, 량현 오빠는 생각보다 꽤 멍청스러웠다.

"라현이한테 들었는데, 의대생이라며? 그 얼굴에 그 스타일에 머리까지 좋구나, 너?"

"하하, 그냥 태어나 보니까 이렇더라고요."

"대단한데? 아, 근데 날이 좀 쌀쌀해서 그러는데, 집 안으로 들어가서 얘기를 나누는 건 어떨까?"

"네, 네. 들어오세요."

덕분에 신노 오빠와 신애는 생각보다 수월하게 우리 집으로 들어갈 수가 있었다.

오빠가 아침에 끓여뒀다는 된장찌개로 저녁을 먹는 내내 우리 넷의 분위기는 꽤 괜찮았다. 된장찌개는 맛이 없었는데 분위기는 참 즐거웠다. 이대로라면 한가네와 신가네의 만남도 썩 나쁘진 않을 거란 유쾌한 예감도 들었다. 하지만 문제는 저녁 식사가 끝나고 각자 자신만의 시간을 보낼 때쯤 발생했다.

"편한 옷 가져오셨어요?"

정장 바지 차림의 신노 오빠가 불편해 보였던지 량현 오빠가 서글서글하게 웃으면서 물었다. 그런데 급하게 나온 그가 무슨 옷이 있겠는가. 신노 오빠가 아무 대답도 못 하고 있자 량현 오빠는 방긋 웃으며 구석에서 빨간 추리닝을 꺼냈다.

"이거 제가 얼마 전까지 진짜 아끼던 옷인데, 입으세요."

"아⋯⋯."

순간 신노 오빠는 굳어졌고 나는 너무 창피했다. 그 닳아빠진 옷을, 무릎까지 툭 나오고 언제 빨았는지 그 시기조차 알 수 없는 색 바랜 추리닝을, 새것 아니면 입어본 적도 없을 것 같은 신노 오빠에게 주다니.

'저 난감해하는 신노 오빠의 얼굴을 좀 보라고!'

생각 같아서는 내가 나서서 농담 그만하라며 추리닝을 확 던져 버리고 싶었지만, 그러기엔 량현 오빠가 너무나 진지했다. 신노 오빠 역시 그 진지함을 느꼈는지 한참을 고민하다가 대답했다.

"정말 너무 고마운 제안인데, 이를 어쩌지? 나는 이 바지가 그렇게 편하더라고."

신노 오빠가 자신의 그 빳빳한 정장 바지를 손으로 잡아당기면서 하는 말에 량현 오빠의 표정이 굳어졌다.

"그, 바지가요?"

"응. 수면바지 뺨쳐."

하지만 량현 오빠는 바보가 아니다. 바보처럼 보이지만 바보가 아니란 말이다.

"⋯⋯그렇군요."

신노 오빠의 거부 의사를 정확히 파악한 량현 오빠는 빨간 추리닝을 자신의 품에 꼭 안으며 말했다.

"우린 좋은 추리닝 의형제가 될 수 있을 거라 생각했는데, 아쉽네요."

추리닝 동맹이 결렬되자 량현 오빠는 노골적으로 신노 오빠를 구박하기 시작했다. 우리 오빠지만 이럴 땐 참 유치한 것 같다.

"안 그래도 좁아터진 옥탑방에 웬 덩치남?"

량현 오빠는 거실 구석에 자신만의 이불을 깔면서 비아냥거렸다. 나는 거기서 조금 떨어진 자리에 신노 오빠의 이불을 펴면서 량현 오빠를 계속 주시했다. 여차하면 내가 나서줄 생각으로 말이다. 하지만 신노 오빠는 생각보다 태연했다.

"나 덩치 별로 큰 편은 아닌데."

"키가 180 넘으면 큰 편이죠. 그 덩치에 여기 좁지 않아요?"

"아늑하고 좋은데, 뭐."

아, 내가 잠시 잊고 있었다. 신가네 형제들이 보통이 넘는다는 것을.

잠시 후 내가 이불을 다 폈다고 이곳에 누우라고 말하자 신노 오빠는 내게로 다가오며 고맙다는 인사를 건넸다. 그런 그에게 힘내라고 파이팅을 속삭여주고는 량현 오빠의 곁으로 갔다. 오빠는 내가 다가오자 나를 아주 아니꼽다는 듯이 쳐다보았다. 그래서 나도 그를 노려보면서 말했다.

"우리 노 오빠 좀 구박하지 마."

"남 오빠 챙기는 것만큼 이 오빠도 좀 챙겨봐라."

"오빤 혼자 잘 챙기잖아."

내 말에 량현 오빠는 섭섭하다는 얼굴을 하더니 이내 이불 속으로 쏙 들어가버렸다. 나는 피식 웃으며 내 방으로 들어왔다. 그런데 내 방 안에선 신애가 연신 헛기침을 하고 있었다.

"흠, 흐음, 흠……."

"너 왜 그래?"

신애는 자신의 목을 만지면서 헛기침을 몇 번 더 한 뒤 내게 말했다.

"언니, 이 방에 가습기 없어?"

"딱 봐도 없어 보이지 않아?"

"그럼 하나 사자."

"그냥 물수건 널어두면 되지. 돈이 어디서 남아도니?"

내가 조금 냉정하게 말하자 삐진 듯 신애의 입술이 툭 튀어나왔다. 그리고 잠시 후 그녀는 입을 삐죽거리더니 이불 속으로 쏙 들어가버렸다.

'오늘 밤엔 내 형제들이 단체로 삐지는 날인가?'

어깨를 한 번 으쓱한 나는 잠옷으로 갈아입기 위해 셔츠의 단추를 풀었다. 그때, 똑똑 하는 노크 소리가 들렸다.

바로 문을 열자 문 앞에 신노 오빠가 조금 곤란해 보이는 얼굴로 서 있었다. 방 안을 힐끔 본 그가 나에게 목소리를 낮춰 말했다.

"나 아무래도 바지를 하나 사야 할 것 같은데, 같이 가줄래? 내가 이 근처 길을 잘 몰라서."

"아, 네. 근데 우리 오빠는 벌써 자요?"

나는 문틈으로 오빠의 모습을 쳐다보았다. 량현 오빠는 신노 오빠가 거부한 빨간 추리닝을 베개 옆에 둔 채 코까지 골면서 잠을 자고 있었다.

"아무래도 자기 추리닝을 거부했다고 토라진 모양이야."

"이해해요. 난 오빠 동생인데도 저거 입으라고 하면 울어버릴 거거든요."

피식 웃음을 터뜨리는 신노 오빠의 얼굴을 보는데, 문득 그의 미소가 상당히 오랜만이라는 생각이 들었다. 잠시 그 웃는 얼굴을 멍하니 보다가 퍼뜩 정신을 차리고, 이불을 뒤집어쓰고 있는 신애에게 물었다.

"우리 잠깐 나갈 건데, 신애 너도 같이 갈래?"

"싫어."

단박에 싫다는 대답이 들려왔지만 나는 오히려 그녀가 고마웠다. 이 야밤에 신노 오빠랑 단둘이 달밤 데이트를 할 수 있게 됐으니 말이다.

"그럼 우리 둘이 갔다 올게."

이렇게 말하면서 외투를 집어 든 순간 신애의 목소리가 빠르게 들려왔다.

"올 때 아이스크림 사다 줘."

"뭐? 이 밤에?"

나는 생뚱맞은 부탁을 아무렇지도 않게 하는 신애가 마음에 안 들었지만 나보다 신노 오빠의 대답이 더 빨랐다.

"알았어. 오빠가 사올게."

신노 오빠와 함께 옥탑방을 내려오면서 나는 그에게 계속 잔소리를 했다.

"그렇게 오냐오냐 다 받아주지 말아요. 애 버릇 나빠져요."

"알았어."

"그리고 아까 보니까 월세를 너무 많이 넣으셨더라고요. 앞으론 그렇게 많이 주지 마세요."

"그럼 얼마를 넣어?"

"아까 주신 거에 반의반이면 돼요."

"그렇게 적게? 그걸로 한 달을 살 수는 있어?"

"서민들은 다 그렇게 살아요, 오빠."

다부지게 말하는 나를 신노 오빠는 흥미롭다는 눈빛으로 쳐다보았다. 계단에 멈춰 선 내가 그를 향해 물었다.

"왜 그렇게 봐요?"

"신기해서."

"뭐가요?"

"전엔 신애랑 꽤 닮았다고 생각했는데 점점 전혀 안 닮은 것처럼 보여서. 아까 신애랑 같이 있을 때도 전혀 닮았단 생각이 안 들더라고."

"그래서 말했잖아요. 난 신애랑 다르다고."

"응, 몰랐네. 미안."

그가 낮은 목소리로 하는 짧은 사과에 괜히 마음이 설레었다. 그래서 나는 옅은 미소를 지으며 다시 걸음을 옮겼다.

그리고 신애랑 나는 다르다는 걸 더 확실히 보여주기 위해 힘차게 대문을 열었다. 그런데 내 시야로 아주 익숙한 고급세단이 들어왔다. 그건 분명 신노 오빠가 몰고 온 차는 아니었다.

좋지 않은 예감이 들어 나는 굳은 얼굴로 그 차를 계속 쳐다보았는데, 곧 그 차에서 희 오빠가 내렸다.

"여긴 무슨 일이에요?"

목소리가 차갑게 흘러나왔다. 희 오빠는 나와 내 뒤에 선 신노 오빠를 번갈아 쳐다보더니 잠시 후 입을 열었다.

"내 동생들을 데리러 왔어."

"글쎄요. 간다고 할 것 같진 않지만, 그래도 열심히 데려가 보세요."

쿨하게 대응하는 내가 마음에 안 들었던지 희 오빠의 눈썹이 살짝 구겨졌다.

"우리 애들이 너한테 넘어갔다고 건방지게 굴지 마. 지금이야 단순한 객기로 저러는 것뿐이니까. 어차피 그런 좁은 집에서 힘들게 살다 보면 우리 집 생각이 간절하게 날 게 분명하거든."

"집 생각이야 나겠지만, 희 오빠 생각은 안 나겠죠."

"야, 한라현."

순간 얼굴을 무섭게 굳힌 희 오빠가 내게로 성큼성큼 걸어왔다. 하지만 그는 곧 내 앞을 막아서는 신노 오빠 때문에 걸음을 멈춰야 했다.

"형, 이 이상은 가까이 다가오지 말아줘."

신노 오빠가 냉정하게 말하자 그를 보는 희 오빠의 눈빛이 많이 흔들렸다. 하지만 신노 오빠의 말은 거기서 멈추지 않고 이어졌다.

"라현인 아직 형한테 받은 상처가 아물지 않았을 테니까."

"너 지금, 저 애 편드는 거야?"

"응. 난 아직 신애 대신 라현이를 정략결혼 시키려 했던 형을 용서할 수가 없거든."

툭.

신노 오빠의 말이 끝나기가 무섭게 무언가 떨어지는 소리가 났다. 나는 어깨를 틀어 소리가 들린 뒤쪽을 쳐다보았다.

"신애야……!"

그곳엔 자신의 것인 듯한 지갑을 떨어뜨린 신애가 서 있었다. 아무래도 그녀는 우리와 함께 외출을 하려고 나온 모양이었다.

'설마 다 들은 건가?'

잔혹한 진실을 그녀가 끝까지 몰랐으면 했다. 절대 알게 하고 싶지 않았다. 하지만 곧 신애의 눈에 고이는 눈물이 그 바람을 무너뜨렸다. 갑작스런 그녀의 등장에 신노 오빠도 희 오빠도 아무런 행동도 못 하고 굳어졌다.

"희 오빠가, 그런 끔찍한 생각을 했는지 정말 몰랐어."

침묵만 흐르는 이곳에 신애의 울먹거리는 목소리가 조용히 퍼져 나갔다.

"언니, 미안해. 정말 미안해."

신애는 천천히 내 앞으로 걸어와 내게 연신 사과를 했다. 그런 그녀를 보는 내 마음도 편친 않았다.

"내가 너무 어리석었어. 오빠들이 투정을 다 받아주고 언니까지 날 위한다고 생각하니까 그냥 다 내 맘대로 하고 다녔어. 희 오빠가 그런 무서운 생각을 하는지도 모르고……!"

그때 희 오빠가 신애에게로 빠르게 다가서며 그녀의 팔을 붙잡았다.

"애야, 나는 정말 널 생각해서……!"

"그래서 아무 죄도 없는 우리 언니를 희생시키려고 했어요? 어떻게 사람이, 인간이 그런 생각을 할 수가 있어요?"

신애는 차가운 얼굴로 희 오빠의 손을 쳐냈다. 이에 희 오빠는 상처받은 얼굴을 했다. 잠시 후 그녀는 정말 경멸한다는 듯이 자신의 큰오빠를 쳐다보며 말했다.

"오빠 따위 정말 싫어요."

그리고 그녀는 다시 옥탑방 쪽으로 올라갔다. 멀어지는 그녀를 보던 희 오빠는 끝내 눈물을 흘리고 말았다. 나는 그의 눈물에 통쾌함을 느끼기보단 마음이 아팠다.

어쩌면 그 이상한 집에 장남으로 들어가 그 불완전한 가족을 지키기 위해 고군분투하면서 제일 고통스러웠던 건 희 오빠가 아니었을까.

018

　어젯밤 그 일도 있고 해서 나는 신애가 늦게까지 자는 것을 그냥 묵인했다. 하지만 아침 식사가 끝나고, 오빠가 학교에 가고, 나혼자 설거지와 청소를 마쳤는데도 신애는 일어날 생각을 하지 않았다.

　"일어나, 신애야."

　그래서 결국 나는 신애를 흔들어 깨우기 시작했다.

　"지금이 몇 신데 아직까지 자?"

　내가 자신의 어깨를 잡고 흔드는데도 신애는 이불을 머리끝까지 뒤집어쓸 뿐 일어날 생각을 안 했다.

　"5분만 더."

　"안 돼, 일어나. 해가 중천에 떴다고."

"딱 5분만. 나 이렇게 늦잠 자본 적 거의 없단 말이야."

그 말을 들으니 또 모질게 그녀를 깨울 수가 없었다. 나는 그냥 말없이 방을 나왔다. 방문을 닫는 내 눈에 정장을 차려입은 신노 오빠가 보였다.

"오빠, 어디 가려고요?"

거실의 전신거울 앞에 서 있는 신노 오빠를 보는데 심장이 두근거렸다. 우리 집에서 보는 신노 오빠는 어딘가 색다르다.

"출근하려고."

신노 오빠의 대답에 내 두 눈이 절로 커졌다.

"출근이요?"

"응, 회사에서 급한 연락이 왔어. 아무래도 가서 해결해야 할 것 같아. 내가 맡은 일도 많고 처리해야 할 일도 산더미라서, 집은 나왔어도 회사 일은 무시할 수가 없네."

신노 오빠는 덤덤하게 말했지만 나는 살짝 불안해졌다. 당연히 보내야 한다고 생각은 하는데 그래도 걱정이 되는 건 어쩔 수가 없다.

"그래도 희 오빠가……."

"내가 회사 일 하겠다는데 설마 막기야 하겠어?"

"그래도 조심해요. 희 오빠 성격이 보통이 아니던데."

"괜찮아. 그래도 형제는 안 건드리니까."

불안한 눈빛으로 자신을 처다보는 나를 향해 신노 오빠는 부드럽게 웃어주었다. 그러고는 손을 뻗어 내 머리를 쓰다듬어주었다. 나를 바라보는 신노 오빠의 애정 어린 눈빛에 나는 수줍은 미소가 지어졌다.

"둘이 뭐 해?"

"……!"

갑자기 들려온 신애의 목소리에 나는 황급히 신노 오빠를 밀쳐 내고 체조를 시작했다. 그리고 그동안 상당히 는 연기 실력을 뽐냈다.

"어, 어? 우리 신애 일어났니?"

그런데 내 연기는 여전히 별로 훌륭한 수준은 아닌 모양이다.

"왜 그래? 어색하게. 둘이 뽀뽀라도 했어?"

"어머, 얜 못 하는 소리가 없어."

나는 손을 올려 신애의 등짝을 철썩 때려버렸다. 신애는 수줍어하는 나와 급하게 외출을 서두르는 신노 오빠를 수상하다는 듯이 쳐다보았다. 하지만 나는 끝까지 그녀의 시선을 모른 척했다. 이유는 단 하나, 부끄러우니까.

"오빤 이제 출근할게. 둘 다 저녁에 보자."

신노 오빠가 회사로 출근하고 난 후 벽시계를 보니 아르바이트 면접에 가야 할 시간이 가까워 오고 있었다. 그래서 옷을 주섬주섬 입고 있는데 신애가 화장실에서 씻고 나와 부산스럽게 외출 준비를 하는 게 보였다.

"어디 나가?"

내 물음에 신애는 너무도 당연하다는 듯이 대답했다.

"응. 네일 받고 올게."

순간 나는 두 눈을 크게 뜨고 말았다.

"네일? 돈이 어디 있어서?"

하지만 나를 보는 신애의 얼굴은 태평스럽기 그지없었다. 곧 그녀는 자신의 백 안에서 지갑을 꺼내더니 그것을 흔들어 보였다.

"카드 있잖아."

불과 어젯밤에 희 오빠와 그런 일이 있었는데, 어떻게 이렇게 그 집 카드를 쓰겠다는 말을 아무렇지도 않게 할 수가 있단 말인가. 얘는 정말이지 아직 철이 덜 든 것 같다.

"그건 신가네 거잖아. 쓰면 안 되지."

내 지적에 신애는 잠시 고민하는 얼굴을 했다. 그러더니 이내 고개를 갸웃하며 말했다.

"그럼 나 어떻게 생활해?"

"아르바이트를 해야지."

당연한 걸 묻는 그녀에게 나는 목소리를 조금 높여서 대답했다. 그러자 그녀가 두 눈을 휘둥그렇게 떴다.

"말도 안 돼."

"말도 안 되긴 뭐가 안 돼?"

내 질문에 그녀가 하는 대답이 가관이다.

"해본 적 없단 말이야, 아르바이트."

후우…… 한숨이 절로 새어 나왔다. 예상은 했지만 이 정도일 줄이야. 완전 고귀한 공주님이 따로 없다.

"이제 보니까 넌 투덜거릴 자격이 없네. 그 집한테든 큰오빠한테든. 지금껏 누릴 거 다 누려놓고 무슨 투정?"

결국 화가 나서 강한 어조로 신애를 타박했다. 그리고 그녀가 깨달을 수 있도록 솔직하고 진중하게 충고했다.

"이제 넌 그 집에서 나왔으니까 지금까지와 같은 생활은 절대 못 해. 생활비도 스스로 벌어야 되고, 안 해봤던 일도 해야 돼. 난 지금껏 그렇게 살아왔어."

"언니……."

금세 그녀의 표정은 시무룩해졌고 우리 사이엔 어색한 침묵만이 흘렀다. 잠시 후 내가 조용히 화장을 하기 시작하자 그녀는 다시 나갈 채비를 했다.

"나, 나갔다 올게."

"어딜?"

조심스럽게 물었더니 신애가 어색한 미소를 지으며 대답했다.

"아르바이트 알아보러."

"그래, 아무 일이나 한번 해봐. 그게 다 경험이니까."

"……응."

신애는 힘없이 고개를 떨군 채 집을 나갔다. 그녀가 나가자 내 입에선 깊은 한숨이 흘러나왔다.

"후우……."

역시 그녀와 나는 사는 세계가 달라도 너무 달랐다. 그 차이를 메우려면 상당한 시간이 필요한 듯 보였다.

그날 밤 신애는 패스트푸드점 아르바이트를 구했다며 내게 자랑을 했다. 그래서 나는 잘했다고 장하다고 칭찬을 해주었다. 그리고 나도 급한 대로 아르바이트를 두 개 동시에 시작했다. 식구도 늘었고, 언제까지고 백수 생활을 할 수만은 없었기 때문이다.

　나랑 오빠 둘, 이렇게 셋이서 저녁 식사를 마치고 당연하듯 설거지를 하고 있는데 그런 내 뒤로 신노 오빠가 다가왔다.

　"도와줄까?"

　설거지를 도와준다고 나선 남자는 그가 처음이었다. 우리 오빠는 가위바위보에서 지지 않는 한 절대 안 하니까.

　"아니에요. 괜찮아요."

　수줍게 거부 의사를 표했는데도 신노 오빠는 굳이 내 손에서 그릇을 빼앗아갔다.

　"아니야. 내가 심심해서 그래. 도와줄게."

　"아이참. 나는 괜찮은데."

　그런데 그때 신노 오빠의 손에서 그릇이 미끄덩하고 떨어졌다. 이에 신노 오빠는 어색한 미소를 지으며 그릇을 들어 올렸다.

　"이런, 실수로 미끄러졌네."

　그런데 그 뒤로도 그러기를 수차례. 나는 결국 그의 손에서 그릇을 거둬갔다.

　"솔직히 말해봐요. 설거지 한 번도 안 해봤죠?"

　"……응."

　느릿하게 고개를 끄덕이는 신노 오빠가 귀엽게 느껴졌다.

　하긴, 그도 신애랑 크게 다르진 않겠지. 귀하게 자랐을 테니.

　그래도 도와준다고 나선 그가 고마웠다. 그래서 그를 향해 옅은 미소를 보내고 있는데 우리 둘 사이로 익숙한 목소리가 파고 들었다.

"둘이 뭐가 그렇게 다정해?"

"아…… 오빠."

량현 오빠는 굳이 우리 사이로 몸을 집어넣어서는 신노 오빠와 나를 떨어뜨려놓았다. 그러곤 살벌한 얼굴로 나직하게 말했다.

"우리 한가네에선 연애 금지다."

그때 현관문이 열리고 신애가 들어왔다. 그녀는 무척 피곤해 보이는 얼굴로 신발을 벗었다.

"알바 너무 힘들어."

안으로 들어오자마자 투덜대는 신애에게 나는 수고했다고 말하며 다가섰다. 그리고 익숙지 않은 아르바이트로 힘들어하는 그녀를 향해 상냥하고 부드럽게 물었다.

"저녁은 먹었어?"

"아니."

"저녁으로 김치찌개 먹었는데, 너도 먹을래? 상 차려줄게."

"에이, 난 오늘은 스테이크가 먹고 싶은데."

하마터면 '스테이크? 스테이크 같은 소리 하네.' 이 말이 튀어나올 뻔했다.

얘가 지금 여길 신가네로 착각하나?

"그리고 크림파스타도 너무 먹고 싶어."

나는 순간 어이가 없어서 입을 멈췄다. 하지만 곧 신애는 나를 더 어이없게 만들었다.

"파스타 만들어줄 수 있어, 언니?"

이 시간에?

지금은 밤 9시도 넘은 시간이었고 나도 오늘 하루 종일 아르바이트를 하고 온 터라 많이 피곤했다. 하지만 나는 끝까지 상냥한 언니이고 싶었기에 꾹 참고 조용조용히 말했다.

"나도 아르바이트 끝내고 온 지 얼마 안 됐어."

"그치만 나 오늘 정말 힘들었단 말이야. 만들어줘, 응?"

칭얼거리는 신애의 얼굴을 보는데 울컥 화가 났다. 이쯤 되면 언니로서 따끔하게 한마디 하는 게 맞겠다 싶어서 나는 다시 입을 열었다.

"이 집에서 너만 힘든 거 아니야. 우리 오빠는 의대 공부하면서 과외까지 하고 있고, 나도 주7일 아르바이트로 무지 힘들어. 게다가 노 오빠는 회사 일로 바빠서 며칠씩 못 들어올 때도 있어."

"하지만 나도 안 해봤던 아르바이트를 하느라 몸도 마음도 지쳤단 말이야. 동생이 힘들어서 맛있는 거 좀 만들어달라고 어리광 부린 건데, 그게 그렇게 싫어? 우리 희 오빠 같았으면……!"

거기까지 말한 신애가 급하게 자신의 입을 멈췄다. 희 오빠 얘기에 내가 노골적으로 불쾌한 얼굴을 하자 신애는 내 눈을 피해 시선을 아래로 내렸다. 난 따끔하게 말했다.

"내가 다 받아줄 거라 생각해서 어린애처럼 굴지 마. 난 너의 희 오빠가 아니야."

"알아. 미안해."

다투는 우리 때문에 지켜보는 오빠들도 마음이 무거운 듯 보였다. 그래서 나는 일부러 씩씩하게 상을 차리고 애써 밝은 얼굴로 신애에게 식사를 권했다.

"자, 밥 먹어."

그제야 신애도 얌전히 밥을 먹기 시작했다.

지금 우리의 불안한 관계는 그저 시간이 해결해줄 거라 그렇게 믿고 싶었다.

오늘은 량현 오빠가 과외 때문에 귀가가 늦어진다고 했다. 신노 오빠한테도 역시 회사 일로 밤늦게나 돌아온다는 연락을 받았다. 그래서 혼자 집을 지키고 있었는데 늦은 밤 신애가 울면서 집으로 들어왔다.

"나 아르바이트 그만뒀어."

우는 그녀를 달래며 그 이유를 물었더니 대뜸 그녀가 한 말이었다. 일주일도 안 돼서 아르바이트를 그만둔 것이다. 처음이니까 그냥 이해하려고 했다. 하지만 그 뒤에 이어지는 그녀의 말들을 나는 도저히 이해하기가 힘들었다.

"나보다 어려 보이는 손님이 막 식탁 닦으라며 삿대질하고, 반말하고, 너무 기분 나빠서 그만두겠다고 했어."

"……알바가 다 그렇지, 뭐. 그보다 더 더럽고 힘든 일을 하는 사람도 많아. 철없이 굴지 마."

그동안 나는 아르바이트를 하면서 수도 없이 겪었던 일이었다. 그래서 그렇게 말하는 신애가 너무 철없게 느껴졌다.

"언닌 왜 항상 내 편은 안 들어? 우리 희 오빠였으면 절대 안 그랬을 거야!"

신애는 신경질을 부리면서 또 희 오빠를 입에 담았다. 그녀는 그렇게 무의식중에 또 자신의 다른 가족을 찾고 만 것이다.

"너 이럴 거면 네 집으로 돌아가."

내가 싸늘하게 말하자 신애는 어깨를 움츠렸다.

"언니……."

"네 입에서 희 오빠 소리 듣는 것도 이젠 질린다. 너 계속 이럴 거면 다시 희 오빠한테 가."

14년이나 떨어져 살았으니 다시 맞춰서 살기란 쉽지 않을 거라 충분히 예상했었다. 하지만 저렇게 무의식중에 자신의 가족을 계속 찾는 건 그녀가 돌아가고 싶단 생각이 강해서일 것이다.

"희 오빠 얘기해서 미안해. 사실은 오늘 희 오빠한테서 연락이 왔거든. 내 정략결혼, 없던 일로 하기로 했다고. 그래서 우리 집이 지금 많이 시끄러운가 봐."

우리 집. 신애는 신가네를 '우리 집'이라고 했다. 그런데 나는 그게 특별히 섭섭하지는 않았다. 그냥 그렇구나, 라는 생각이 들 뿐이었다.

그 뒤 말을 잇는 신애의 얼굴은 근심으로 가득했다.

"가족들이 걱정돼. 희 오빠도 락이도, 그리고 부모님도. 사실은 나쁜 기억만 있었던 건 아닌데……. 좋아하는 사람과의 결혼을 꿈꾸지 못하고 가족들의 지나친 간섭에 힘들었지만, 좋았던 기억이 더 많았는데……."

후회하는 듯이 중얼거리는 그녀를 보는데 나는 오히려 속이 후련했다. 이제야 정답이 보이는 것 같았기 때문이다. 나는 그녀에게 정답을 알려주었다.

"이제 너희 집으로 돌아가, 신애야."

"언니······."

"딴말 필요 없고, 넌 그냥 '고마워, 언니.'라고 하기만 하면 돼."

신애는 분명 신가네에서 행복했던 것만은 아니었다. 괴롭고 힘든 일도 많았다. 하지만 어느 집이든 어느 가정이든 괴롭고 힘든 일은 있기 마련이다. 그것을 다 같이 이겨내느냐 포기하느냐의 차이일 뿐. 그리고 무엇보다 신애 본인이 지금 다시 그 신가네로 돌아가기를 원한다. 그건 굳이 그녀가 입에 담지 않아도 언니니까 알 수 있는 진심이다.

"미안해, 언니."

"괜찮아."

난 네 언니잖아.

"그리고 고마워. 정말 고마워, 언니."

신애는 결국 눈물을 뚝뚝 흘렸다. 나는 그런 그녀를 꼭 안아주었다.

밖에서 보기에 조금 이상한 가족이어도 그들 속에 진심이 있다면 문제 될 것은 없지 않을까?

"다녀왔어."

잠시 후 신애가 다시 나갈 채비를 하고 있던 그때, 현관문이 열리고 신노 오빠가 들어왔다. 들어오던 그가 나가려고 준비 중인 신애를 발견하고 그녀에게 물었다.

"이 시간에 어딜 가려고?"

그러자 신애는 침울한 얼굴로 자신의 오빠에게 대답했다.

"노 오빠, 제가 잘못 생각했어요."

"무슨 소리야?"

"전 다시 집으로 돌아갈 거예요."

그녀의 말에 신노 오빠는 전혀 놀라는 얼굴이 아니었다. 오히려 그쪽에서 더욱 놀라운 말을 던졌다.

"응. 안 그래도 집에 가봐야 할 것 같아."

"네?"

나도 신애도 동시에 눈을 크게 떴다.

"방금 락이한테 연락이 왔는데, 아버지가 쓰러지셨대. 어머니도 몸져누우시고."

순간 신애의 두 눈에 걱정이 깃들었다. 나도 적잖게 놀라서 입이 안 다물어졌다.

"왜요? 제 파혼 때문에요?"

신애가 묻자 신노 오빠는 무겁게 고개를 끄덕였다.

"그것도 있고, 너랑 내가 집 나간 것도 아셨대."

아무래도 지금 신가네는 그 집 역사상 최대 위기를 맞은 것 같았다. 이 상황에서 그들의 귀가는 어찌 보면 아주 당연한 일이었다. 그들은 누가 뭐래도 가족이었으니 말이다.

"라현아, 난 일단 신애랑 같이 집에 갔다가 다시 올게."

신노 오빠는 우리 집을 나가면서 내게 다녀오겠다는 인사를 건넸다.

"그래요. 다녀와요."

하지만 나는 직감적으로 알았다. 이것이 그를 보는 마지막이 될지도 모른다는 걸.

그래서 나는 그의 뒷모습에서 한참이나 시선을 떼지 못했다.

신노 오빠와 신애가 우리 집을 떠난 지 3개월이 지났다. 그동안 그들에게선 어떤 연락도 없었다.

"주말인데 알바 가냐?"

이젠 추운 날씨 때문에 패딩을 입지 않고는 밖엘 나갈 수조차 없어졌다. 그 탓에 두꺼운 패딩에 열심히 팔을 끼워 넣고 있는데 그런 나를 보던 오빠가 비아냥거렸다.

"주말인데 과외 가는 오빠가 할 말은 아니지 않아?"

나도 지지 않고 그를 향해 한껏 비아냥거렸다. 하지만 오빠는 전혀 타격을 입지 않았다.

"난 데이트해달라는 여자들이 줄을 섰어. 내가 시간이 없어서 거절한 것뿐."

"나는 일해달라는 알바 주인들이 줄을 섰다. 그러니까 비켜."

내 앞을 척 막고 있는 량현 오빠의 몸을 밀면서 현관 쪽으로 걸음을 옮겼다. 내가 막 한쪽 신발을 신었을 때 뒤쪽에서 오빠가 하는 말이 들려왔다.

"너 아무도 안 데려간다고 하면, 이 오빠가 평생 끼고 살게."

순간 나는 너무 황당해서 어깨를 홱 틀어 오빠를 돌아보았다.

"미쳤어?"

그러자 오빠는 나를 향해 능청스럽게 웃어 보였다.

"새언니 눈치는 좀 보겠지만, 그래도 어떡하니? 평생 남자가 없을 것 같은데."

"나 내일 당장 소개팅 할 거야!"

"취직이나 해, 인마!"

저 인간은 꼭 사람 아픈 데를 정확하게 잘 찌른다. 나중에 분명 훌륭한 의사가 될 거다.

오빠를 한 번 노려봐주고 다시 현관에 있는 신발을 신으려고 했는데 그때 내 앞에 있는 문이 노크 소리도 없이 열렸다.

"언니!"

문을 열고 모습을 드러낸 이는 다름 아닌 신애였다. 그녀는 예전처럼 화려한 모습으로 우리 앞에 나타났다. 갑작스런 신애의 등장에 나보다 량현 오빠가 더 놀란 듯 보였다.

"이게 누구야? 신애?"

내 뒤로 량현 오빠가 빠르게 다가오는 소리가 들렸다. 그사이 신애는 내게 인사를 건넸다.

"오랜만이야, 언니. 잘 지냈어?"

잠시 멍했던 기분을 털어내고 나 역시 그녀에게 밝게 인사를 건넸다.

"아, 응. 나야 아주 잘 지냈지. 너는?"

"나도 잘 지냈어."

내게 환하게 웃어 보인 신애가 이번엔 량현 오빠를 향해 말했다.

"오빠도 잘 지내셨죠?"

"나야, 뭐……. 넌 나한테 말도 없이 떠나더니 잘 살았던 모양이다?"

"아아. 그땐 인사도 못 드리고 떠나서 죄송했어요."

"그냥 농담으로 한 말이야. 근데 오늘은 무슨 일이야?"

다음 순간 신애는 자신의 가방 안에서 납작한 카드 봉투를 꺼내 우리에게 내밀었다. 내가 그것을 받지는 않고 쳐다만 보자 그녀가 말했다.

"희 오빠가 약혼을 하게 됐어."

"……!"

희 오빠가 약혼? 설마 이게 그 초대장인가?

"약혼파티에 언니도 왔으면 해서."

"뭐?"

별로 내키진 않는 제안이었다. 신가네 가족 행사에 내가 대체왜 가야 한단 말인가?

"희 오빠가 전부터 언니를 직접 만나서 사과하고 싶어 했거든. 이번 기회가 좋을 것 같아서 내가 일부러 온 거야. 이 안에 약도도 있으니까 그날 꼭 와."

직접 사과하고 싶었으면 자기가 그동안 한 번은 왔어야지. 내가 왜 사과를 받으러 가야 한단 말인가? 가고 싶지 않다. 게다가…… 가면 당연히 신노 오빠도 보게 되겠지?

내 망설임을 눈치챈 신애가 내게로 다가오더니 내 손을 꼭 붙잡았다. 그러곤 진지한 표정으로 말했다.

"노 오빠한테는, 사정이 있었어. 내가 설명할 건 아닌 것 같고, 언니가 꼭 노 오빠를 만나서 얘기를 들어줬으면 좋겠어."

"……."

신노. 그 이름만 들어도 가슴 한구석이 아려왔다.

"그러니까 꼭 와줘, 언니."

정말이지 신가네 형제들과의 재회는 꿈에도 생각해본 적 없는 일이었다. 그래서 좀 많이 혼란스러웠다.

"만날 거야, 그놈들?"

신애가 돌아간 후 몇 날 며칠 생각에만 잠겨 있는 내게 량현 오빠가 심각한 얼굴로 물었다. 하지만 나는 분명하게 대답을 할 수가 없었다.

"모르겠어."

"아직도?"

"……응."

"분명히 말하지만, 난 반대다. 네가 또 그 신가네 형제들한테 휘둘리는 꼴은 두 번 다신 못 본다고, 이 오빠가."

마음이 너무 복잡했다. 나도 별로 신가네 형제들과의 재회가 반가운 건 아니었다. 하지만 왠지 꼭 해야 할 숙제같이 느껴졌다. 그래서 고민이 되었다.

"나 알바 다녀올게."

일단 무거운 마음을 안고 집을 나섰다. 그리고 현재 아르바이트를 하고 있는 옷가게로 가면서 내내 생각했다.

솔직히 신가네 형제들이라면 이제 지긋지긋하다. 희 오빠는 나를 사람 취급 안 하고 무시했으며, 신노 오빠는 날 사랑한다 했으면서 집 떠나고 연락 한 번 없었다. 그러니 내가 그들을 만나야 할 이유가 전혀 없다.

하루 일을 마치고 집으로 돌아오는 길에 나는 덤덤한 얼굴로 헤어숍에 들렀다. 그리고 간결하게 말했다.

"짧게 잘라주세요."

그래도.

그럼에도 나는.

신가네 형제들을 다시 만나기로 결심했다.

마지막

머리를 숏커트로 자른 건 난생처음이었다. 그래서 허전해진 목 덜미가 낯설고 춥게 느껴졌다.

"어머, 누구세요?"

집으로 돌아온 나를 본 량현 오빠의 첫마디였다. 머쓱해진 나 는 어색한 목덜미를 손으로 쓰다듬으며 말했다.

"그렇게 이상해? '어머' 소리가 나올 만큼?"

그러자 누워서 텔레비전을 보고 있던 오빠가 망설임도 없이 바 로 고개를 끄덕였다.

"어, 이상해. 웃겨. 새로워. 대체 한겨울에 머린 왜 잘랐냐? 안 춥냐?"

역시 우리 오빠다. 지나치게 솔직하다. 적나라할 정도로.

"그래, 춥다. 무지 추워."

내 대답에 오빠는 배를 슥슥 긁으며 얄밉게 웃었다.

"그럴 줄 알았다. 그러게 왜 굳이 신가네 놈들을 다시 만나려고 해? 그래서 받는 벌이니까 추워도 참아."

머리를 잘랐을 뿐인데 단박에 오빠는 내가 신가네 형제들과의 재회를 준비한다는 것을 알아차렸다.

"……눈치챘구나?"

"어. 이래 봬도 내가 네 오빠거든?"

피식 웃은 오빠는 다시 고개를 돌려 텔레비전을 쳐다보았다. 텔레비전에선 걸그룹의 뮤직비디오가 흘러나오고 있었다. 나는 그 옆에 조심스럽게 앉으며 물었다.

"안 말려? 되게 싫어할 줄 알았는데."

"……"

오빠는 텔레비전에 나오는 여자 아이돌의 춤추는 모습에 완전 넋이 나간 듯한 모습이었다. 대답이 없을 걸 알면서도 나는 계속 말했다.

"난 오빠가 나 거기 간다고 하면 뜯어말릴 줄 알았어. 그럼 어떻게 해야 하나 고민도 했고."

"……너 가끔가다 새벽에 옥탑방 계단에 앉아가지고 그 자식 기다리는 거 내가 다 아는데 어떻게 말려?"

알고 있었구나, 우리 오빠.

나는 가끔 잠이 안 올 때마다 옥탑방을 나가서 계단에 앉아 신노 오빠를 기다렸었다. 그 사실을 우리 오빠는 다 알고 있었던 것이다.

"하여튼 연애 안 해본 티를 그렇게 내요."

오빠는 그 뒤로도 이렇게 나를 놀리긴 했지만, 내가 신가네 형제들과 재회를 선택한 부분에 대해선 더 이상 어떤 말도 하지 않았다.

그건 꼭 날 믿어주는 것만 같아서 조금 고마웠다.

호텔 연회장 안으로 들어서려는데 한 경호원이 나를 막아섰다. 나는 곧장 신애가 준 약혼식 초대장을 그에게 보여주었다. 그제야 그는 나를 안으로 들어가게 했다.

……삭막하긴. 돈 많은 티 내는 건가?

속으로 꿍얼거리면서 나는 연회장 안으로 들어섰다. 연회장 안은 생각보다 사람이 많지 않고 조용했다. 이런 화려한 분위기는 여전히 낯설고 긴장되었기에 나는 그냥 구석에 얌전히 서 있었다.

"애 누나!"

그런데 그때 앞쪽에서 익숙한 부름이 들렸다. 고개를 드니 우리 귀여운 신락이 내 쪽으로 달려오고 있는 게 보였다.

"락아……!"

오랜만에 본 락이가 나는 너무 반가웠다. 그런데 트레이드마크와도 같았던 녀석의 노랑머리는 까맣게 염색이 된 상태였다. 그 상태로 회색 슈트를 입은 락이는 몇 달 전보다 조금 어른이 된 듯한 모습이었다.

그런데 방금 이 녀석이 날 뭐라고 불렀더라?

'애 누나……?'

"왜 그렇게 머리를 확 잘랐어? 못 알아볼 뻔했잖아."

……못 알아볼 뻔한 게 아니라 못 알아본 거 맞아, 너.

락이는 이번에도 나를 신애라고 생각했다. 나는 여전한 락이가 그저 귀여웠다. 그래서 피식 웃음을 터뜨리면서 녀석에게 손을 흔들어 보였다.

"오랜만이야, 락아."

"뭐가 오랜만이야? 아침에도 봤잖아."

락이는 무슨 이상한 소리하냐는 듯 눈썹을 찡그리면서 웃었다. 나는 그런 녀석을 개의치 않고 계속 말했다.

"한 4개월 됐나?"

"무슨 4개월씩이나……. 아아! 설마 그 누나?"

뭔가 깨달은 듯 락이의 표정이 굳어지고 두 눈이 커졌다. 나는 상당히 당황한 것처럼 보이는 락이를 향해 싱긋 미소를 지었다.

"아, 그러니까, 그, 한 4개월 전쯤에 우리 집에서 신애 누나로 살았던 그 누나?"

락이는 내가 더 설명할 필요도 없이 모든 사실을 알고 있었다. 그래서 나는 순순히 고개를 끄덕였다.

"맞아. 신애한테 얘기 들었니?"

"아니. 아니, 아뇨. 형한테서요."

락이가 말하는 형은 신희 아니면 신노, 둘 중 하나일 것이다. 나는 짧게 다시 물었다.

"형?"

"네, 작은형이요."

나는 그 작은형이 누군지 아주 잘 알고 있었기에 두근두근 심장이 뛰었다. 그런데 뒤이어 락이가 내 뒤쪽으로 시선을 보내며 말했다.

"그, 누나 뒤에 서 있는, 노 형이요."

"뭐……?"

그 순간 빠르게 뛰던 심장이 쿵 내려앉는 느낌이 들었다. 몸이 잔뜩 굳어지고 떨려서 나는 감히 뒤도 돌아보지 못했다. 그때 내 뒤쪽에서부터 슈트를 입은 신노 오빠가 걸어오더니 내 앞에 멈춰 섰다.

"라현아."

그가 낮은 목소리로 내 이름을 불렀다. 나는 떨리는 시선을 들어 그와 눈을 맞추었다.

"오랜만이다."

내 시야로 신노 오빠의 말끔한 얼굴이 들어왔다. 전과 다름없이 반듯하고 깔끔한 얼굴이었지만, 전보다 많이 말라 있었다. 그게 묘하게 내 가슴을 쿵 하고 쳤다.

"머리, 잘랐네?"

아무래도 나는 그에 대한 원망보단 그리움이 더 컸던 모양이다. 이렇게 화보다 눈물이 먼저 나는 걸 보면.

나는 차마 입이 안 떨어져서 그냥 고개만 끄덕였다. 곧 내 귀로 그의 목소리가 부드럽게 들려왔다.

"예쁘다."

그 달콤한 음성에도 나는 입술만 달싹거릴 뿐 어떤 말도 하지 못했다. 그때, 우리 곁으로 한 낯선 남자가 다가왔다. 그는 신노 오빠 쪽으로 가까이 다가서더니 정중하게 말했다.

"오전 스케줄 조정했습니다, 부사장님."

그는 아무래도 신노 오빠의 수행비서인 듯했다. 그런데 그가 부른 신노 오빠의 직급이 내가 알던 것과 달랐다.

'부사장님이라니? 그럼 그사이에 희 오빠가 사장이 되고, 신노 오빠는 부사장이 된 건가?'

내심 궁금해하면서 나는 그들의 대화에 귀를 기울였다.

"그래서 오후 스케줄이 조금 많은데요."

"아아. 그거, 전부 취소해주세요."

"네? 오후도요?"

"네, 전부."

단호하게 말을 마친 신노 오빠는 다시 내게로 몸을 돌렸다. 잠시 당황한 얼굴을 하던 남자 비서는 우리에게 묵례를 한 다음 서둘러 가버렸다.

"부사장 됐어요? 그럼 희 오빠는요?"

나는 궁금한 것을 제일 먼저 물었다. 그러자 신노 오빠는 다소 씁쓸해 보이는 미소를 지었다.

"사실은 형이, 회사를 그만뒀어."

"희 오빠가요?"

전혀 생각지도 못한 뜻밖의 말이었다.

"그리고 집을 나가서 홍대 근처에 라이브 카페를 차렸어. 원래부터 하고 싶었던 일이었다면서."

그렇게 자신의 가족을, 신가네를 사랑하던 사람이 집을 나가고 회사를 그만뒀다니. 나로서는 좀 충격적이었다.

"그 라이브 카페에서 일하는 밴드가 있는데, 그 밴드 보컬이 지금 저기 계시는 형수님이고."

바로 그때 내 눈에 오늘의 주인공 커플이 보였다. 맨 앞의 커다란 테이블로 걸어가는 그 아름다운 커플을 눈으로 좇고 있는데 신노 오빠의 목소리가 다시 들려왔다.

"형 말로는 우리한테 자극받은 거라는데……. 암튼 그 일로 인해 부모님이 또다시 몸져누우셨었거든."

피앙세와 함께인 희 오빠는 지금 정말 행복한 얼굴을 하고 있었다.

"그런 상황 속에서 나까지 가족들과 회사를 모른 척하고 너한테 갈 수가 없었어."

신애는 결혼이 파투 나고, 희 오빠는 가출하고, 부모님은 충격으로 앓아누우시고……. 지난 3개월 동안 신가네에서 일어난 사건들은 정말이지 파란만장했다.

"난 이래 봬도 신가네 착실한 차남이니까."

나직하게 말하는 신노 오빠를 나는 가만히 바라보았다. 그리고 아무 말 없이 그저 미소만 지어 보였다. 지금 나의 미소는 그에게 보내는 작은 위로였다.

"한량현은 잘 있어?"

신노 오빠가 던진 질문에 나는 바로 고개를 끄덕였다.

"네, 너무 잘 있어서 탈이죠."

잠시 내 얼굴을 지그시 바라보던 신노 오빠가 진지한 표정으로 말했다.

"보고 싶었어."

"……한량현이요?"

"한량현일 것 같아?"

"……."

아뇨. 나 같아요. 하지만 부끄러우니까.

"다 알면서 괜히 그러지 마."

신노 오빠의 말에 나는 수줍은 미소를 지었다. 때마침 약혼식이 시작되었다. 나는 신노 오빠의 옆에서 식을 지켜보았다.

다행인지 불행인지 희 오빠는 식이 끝날 때까지 나를 발견하지 못한 듯했다. 나도 괜히 알은척을 하지 않았다. 그냥 이대로 집으로 돌아가도 되지 않을까 하는 나약한 생각이 들었고, 그렇게 하고 싶기도 했다.

집으로 돌아가기 전에 화장실에 들르려고 몸을 돌린 순간이었다. 희 오빠와 눈이 마주쳤다.

"……!"

나를 본 희 오빠가 성큼성큼 내게로 걸어왔다. 다가오는 그를 보는데 심장이 뛰고 긴장이 되었다. 역시 아직은 그가 조금 불편했다.

"왔구나."

"……신애가 부탁해서요."

대답은 했지만 희 오빠의 눈을 제대로 쳐다보진 못했다. 희 오빠가 나에게로 좀 더 가까이 다가오며 말했다.

"잘 왔어."

"네."

우리의 대화는 굉장히 무미건조했다. 뭔가 핵심이 빠진 그런 밍밍한 대화.

"그럼, 즐겁게 놀다 가."

"네."

희 오빠 쪽에서 마지막 인사를 건넸고 나도 그걸 받아들였다. 희 오빠는 나를 스쳐 지나갔다. 씁쓸한 기분이 들지 않았다면 거짓말이지만, 나로선 이것도 나쁘진 않았다.

그런데 그렇게 생각한 순간 희 오빠가 다시 내게로 돌아오더니 두 눈을 크게 뜨는 나에게 말했다.

"미안했다."

"……!"

깜짝 놀랐다. 솔직히 이제 사과는 받을 수 없을 거라 생각했다. 그래서 포기하고 있었는데, 그가 사과를 해온 것이다.

"이 말을 꼭 하고 싶었어."

희 오빠의 사과에 나는 진심으로 기뻤다. 그동안의 상처가 조금은 치유받는 기분이었다. 역시 오늘, 오길 잘했다. 그런데 그때 희 오빠가 다시 입을 열었다.

"그렇지만 나는 그때 그게 최선이었어. 신애는 내 소중한 동생이니까."

이게 과연 사과하는 사람의 태도란 말인가?

다소 불만을 가지려던 그 찰나 희 오빠의 말이 이어졌다.

"하지만 생각해보니까 너도 신애한텐 소중한 언니더라."

그 말은 내 심장을 크게 울렸고 나도 울릴 뻔했다.

맞다.

나는.

우리는, 누군가의 소중한 가족이다.

"누나, 왜 벌써 가요?"

약혼식이 끝나고 연회장을 빠져나왔는데 그런 내 뒤를 신락이 따라 나왔다.

"아, 다들 바빠 보여서."

솔직히 나는 가족도 아니고 식이 끝났는데도 계속 있기가 뻘쭘했기에 집으로 돌아가려고 한 것이다. 그런데 그때 락이의 뒤로 신노 오빠가 걸어왔다. 그는 내게 가볍게 고갯짓을 하며 말했다.

"가자. 집까지 데려다줄게."

"괜찮은데요."

말은 이렇게 했지만 내심 기뻤다. 그 마음을 신노 오빠도 느낀 모양인지 그의 태도는 단호했다.

"차 가져올게."

주차장 쪽으로 걸음을 옮기는 신노 오빠를 보다가 락이에게 인사를 건넸다.

"잘 가, 락아."

"네. 그럼 다음에 또 봐요, 누나. 아, 그리고!"

"응?"

걸음을 떼려다 말고 나는 락이를 다시 돌아보았다. 그런 나에게 락이는 엄지를 치켜세워 보였다.

"커트 머리 잘 어울려요."

"아, 고마워."

"그리고 솔직히 누나가 우리 누나보다 더 예뻐요."

분명 빈말이겠지만 기분은 썩 나쁘지 않았다. 웃음을 터뜨리는 내게 락이는 윙크를 찡긋 날리며 말했다.

"우리 누난 백치미가 있거든요."

"너도 그래."

내 대꾸에 락이는 정색을 했다.

"누나, 그거 칭찬이에요, 욕이에요?"

"당연히 칭찬이지. 나한테 백치미는 칭찬이야."

"난 욕인데."

"너 그럼 신애 욕한 거야?"

"……누나한텐 비밀로 해주세요. 그럼, 아오디스!"

……아디오스야, 락아.

귀여운 백치미 락이 때문에 나는 피식피식 웃음이 났다. 그래서 계속 웃으면서 호텔을 빠져나왔다. 그런 내 앞으로 신노 오빠의 차가 와서 멈춰 섰다.

"왜 그렇게 웃고 있었어?"

내가 차에 올라타자마자 신노 오빠가 내게 묻고 나는 또 웃으며 대답했다.

"락이가 저한테 '아오디스'라고 인사하고 가버렸거든요."

"······바보 같은 놈."

신노 오빠의 신랄한 중얼거림에 나는 또 웃음이 터졌다.

내가 다시 신가네 형제들과 관련된 일에 이렇게 웃게 될 줄은 정말 몰랐다. 그래서 오늘 내 선택이 현명했음을 또 한 번 느꼈다.

잠시 후 신노 오빠의 차가 우리 집 앞에 도착하자 나는 안전벨트를 풀면서 그의 눈치를 살피며 나는 천천히 차에서 내렸다. 신노 오빠 역시 나를 따라 차에서 내렸다. 그에게 슬쩍 물었다.

"춥지 않아요? 몸 좀 녹이고 갈래요?"

"아니, 나 별로 안 추운데."

그의 대답에 나는 어색하게 웃으며 관자놀이를 긁었다.

이 남자, 눈치 되게 없네.

"그럼 커피라도 한잔할래요?"

"밤늦게 커피는 안 마셔. 잠을 잘 못 자서."

이 남자, 정말 더럽게 눈치가 없다. 결국 이 여자의 입으로 우리 집에 올라갔다 가겠냐는 말을 해야 한단 말인가!

"으음, 그러니까요······."

"그러니까, 그냥 올라가면 안 될까? 얼굴을 좀 더 보고 싶은데."

신노 오빠의 말을 들은 내 심장이 두근두근 빠르게 뛰었다.

이 남자, 참 직선적이다.

그러니까 더 설렌다.

"여긴 여전하네."

오랜만에 옥탑방에 온 신노 오빠는 부드러운 눈빛으로 집 안을 둘러보았다.

"그때 솔직히 좀 불편했죠? 거실에서 자고 그래서."

"아니, 나 그때 처음으로 숙면했어. 아무 걱정 없이, 아무 생각 없이 푹 잤지. 그래서 그런지 여기 거실이 가끔씩 생각나더라."

"그래요? 그럼 가끔 와요."

"가끔?"

순간 신노 오빠의 표정이 곤란하다는 듯 굳어졌다.

"싫은데."

설마 싫다고 할 줄이야.

그 순간 나는 심장이 마구 뛰어서 패닉상태가 되었다.

"시, 싫어요? 그, 그럼 그냥 오지 마요. 나도 그냥 해본 말이에요. 하긴, 우리 집이 좀 좁고 그래서……."

"자주 올 거야."

"……!"

신노 오빠의 말에 나는 급히 입을 멈췄다. 그러자 나를 본 그가 아주 환한 미소를 지었다.

"가끔 말고 자주 올 거라고."

멍해 있는 내게로 그가 손을 뻗었다. 그리고 그 손으로 내 머리를 부드럽게 쓰다듬어주었다.

"이제 회사 일도 어느 정도 정리가 됐고, 부모님도 건강을 되찾으셨으니까 너 보러 자주 올게."

심장이 두근두근 설레어서 굳은 듯 서 있는데 다음 순간 신노 오빠의 얼굴이 내 얼굴 가까이 다가왔다.

나는 직감적으로 알았다. 이 남자가 지금 하려는 게 무엇인지.

그래서 나는 두 눈을 꾹 감았다. 곧 내 입술 위로 따스한 기운이 느껴졌다.

이 남자와 키스를 하는 건 처음이 아니었지만, 이렇게 밝은 곳에서 하는 것은 처음이라 심장이 배 밖으로, 아니 입 밖으로 튀어나올 것만 같았다.

"야!"

갑작스럽게 들린 큰 소리에 신노 오빠와 나는 반사적으로 서로에게서 떨어졌다.

"남의 신성한 집에서 이게 뭐 하는 짓들이야!"

결국 량현 오빠의 등장으로 우리의 키스는 거기서 끝났지만, 나는 아쉽지 않았다.

왜냐하면 우리는 이제 막 제대로 시작했을 뿐이니까.

"근데 오빠는 나 한 번도 원망 안 했어?"

나는 문득 궁금해졌다. 그렇지만 그런 진지한 얘길 하는 건 우리 남매에게 어울리지 않았다. 그냥 아침밥을 먹으면서 정말 심심해서 시답잖은 이야기를 던진다는 듯이 툭 물었다. 그랬더니 오빠가 아랫입술에 밥풀을 붙인 상태로 되물었다.

"원망? 그딴 걸 왜 해?"

"……으음."

대답하기 머쓱했던 나는 손을 뻗어 오빠의 입술에서 밥풀을 떼어 그 입에 넣어주었다. 그런 다음 얼버무리듯 작게 중얼거렸다.

"나 입양 오자마자 부모님이 사고로 돌아가셨……."

"바보냐, 너?"

내 말이 채 다 끝나기도 전에 오빠는 버럭 소리를 질렀다. 나는 정말 진지한 건 싫었는데, 지금 오빠의 표정은 진지하다 못해 심각했다.

"부모님은 너를 입양하기 반년 전부터 그 여행을 계획하고 계셨어. 그날 아침도 두 분이서 하는 여행은 오랜만이라고 완전 들떠 하셨고. 그런데 그날 밤 비가 와서 부모님의 차가 미끄러진 걸 네 탓으로 돌리는 건 너무 억지 아니냐? 네가 뭔데? 네가 뭐라고? 네가 무슨 비의 신 정도 되냐? 내가 너한테 그날 왜 비가 오게 하셨나요, 하고 원망이라도 해야 돼?"

오빠는 진심으로 화를 내고 있었지만, 나는 그런 오빠가 고맙게 느껴졌다. 고마움에 눈물이 나오려고 했지만 우리 남매에겐 눈물도 어울리지 않았기에 꾹 참았다.

"고마워, 오빠."

그리고 밥그릇에 코를 박으며 아주 작은 목소리로 고마움을 전했다. 밥을 다 먹은 오빠가 자리에서 일어서면서 쿨하게 말했다.

"고마우면, 1년 동안 설거지 당번 해라."

나는 깜짝 놀라서 고개를 들었다.

"뭐야? 일주일도 아니고 1년? 뭐, 이런 날강도가 다 있어?"

"오빠한테 날강도가 뭐야? 날라차기로 맞아볼래?"

황당해하는 내 이마에 꿀밤을 때린 후 오빠는 화장실로 들어가 버렸다. 그 모습에 나는 피식 헛웃음이 났다.

"주말인데 알바 가냐?"

잠시 후 화장실에서 나온 오빠가 외출 준비 중인 나를 보고는 비아냥거렸다.

"젊은 나이에 불쌍하군."

나는 그러거나 말거나 작게 콧노래까지 흥얼거리면서 외투를 입었다. 그런 나를 뒤에서 지켜보던 량현 오빠가 눈을 가늘게 뜨며 물었다.

"근데 뭐가 그렇게 신 났어?"

그래서 나는 빙그레 웃으며 대답해주었다.

"알바 끝나고 데이트하기로 했거든."

"데이트? 누구랑?"

"멋있는 남자랑."

다음 순간 오빠는 한달음에 내 앞으로 달려왔다. 그러곤 두 눈을 부라리며 물었다.

"누구? 신노?"

"딩동댕."

발랄하게 실로폰 소리를 내주자 오빠는 갑자기 목소리를 높였다.

"난 아직 그놈을 허락한 게 아니야! 아직 인정할 수 없다고!"

"상관없어. 오빠의 허락 따위 바라지 않아."

"내 눈에 흙이 들어가기 전까지 반대할 거다!"

"그럼 나도 오빠가 데려오는 여자는 무조건 반대할 거야."

반격하는 나를 향해 오빠는 코로 웃었다.

"흥, 너 따위의 반대에 내가 무너질 것 같냐?"

"그래? 그럼 최고로 얄미운 시누이는 어때? 새언니가 하는 말마다 시비를 걸고, 딴죽 걸고 비꼬고, 구박하고. 콜?"

"……신노 만나러 안 가냐? 빨리 가라. 형 기다리겠다."

우리 한가네는 오늘도 평화롭다.

외전_신노 ver.

그날, 열흘간의 미국여행을 마치고 돌아온 여동생과의 재회는 내 방 앞에서였다.

"뭐 해? 남의 방 안에서."

"……."

그러나 신애는 별말을 하지 않았다. 평소 신애는 말이 많은 아이가 아니었다. 그래서 나는 대수롭게 생각하지 않고 다시 질문을 던졌다.

"언제 왔어? 지금?"

미국에서 오늘쯤 돌아올 거라 생각했기에 그녀의 등장은 예상했던 일이었다.

다음 순간 말없이 멍하니 있던 그녀가 천천히 고개를 끄덕였다. 나는 그런 그녀의 얼굴을 물끄러미 쳐다보았다.

긴 속눈썹과 동그란 눈, 깨끗한 피부, 오뚝한 코, 작은 턱을 가진 신애는 꽤, 아니 굉장히 미인 축에 속했다. 가끔 행사가 있을 때만 회사에 방문하는데도 사내에서 신애의 미모는 아주 유명할 정도였으니까.

하지만 오늘의 신애는 어딘가, 뭔가 달랐다. 평소와 같은 얼굴이었지만 뭔가 달랐다. 굳이 꼽자면, 분위기가 달랐다. 그렇지만 그 분위기가 왜 다른지는 모르겠다.

그래서 나는 그 달라진 점이 무엇인지 곰곰이 생각을 하면서 그녀를 스쳐 지나갔다. 그런데 그 순간 신애의 달라진 점이 뭔지 알아채고 말았다.

"근데 너……."

바로 몸을 돌려 신애에게 말을 걸었다. 그리고 방금 알아챈 점에 대해서 확인차 물었다.

"그새 살쪘다?"

며칠 전 미국에서 봤을 때랑 뭔가 다르다 했더니 바로 살이 찐 것이었다. 확실히 다시 본 신애는 볼에 살이 조금 오른 듯한 모습이었다.

"……!"

그런데 그 순간 신애가 나를 노려보기 시작했다. 그래서 나는 조금 황당했다.

신애가 나를 저렇게 살기를 띠고 노려본 적이 있었던가? 그 정도로 방금 내 말이 심했나? 아니, 그럼 살찐 걸 살쪘다고 하지, 지

방이 붙었다고 하나?

당황한 내가 그녀를 가만히 쳐다보자 신애는 갑자기 표정을 바꾸었다.

"미국에서 군것질을 너무 많이 했더니……. 헤헷."

아, 그런 건가.

살이 찌면 여자는 분위기도 변하는구나. 그렇구나.

"다이어트 할 거예요."

솔직히 지금 신애는 신애 같지 않기 때문에 나는 그녀의 말이 반가웠다.

"어, 좀 빼라."

살만 빠지면 다시 예전의 그 귀여운 내 동생으로 돌아올 거라, 그렇게 생각했었다.

그런데 신애는 분위기만 달라진 게 아니었다.

식사 땐 조용히 밥만 먹던 아이가 갑자기 질문을 하고 메이드에게 음식 칭찬을 했다. 그리고 무엇보다 제일 놀란 건…….

"너 뭐 해?"

"그릇 가져다 놓으려고요. 밥 다 먹었으니까……."

자기가 먹은 그릇과 숟가락을 싱크대에 가져다 놓으려고 한 행동이다. 대체 왜 메이드가 하는 행동을 하느냐 말이다. 나는 그 행동에 꽤 화가 많이 났다.

게다가 그녀는 굿나잇 허그까지 거부했다. 평소엔 자기가 나서서 하던 그 허그를 말이다. 그런데 그것보다 그 이유가 더 충격적이었다.

"솔직히 오빠들…… 홀아비 냄새 나요. 그게 싫어요. 그동안
도 그게 싫었어요."

내 몸에서 그런 냄새가 나는 줄은 꿈에도 몰랐다. 그건 충격을
넘어서 공포였다.

그런데 왜 갑자기 홀아비 냄새가 나는 걸까?

……연애를 너무 오래 안 했나? 일을 너무 열심히 했나? 밤을
너무 많이 새웠나? 담배를 너무 많이 피웠나……?

그래, 그거다. 담배.

"담배를…… 끊어야겠군."

이참에 향수도 바꾸고.

오늘 아침도 신애는 뭔가 분위기가 달랐다. 그래서 나는 그녀
에게서 시선을 떼지 못했다. 그랬더니 이상한 점이 아주 많이 발
견되었다.

잠을 못 잤다고 하기에 매트나 창문을 갈아줄까 했더니 차라리
잠을 못 잔 자기를 갈라고 하질 않나, 면허도 없으면서 운전을 하
겠다고 하질 않나.

다 농담이라고 하는데, 나는 아무래도 그녀가 미국에서 머리라
도 다친 것만 같았다.

무엇보다 안 하던 행동도 하기 시작했던 것이다.

"아가씨 산책하다 들어온다고 했습니다."

김 기사의 말에 나는 조금 의아했다.

신애는 평소 산책을 즐겨 하는 아이가 아니었다. 쇼핑 이외에는 외출도 잘 하지 않았고, 집에서 책을 보는 걸 더 좋아하는 아이였다.

요즘 조금 이상해진 신애가 신경 쓰였던 터라 나는 바로 그녀에게 전화를 걸었다. 그랬더니 다짜고짜 이런 목소리가 들려왔다.

-들어간다, 들어가.

그녀의 반말에 살짝 놀랐지만 애써 태연하게 물었다.

"어딘데?"

-집으로 들어가는 중이야.

신애가 자꾸 반말을 하니까 기분이 이상했다. 마치 신애가 아닌 다른 여성과 통화하는 것 같은 기분이랄까.

"그러니까 그 위치가 정확히 어딘데?"

-그건 왜 물어?

근데 신애가 대체 왜 이러지? 혹시 산책 나갔다가 술 한잔했나?

"대답이나 해. 어디야?"

-전봇대가 보여. 못생긴 개 찾는 찌라시가 붙어 있고, 그 옆엔 껌딱지가 붙어 있어.

아아. 역시.

길게 말하는 목소리를 들어보니 꽤 취한 것 같았다. 그래서 그냥 넓은 마음으로 이해하기로 했다.

"저기, 세상을 좀 더 크게 봐줄래? 주변에 큰 건물은 없어?"

-큰 건물 대신 큰 사람이 보여. 머리에 쓴 모자가 굉장히 작아 보이는 남자야. 몸무게는 대략 100키로는 넘어 보이고……

"전봇대 말고, 사람 말고. 위치를 알 수 있게 말해줘야지."

그러자 그녀는 언덕을 오르고 있다고 말했다. 다행히 우리 집으로 오는 길에 언덕은 하나뿐이었다. 나는 곧바로 전화를 끊고 집을 나섰다. 그런데 그 언덕으로 가는 내내 자꾸 피식피식 웃음이 났다. 방금 그녀와 나눈 통화 내용이 재미있었던 것이다.

빠른 걸음으로 걷다가 저 멀리 쪼그리고 앉아 있는 신애를 발견했다.

"산책을 왜 이리 멀리까지 왔어?"

그녀는 아무 말이 없었다. 아무래도 아까 반말했던 게 부끄러운 모양이다. 그래서 일부러 내 쪽에서 먼저 말을 꺼냈다.

"술 마셨지? 아까 전화할 때 눈치챘어. 안 하던 반말을 하니까 이상해서."

"죄송합니다."

술에 취한 듯 보여서 나는 그녀에게 업히라고 등을 보였다. 하지만 그녀는 그걸 거부했다.

"너 미국 갔다 와서 살찐 거 알아. 걱정하지 말고 업혀."

이 말을 듣고서야 신애는 안심한 듯 내 등에 업혔다. 내 등에 업혀서 재잘재잘 떠들던 그녀가 잠시 후 조용해졌다.

"자?"

아무 대답도, 반응도 없었다. 자는 모양이다. 나는 신애를 업은 채 그녀의 방으로 갔다. 신애를 침대 위에 눕히는 순간 그녀가 눈을 떴다. 그리고 나를 보고 배시시 웃었다.

"오빠, 우리 오빠, 담배 끊으니 얼마나 좋아."

그녀의 웅얼거리는 목소리에 나는 피식 웃음이 났다.

"네가 홀아비 냄새 난다고 해서 끊은 거잖아."

"오늘은 머리 감았어?"

음? 이건 무슨 소리지?

내가 미처 무슨 반응을 하기도 전에 신애는 두 팔을 뻗어 내 얼굴을 잡더니 정수리에 코를 박았다.

"......!"

나는 정말 진심으로 당황했다. 그래서인지 심장이 평소보다 빠르게 뛰었다. 하지만 취한 데다 잠결에 한 행동이니 뭐라고 할 수도 없었다. 그런데 다음 순간 나와 눈이 마주친 신애가 두 눈을 크게 떴다.

"뭐야, 우리 오빠 아니잖아. 너무 잘생겼어!"

신애는 놀란 얼굴로 나를 밀어냈다. 내가 그 오빠라고 말해도 소용이 없었다. 그녀는 자꾸 '우리 오빠'를 찾았다.

"당신같이 잘생긴 오빠 말고 내 오빠, 우리 오빠요, 못났어도 내 전화 먼저 안 끊는 우리 한량 오빠……!"

한량 오빠? 그게 대체 누구지?

"사람 시켜서 조사 들어가기 전에 네 입으로 직접 말하는 게 좋을걸?"

"......"

"그러니까 어서 말해. 한량 오빠가 누구야?"

내가 강압적으로 묻자 신애는 그제야 그게 자신의 남자 친구라고 말했다.

나는 일단 그놈의 이름부터가 마음에 들지 않았다. 그리고 신애가 우리들한테 남자 친구의 존재를 숨겼다는 건 분명 녀석에게 하자가 있기 때문일 것이다.

그렇기 때문에 나는 그 녀석의 존재를 절대 인정하고 싶지 않았다. 그래서 무조건 헤어지라고 했다. 그랬더니 신애는 의외로 순순히 내 말을 들었다.

"알았어요. 헤어질게요."

이럴 때 보면 예전의 착했던 신애 그대로다. 그런데 얼굴을 보면 역시 조금 다르다. 그래서 나는 그녀에게 진지하게 물었다.

"너, 나한테 숨기는 거 또 있지? 솔직히 말해봐."

무슨 소리냐며 신애는 어리둥절해했다. 나는 그런 그녀의 얼굴을 뚫어지게 보면서 다시 물었다.

"너…… 얼굴에 뭐 했지?"

"네?"

"얼굴이 전이랑 좀 다르잖아. 뭔가 좀……."

얼굴이 뭔가 미세하게 달라지긴 했지만 그걸 콕 집어낼 자신은 없어서 주저하고 있는데 신애 쪽에서 먼저 큰 목소리로 말했다.

"그래요! 주사 맞았어요!"

아, 그건가?

잠시 후 그녀는 검지를 들어 발그레 붉어진 볼과 입 근처를 쿡쿡 찌르면서 말했다.

"어려 보이려고 여기랑 여기 맞았어요. 제가 괜한 짓을 한 걸까요?"

"아…… 아니야. 맞은 게 더 귀여워."

확실히 주사를 맞아서 볼에 살이 오른 신애가 나는 더 예쁘게 보였다.

그렇다.

나는 지금 신애가 귀여운 게 아니라, 예뻤다. 이 신가네에서 신애를 만난 이후 처음으로 그녀가 예쁘고 사랑스럽게 보였다.

근데 나는 그게 낯설고, 이상하고, 어색했다.

약혼자 김성식과의 데이트를 마치고 돌아온 신애는 힘이 하나도 없어 보였다. 그래서 그녀에게 와인을 권했다.

그런데 그건, 큰 실수였다.

첫 잔을 깨끗이 비운 신애가 내 옆구리를 팔꿈치로 쿡쿡 찔렀다.

"……!"

순간 깜짝 놀라고 말았다.

대체 어딜 찌르는 거야?

"한 잔 더 주십시오."

나는 손으로 내 옆구리를 가리면서 신애를 쳐다보았다. 신애는 검지를 펴 보이며 애교스럽게 말했다.

"따악! 한 잔만요, 네?"

다소 불안했지만 여차하면 잔을 뺏을 생각으로 와인을 따라주었다. 신애는 이번에도 그것을 전부 들이켰다. 나는 바로 그녀의 손에 있던 잔을 빼앗곤 그렇게 마시는 이유를 물었다.

"이 좋은 나이에 외출도 마음대로 못 하고, 남자 친구도 아무나 못 사귀고, 그렇다고 결혼할 남자가 매력적이길 하나, 치명적이기를 하나! 김성식 씨 말이에요, 솔직히 너무 재미가 없어요. 말도 없고요, 나한테 관심도 없는 것 같아요. 나 이런 남자랑 꼭 결혼해야 돼요?"

말을 하면서 신애는 나를 노려보았다. 하지만 나 역시 화가 나긴 마찬가지였다. 이 이야긴 우리 사이에 이미 끝난 거라 생각했다.

"결혼하기 싫어서 이래, 너 지금?"

"네! ……아뇨! 결혼하고 싶습니다! 할 겁니다."

"왜 이래? 이랬다저랬다."

나는 불쾌한 감정을 숨기지 않고 드러낸 채 말했다.

"네 결혼은 우리 집에서 제일 중요한 행사야. 네가 그렇게 가벼운 마음으로 하기 싫다, 하고 싶다 떠들 수 있는 게 아니라고. 진중하게 마음을 좀 잡아. 신애 너도 이미 다 알고 시작한 거잖아."

그런데 그 순간 신애가 울음을 터뜨렸다.

"으허어어엉……."

신애를 울렸다며 락이는 펄쩍 뛰었고, 나는 신애의 울음이 생각보다 길어져서 난감했다.

"그만 울어."

내가 나름대로 달랬는데도 신애는 소파에 엎드려버렸다. 그리고 그런 상태로 또 울기 시작했다.

한참을 그렇게 울던 신애가 조용해졌다. 훌쩍거리는 소리도 멈추고 움직임도 없었다. 아무래도 잠이 든 것 같았다.

"자나 봐. 형, 방에다 데려다 놔야 되는 거 아니야?"

락이는 울다 잠든 신애를 방으로 옮겨야 되는 거 아니냐며 걱정했다.

"그래야지."

"그럼 형이 좀 업어."

락이는 운동하다 허릴 다쳤다며 나에게 신애를 업으라고 했다. 하지만 나는 별로 내키지가 않았다. 이유는 모르겠지만, 꺼려졌다. 하지만 분명한 건 그녀가 무거워서란 이유는 아니었다.

"뭘 망설이는 거야, 형?"

락이는 망설이는 내가 이상하다는 듯 쳐다보았다. 하지만 여전히 몸이 안 움직였다. 머릿속에선 아까 내 옆구리를 찌르던 신애의 낯선 얼굴이 둥둥 떠다녔다.

"설마 형, 얼마 전에 누나가 냄새 난다고 해서 그래?"

내가 아무 말도 안 하자 락이는 그럴 줄 알았다는 듯 웃으며 말했다.

"괜찮아, 형! 아까 1시간 넘게 씻었잖아. 담배도 끊고 향수까지 바꾸는 노력을 했잖아, 작은형! 홀아비 냄새 따위 안 날 거야, 날 믿어! 파이팅!"

락이는 내게 힘을 주려고 했지만 나는 전혀 힘이 나지 않았다. 오히려 나는 신애에게서 두어 발자국 뒤로 물러섰다.

"아니, 그게 아니라…… 난 요즘 신애가 어색해. 신애가, 신애가 아닌 것 같아."

"응? 무슨 소리야, 그게?"

"마치…… 딴 여자 같아."

방금도 술에 취한 그녀는 신애 같지 않았다. 내 말에 락이는 나를 이해할 수 없다는 태도를 보였다.

결국 잠시 후 락이가 신애에게로 손을 뻗었다.

"그럼 내가 업는다?"

하지만 락이에게 맡기는 것 역시 마음이 내키지는 않았다.

"아니야. 됐어. 내가 업을게."

그래서 결국 신애는 내가 업었다. 신애의 방에 그녀를 눕히고 이불을 덮어주다가 문득 그 움직임을 멈췄다.

"이상하네, 진짜……. 살이 쪘다고 어깨도 넓어지나?"

이상했다. 아주 이상했다. 신애는 꽤 골격이 작은 편에 속했는데, 그런 그녀의 어깨가 조금 넓어진 것 같았던 것이다.

"목도 짧아진 것 같은데. 눈빛도 예전처럼 순한 느낌이 아니고……."

그리고 무엇보다 그녀가 달라진 건 눈빛이었다. 아까도 나를 노려보는 눈빛이 전혀 신애답지 않았던 것이다.

생각해보면 신애가 열흘간의 미국여행을 마치고 돌아온 그날, 그날도 그녀는 나를 노려보았었다. 그때 그 눈빛 역시 이상하고 낯설긴 했었다.

'설마…….'

순간 그녀의 정체가 의심스러웠다. 그래서 나는 그녀를 시험해보기로 했다.

책상에 앉아 있다가 들어오는 신애를 보고 싱긋 미소를 지어 보였다. 경계심을 풀게 하려고 억지로 미소를 지어주고는 있는데, 익숙지 않은 일이라 자꾸 입가가 경련을 일으킨다.

신애는 아주 얌전히 소파에 앉았다. 그런 그녀에게 비서를 시켜서 미리 사뒀던 토마토 베이컨 샌드위치를 권했다. 다행히 그녀의 눈동자는 충분히 배고파 보였다.

샌드위치는 유명한 맛집에서 사온 거니까 분명 맛있을 것이다. 하지만 문제는 토마토였다.

내 동생 신애에게는 토마토 알레르기가 있다. 그러니 그녀가 토마토 알레르기 증상을 보인다면 그녀는 신애가 분명한 것이다.

다소 위험하고 비정해 보이긴 하지만 나는 저 여자가 신애란 걸 확인할 필요가 있었다.

"아! 신애야!"

나는 그녀가 그 샌드위치를 한입 베어 물고, 두세 번 더 먹었을 때 그녀를 향해 급히 달려갔다.

"신애, 너 괜찮겠어?"

"뭐가요?"

"그거, 토마토 들어 있는 거거든."

난처하다는 표정을 지으며 나는 관자놀이를 긁적거렸다.

"너, 토마토 알레르기 있잖아."

그녀는 깜짝 놀란 표정으로 샌드위치를 내려놓았다. 그사이 나는 그녀의 얼굴과 손을 뚫어지게 쳐다보았다. 신애의 토마토 알레르기 증상은 두드러기가 나는 것이었으니까.

"오빠, 저 화장실 좀……."

"괜찮겠어? 오빠랑 병원 갈까?"

"아뇨, 일단 화장실 먼저 다녀올게요."

그녀는 급하게 본부장실을 빠져나갔다. 그 뒤 나는 초조하게 그녀를 기다렸다.

잠시 후 본부장실의 문이 다시 열렸다. 신애였다. 그녀를 보자마자 나는 달려갔다.

"……!"

내가 본 그녀의 얼굴엔 두드러기가 일어나 있었다. 알레르기 증상이 일어난 것이다.

"너, 괜찮아?"

"저 소파에 잠시만 누울게요. 쿨럭, 쿨럭……."

기침을 하면서 신애는 소파에 길게 누웠다. 알레르기 증상은 전보다 더 심해진 것 같았다.

병원에 데려가고 싶었지만 신애는 그걸 거부하고 눈을 감았다. 쉬고 싶다면서. 나는 그런 그녀에게 너무 미안했다.

"미안해, 신애야."

그녀는 신애가 맞았다. 그런데 내가 괜한 의심을 해서 그녀를 아프게 만든 것이다.

"오빠가 미안해."

나는 정말 오빠로서 실격이다.

"정말 미안해."

"어제 회사 앞에서 우리 애를 봤는데 글쎄, 들고양이를 꽉 끌어안고 있더라고. 고양이가 얼마나 좋으면 들고양이를 끌어안고 있었겠나 싶은 거야. 그래서 이 큰오빠가 선물로 한 마리 사왔지."

우연히 듣게 된 말이었다.

어제 신애가 고양이를 끌어안고 있었다고?

대체 왜?

나는 뒤에서 조용히 그들을 지켜보았다. 다음 순간 락이가 신애의 얼굴 앞으로 형이 산 새끼고양이를 들이밀었다. 그러자 신애가 그 고양이를 두 손으로 잡았다.

"별로 안 귀여워하는 것 같네?"

락이의 말에 신애는 고양이를 자신의 가슴 쪽으로 꽉 끌어안았다.

"아이 귀여워라. ……에이취!"

신애는 크게 재채기를 한 다음 희 형에게 고맙다는 인사를 전했다.

잠시 후 희 형과 락이가 자리를 뜨자 신애는 재빨리 바구니 안으로 고양이를 넣어버렸다. 그러곤 후우, 하고 낮게 한숨을 내쉬었다.

"아…… 이제 어떡하지?"

작게 중얼거리는 그녀의 말이 들리자마자 나는 큰 목소리로 물었다.

"뭘 어떡해?"

그 순간 그녀가 빠르게 고개를 돌렸고 뒤쪽 벽에 기대서 있던 나와 눈이 마주쳤다.

"노 오빠, 거기 있었어요?"

"응, 아까부터."

그녀는 조금 당황한 눈치였다. 나는 그런 그녀의 얼굴을 빤히 쳐다보면서 걸어갔다.

"근데 너, 생각보다 고양이를 안 좋아하는 것 같다?"

"네? 갑자기 그게 무슨……."

"방금 고양이를 급하게 바구니 안으로 넣었잖아. 마치 못 만질 거 만졌다는 듯이."

"그럴 리가요. 아닌데요?"

신애는 부인했지만 나는 내가 본 것을 더 믿는 편이었다. 그런데 그때 갑자기 신애가 기침을 했다.

"쿠, 쿨럭!"

기침을 한 신애가 자신의 입가를 손으로 가렸다. 그러자 내 눈에 그녀의 손등에 난 두드러기가 보였다.

재채기와 기침, 그리고 두드러기라…….

"전 이만 방으로 들어가 볼게요."

다음 순간 신애는 황급히 자신의 방으로 들어가려고 했다. 나는 그런 그녀의 팔을 강하게 잡아채며 물었다.

"이 두드러기는 뭐야? 일어나자마자 토마토 스파게티를 먹은 건 아닐 테고……."

"어제, 그 알레르기가 다 안 나은 거예요."

"아니. 너 어젯밤에 분명 다 나았었어."

그 순간 신애의 눈빛이 날카로워졌다. 역시 이 눈빛은 참 낯설다.

"내 알레르기예요. 내가 제일 잘 안다고요."

"······!"

그 순간 이 세상에 알레르기는 토마토 알레르기만 있는 게 아니란 사실이 떠올랐다.

그녀는 모질게 내 손에서 팔을 빼내고는 걸음을 뗐다. 도망치듯 가버리는 그녀의 뒷모습에서 나는 강한 확신이 들었다.

저 여자는 절대 신애가 아니다.

나는 한번 확인해보고 싶었다.

그래서 그날 밤 우연히 정원에서 신애를 만났을 때 그녀를 떠보았다.

"아마 여기였지?"

정원등의 불빛을 받아 불그스름해진 얼굴로 그녀는 되물었다.

"네? 뭐가요?"

"올해 초인가? 내가 여기서 너한테 처음으로 화를 냈었잖아. 그때 생각이 나서."

순간 그녀의 눈빛이 흔들렸다. 하지만 그것도 잠시. 이내 그녀는 웃으면서 말했다.

"오빠도 참. 이 야밤에 굉장히 감성적이시네요."

그 말을 듣는데 심장이 두근두근 뛰었다. 그래서 나는 두 주먹을 꽉 움켜쥐었다.

잠시 후 나는 일부러 만들어낸 부드러운 목소리로 그녀에게 사과했다.

"그땐 미안했어."

"괜찮아요. 다 잊었어요."

역시.

그녀는 아무것도 모르고 있었다.

고로, 이 여자는 신애가 아니었다.

"역시 우리 신애는 착하구나."

나는 미소를 입가에 띤 채 그녀에게 말했다. 이에 그녀는 수줍게 웃었다.

"아유, 별말씀을……."

"있지도 않았던 일을 잊어주고."

"……!"

그 순간 그녀의 얼굴이 당황한 듯 굳어졌다. 나는 매섭게 그녀를 노려보며 진실을 알려주었다.

"난 너한테 단 한 번도 화를 낸 적이 없어, 신애야. 그때도 화를 낸 건 내가 아니라 너였고."

말을 마친 나는 그녀를 향해 성큼성큼 걸어갔다. 그리고 그녀의 앞에 서서 두 손을 뻗었다. 내 두 손이 그녀의 어깨를 잡자 그녀는 겁을 먹은 듯 몸을 미세하게 떨었다.

"역시 신애가 아니구나, 너."

내가 맞았다.

이 여자는 신애가 아니다.

"너 대체 누구야?"

그 순간 나는 묘한 환희를 느꼈다.

에필로그 上

　"언니."

　나는 이제 나보다 3분 늦게 태어난 동생이 이렇게 진지한 얼굴로 나를 부르는 게 무섭다.

　"이번 한 번만, 응?"

　그녀의 호소력 짙은 말투와 표정에도 나는 단호하게 고개를 저었다.

　"안 돼."

　"진짜 딱 한 번만! 이제 이런 부탁 안 할게."

　"아, 글쎄, 안 된다니까."

　"언니이, 언니이이, 제발, 응?"

　우리 옥탑방 한가운데에서 내 팔을 잡고 늘어지는 신애를 떼어

내느라 진이 다 빠지는 느낌이었다. 그래서 나는 결국 그녀에게 팔이 잡힌 상태로 소리쳤다.

"그러기에 그걸 왜 한다고 해?"

내가 소리를 지르자 신애는 금방이라도 울 것 같은 얼굴을 했다.

"그치만 재미있어 보였단 말이야. 그리고 회사 직원들이 막, 나 예쁘니까 회사 모델로 딱이라고 치켜세워주고, 이미지도 프레시하고 상큼해서 웬만한 연예인보다 낫다며 비행기 태워주고 하니까 덜컥 하겠다고 도장을 찍은 거야. 노 오빠도 처음엔 반대했는데 내가 결국 설득했고."

"그럼 해야지, 끝까지."

신애는 얼마 전 신신건설의 광고 모델로 발탁이 되었다. 내 동생이지만 신애는 상당히 예쁘고, 그 미모가 웬만한 신인배우보다 낫다는 걸 나도 인정한다.

하지만 문제는 촬영이 이틀 남은 이 시점에서 그녀가 그 광고를 찍고 싶지 않다고 우긴다는 것이다.

"근데 내 남친이 그렇게까지 화낼 줄은 몰랐어. 우리 자기랑 싸우기 싫어서 회사에 모델 못 하겠다고 했더니, 이미 회사 내부에서도 결정이 끝난 사항이고, 광고 촬영이 내일모레라 새 모델 찾는 것도 쉽지 않대."

한 달 전쯤 신애에게는 남자 친구가 생겼다. 그 남자 친구와 러브러브 모드인 신애는 그 남자의 말이라면 무조건 들었다. 그래서 괜히 나만 난감해졌다.

"그래서 절박한 마음에 생각을 해보니까 나에겐 나랑 똑같이 생긴 언니가 있네?"

신애가 두 눈을 애교스럽게 뜨며 나를 보았다.

후우…… 이걸 꽉, 때려버릴 수도 없고.

"언니, 제발! 나 대신 그 광고 좀 찍어줘! 딱 한 번만, 마지막으로 부탁하는 거야, 응? 내 남친이 너무 싫어해서 그래."

"……내 남친도 싫어할걸?"

조심스럽게 내가 던진 말에 신애는 완전 진지한 표정으로 맞받아쳤다.

"노 오빠 모르게 하면 되지!"

"모르게……?"

"가발 쓰고, 화장도 완전 진하게 하면 노 오빠도 잘 모를 거야. 그리고 그날 노 오빠 내부 회의가 잡혀 있어서 촬영 현장에 안 올 가능성도 높고."

"그래도……."

"혹시 온다 해도 못 알아볼 가능성도 있지. 언니, 전에 나인 척하고 우리 집에 갔을 때 초반엔 노 오빠가 못 알아챘다며?"

"……그렇긴 하지만."

"그럼 그 잠깐 두어 시간 정도로는 눈치 못 챌 거야. 내가 언닐 완벽하게 나로 변신시켜줄게."

"……."

어째 점점 말리는 느낌이다. 이러면 안 되는 걸 아는데, 신애는 나를 설득시키는 묘한 재주가 있는 아이다.

"그럼 그날 해주는 거지, 언니?"

"……그래."

"고마워, 언니. 완전 사랑해!"

어떻게든 되겠지란 생각에 또 승낙하고 말았다. 아무래도 나는 신애한테 너무 약한 것 같다. 고개를 숙이고 자책하고 있는데 신애가 나를 향해 말했다.

"나 이제 가봐야겠다, 언니. 내가 내일모레 데리러 올게."

그런 다음 신애는 어딘가로 전화를 걸었다. 그러곤 귀여운 목소리로 통화를 했다.

"어, 자기야. 나 이제 나가려고. 아, 진짜? 그럼 그냥 올라와."

금방 전화를 끊은 신애가 배시시 웃으며 나를 돌아보았다. 그러곤 수줍게 말했다.

"남친이 지금 옥탑방 근처에 있대서 그냥 올라오라고 했어. 언니한테 인사시켜주려고."

"아, 그래? 잘했어. 나도 어떤 사람인지 궁금했거든."

내 말에 신애는 의미심장한 미소를 지었다.

"보고 깜짝 놀라지나 마."

"내가 왜 놀라?"

"너무 잘생겨서."

허, 잘생기기로 따지자면 내 남자 친구도 만만치 않은데, 내가 고작 그런 거에 놀라겠나 싶었다. 그런데,

"안녕하세요."

"……!"

나는 정말 놀랐다.

신애의 남자 친구는 확실히 정말 잘생긴 외모를 지니고 있었다. 하지만 내가 놀란 건 그 때문이 아니었다. 그는 전에 내가 한번 본 적이 있는 남자였기 때문이다.

"아, 아, 안녕하세요."

그는 우대건설 김성식 씨 부사장 취임 파티에서 내게 샴페인 잔을 건네던 그 잘생긴 남자였다. 신노 오빠가 카사노바일 수 있으니 조심하라고 했던 그 남자.

"전에 한번 뵀었죠? 우대건설 부사장 취임 파티에서. 최강준이라고 합니다."

"아, 네. 반가워요."

내가 이 세상을 살면서 본 남자들 중에 미모로는 손에 꼽을 정도로 잘생긴 남자였으니 당연히 기억하고 있었다.

그런데 이 남자가 신애의 남자 친구라니. 그때 분명 신노 오빠가 이 남잘 굉장히 싫어했었던 것 같은데.

그때 내 생각을 읽기라도 한 듯 신애가 말했다.

"얼굴이 이렇게 잘생겨서 소문이 참 많아. 카사노바라느니 난봉꾼이라느니. 근데 이 남자 지금 나이가 스물여섯인데 모태솔로에다가 첫사랑이 나야."

그리고 이어 강준 씨도 차분하게 설명을 덧붙였다.

"네, 제가 열여섯에 신애를 보고 첫눈에 반해서 10년 동안 좋아했거든요. 근데 외모 탓인지 제 주위에 괴소문이 꽤 많더라고요. 덕분에 신애 오빠분들도 절 싫어하시죠."

"아, 그랬구나."

역시 사람은 얼굴로만 평가를 하면 안 된다.

어느 누가 저렇게 기생오라비, 아니 배우같이 잘생긴 남자가 10년 짝사랑 플러스 모태솔로란 걸 상상이나 하겠는가.

"그러니까 앞으로 저희 좀 잘 부탁드립니다."

강준 씨는 신애와 손을 꼭 잡은 상태로 내게 인사를 했다. 나는 그 예쁜 커플의 모습에 절로 미소가 지어졌다.

-보고 싶다.

휴대폰을 통해 들려오는 신노 오빠의 목소리에 나는 수줍은 미소를 띠며 대답했다.

"어제도 봤잖아요."

-오늘은 못 봤잖아. 내일도 바빠서 못 보고.

"주말에 보면 되죠."

솔직히 우리 커플은 데이트를 자주 하는 편은 아니었다. 신노 오빠가 회사 일로 아주 바쁘기 때문이다. 하지만 그래도 나는 좋았다. 그가 밤마다 목소리를 들려주는 것만으로도 충분히 행복했다.

-내가 지금 갈까?

"이 밤에요? 안 돼요. 너무 늦었어요."

바빠서 피곤할 그를 위해 나는 투정도 부리지 않고 보고 싶다는 말도 아꼈다.

-그럼 내일 점심 같이 먹자. 회의 전에 시간 내면 같이 점심 정

돈 먹을 수 있을 거야.

"아…… 내일은 안 되는데."

내일은 신애 대신 광고 촬영을 하기로 한 날이었던 것이다.

-왜?

"그게, 그러니까, 아르바이트가 있어서요."

내키진 않았지만 어쩔 수 없이 거짓말을 했다.

-풀타임이야?

"내일은 풀타임이에요."

-점심시간도 못 내?

"아무래도 좀 어려울 것 같아요."

마음이 불편해서 아랫입술을 잘근잘근 깨물고 있는데, 그가 한층 낮아진 목소리로 말했다.

-좀 너무하는 거 아니야?

"네?"

-보고 싶어서 지금 간다고 해도 오지 말라고 하고, 내일 점심시간도 못 낸다고 하고. 나만 널 너무 좋아하는 거 같아.

신노 오빠는 내 태도에 서운함을 느낀 듯했다.

"지금 이 시간에 운전하면 위험할까 봐 그런 거고, 또 내일은 정말 중요한 일이 있어서……."

-그래. 알았어.

나는 신노 오빠가 이렇게 말하고 바로 전화를 끊을 줄 알았다. 그래서 황급히 말했다.

"전화 끊지 마요."

그랬더니 그의 목소리가 바로 들려왔다.

-안 끊어. 네가 끊지 말라면 안 끊어.

그래서 나는 입가를 늘어뜨리며 행복한 미소를 지었다. 그리고 잠시 후 진심을 담아 말했다.

"보고 싶어요."

-주말에 보면 되지.

"내가 지금 집으로 갈까요?"

-이 시간에 어딜 와? 위험해. 안 돼.

"내일모레 점심 같이 먹을래요?"

-그날 나 출장 가. 중국으로.

"치잇. 너무하는 거 아니에요? 나만 당신을 너무 좋아하는 것 같잖아요."

그 순간 전화기 너머 신노 오빠가 피식 웃는 소리가 들렸다. 그 소리가 참 달콤했다.

신애의 관리감독하에 나는 신애로 완벽하게 변신을 했다. 그녀보다 한참 짧은 머리는 가발보단 머리카락을 붙이는 것이 리얼하다 하여 새벽에 눈 비비고 일어나 미용실에서 꾸벅꾸벅 졸면서 머리카락을 붙였다.

게다가 화려한 화장은 기본이고 네일까지 완벽하게 하고선 그것도 모자라 팔에 있는 털까지 왁싱을 해버렸다.

거울로 비춰 보는데 나도 내가 낯설 정도였다. 그런 모습으로 나는 두근두근 설레면서 광고 촬영 장소로 갔다.

압구정에 위치한 스튜디오로 들어서자 많은 사람들이 보였다. 수많은 촬영 장비와 부산스럽게 움직이는 사람들의 모습에 나는 순간 긴장이 되었다. 그래서 일단 화장실로 향했다.

화장실에서 심호흡을 서너 번 하면서 마음을 다잡았다. 그리고 두 주먹 꽉 쥐고 속으로 파이팅을 외치며 화장실에서 나왔다.

그런데 그때 반대편 화장실에서 나온 남자가 나를 보고는 그 움직임을 멈췄다. 어깨까지 오는 빨강색 파마머리에 굉장히 마른 체격의 남자는 잠시 나를 뚫어지게 쳐다보더니 입을 열었다.

"어랏, 안녕하세요. 자기 혹시 오늘 광고 모델?"

남자의 독특한 어투에 나는 얼떨결에 고개를 끄덕였다.

"아, 네. 안녕하세요."

"어머, 어머. 나 첫눈에 알아봤잖아. 자기가 오늘 내가 본 사람 중에 제일 빛나거든. 만약에 자기가 광고 모델 아니라고 했으면 내가 회사 사람들한테 가서 자기로 해달라고 조를 뻔했어. 아, 참고로 난 오늘 광고 촬영감독, 이승택."

조금 독특한 분위기를 지닌 감독님이었다. 이름은 상남자인데 어투나 표정이 굉장히 여성스러웠다.

다음 순간 내 앞으로 저벅저벅 걸어온 감독님이 나를 향해 손을 내밀었다. 나는 얼른 손을 뻗어 악수를 했다.

"근데 자기, 건설회사 광고 모델만 하기엔 외모가 너무 아깝다."

내 손을 꽉 잡은 채 감독님은 내 얼굴에서 시선을 떼지 못했다.

"나 다음에 음료 광고 찍는데 그 이미지에 자기가 딱인 것 같아. 이거 내 명함 줄 테니까, 다음 주에 한번 찾아와줄래?"

감독님은 갑자기 자신의 주머니에서 구겨진 명함을 한 장 꺼내 내게 내밀었다. 내가 그 명함을 받을 생각을 않자 감독님을 그것을 내 손에 꼭 쥐여주었다.

"올 거지? 오는 걸로 알고 있을게."

오늘 촬영은 정말 신애의 부탁이었을 뿐이고 나는 유명해지는 일엔 관심이 없었다. 그런 내가 음료 광고라니. 좀 믿을 수 없어서 어안이 벙벙했다.

"그럼, 들어가자."

감독님의 손에 이끌려 스튜디오 안으로 들어갔다. 그리고 얼떨결에 카메라 앞에 섰다. 곧 카메라의 뒤로 걸어간 감독님이 밝은 목소리로 말했다.

"오우, 예상대로 카메라 잘 받네. 좀 더 웃어봐, 자기."

나는 카메라를 향해 웃어 보였다. 어색할 줄 알았는데 의외로 부드럽게 미소가 지어졌다.

"좀 더 환하게."

감독님의 요구에 나는 이를 드러내 보이며 환하게 웃었다.

"오오, 역시. 예쁘다."

계속되는 감독님의 칭찬에 나는 기분이 좋아졌다. 그런데 그때 스튜디오 문으로 키 큰 남자가 들어왔다. 그는 내가 아주 잘 알고 있는 남자였다. 밤마다 목소리를 들려주는 내 남자였으니까.

"……!"

깜짝 놀란 나는 순간 얼굴에서 웃음을 거두고 말았다. 그리고 굳은 상태로 놀란 마음을 가라앉히려 노력했다.

'이렇게까지 변신했는데, 못 알아보겠지? 그래, 못 알아볼 거야. 내가 봐도 오늘 나는 딴사람 같은걸.'

스튜디오로 들어온 신노 오빠는 내 쪽을 지그시 보면서 팔짱을 꼈다. 눈빛은 그냥 무덤덤했다. 아무래도 못 알아본 눈치다. 다행이다.

"자기야, 더 크게 웃어보라니까?"

그때 감독님의 목소리가 들렸고 나는 자동적으로 환하게 웃고 말았다.

"……!"

그런데 그 순간 신노 오빠가 얼굴을 굳히더니 카메라 앞으로 성큼성큼 걸어왔다.

덥석.

신노 오빠가 내 팔을 덥석 잡고는 짧게 한마디 했다.

"나와."

순간 심장이 쿵 내려앉는 느낌이 들었다. 그대로 나를 끌고 가던 신노 오빠가 갑자기 걸음을 멈췄다. 그리고 스튜디오 안의 사람들에게 큰 목소리로 말했다.

"오늘 광고 촬영 접겠습니다. 다음에 새 모델로 다시 하시죠."

에필로그 下

한강 둔치에 차를 세운 신노 오빠는 아무 말 없이 먼저 차에서 내렸다. 그래서 나도 그를 따라 내렸다.

"화났어요?"

나는 바로 쪼르르 그에게 달려가서 물었다. 하지만 그는 그저 묵묵히 한강만 쳐다볼 뿐이었다. 그래서 나는 그의 팔을 잡아당기며 작은 목소리로 말했다.

"미안해요. 내가 말도 안 하고 그런 일을 해서……."

"어떻게 된 거야?"

신노 오빠가 짧게 던진 질문에 나는 잠시 주저하다가 겨우 입을 열었다.

"그게…… 신애가 너무 하기 싫어해서요. 그래서 나한테 부탁하길래 내가 대신 왔어요."

"하기 싫었으면 나한테 먼저 말했어야지."

"도장까지 찍어서 무서웠나 봐요."

그 순간 신노 오빠가 고개를 돌려 나를 노려보았다. 나는 다시 입을 다물었다.

"너도 그래. 동생이 부탁한다고 또 덥석 들어준 거야? 언제는 나보고 신애 응석 받아주지 말라고 하더니, 네가 더 받아주는데?"

"죄송해요."

"그리고 내 허락도 없이 카메라 앞엘 서? 거기다 모르는 남자한테 웃어주기까지 하고?"

"죄송해요. 다음엔 꼭 허락 구할게요."

"다음엔?"

내 말에서 중요한 키포인트를 용케도 잡아낸 신노 오빠가 사납게 눈썹을 구겼다. 그래서 나는 마른침을 꿀꺽 삼키며 입을 열었다.

"사실은, 오늘 그 촬영 감독님이요, 나한테 음료 광고 모델을 제안했거든요."

"그래서?"

신노 오빠의 매서운 두 눈이 조금 무서웠다. 하지만 나는 그 눈을 마주 보며 다부지게 말했다.

"하고 싶어요, 그건."

"뭐?"

"제대로 해보고 싶다고요."

나는 아까 카메라 앞에서 꽤 즐거웠다. 그 기분을 또 한 번 느껴보고 싶었다.

"나, 이제까지 하고 싶은 거 하나도 없었고, 그저 하루하루를 열심히 사는 게 다였는데요. 지금 처음으로 한번 해보고 싶은 게 생겼어요."

진지한 표정으로 말을 잇는 나를, 신노 오빠는 가만히 쳐다만 볼 뿐이었다. 그래서 나는 짧은 한숨과 함께 덧붙였다.

"그렇지만 당신이 하지 말라고 하면 안 해요. 난 당신이 더 소중하거든요."

"……그렇게 말하면 내가 보내줄 것 같나 보지?"

"……들켰네."

역시 이 남자는 예리하다. 보통 예리한 것이 아니다.

"아무리 생각해도 넌 시건방져. 결국 언제나처럼 너 하고 싶은 대로 하겠지."

잠시 후 신노 오빠는 자포자기한 얼굴로 말했다.

"하고 싶으면 해."

고맙기도 하고 미안하기도 해서 나는 그에게 다가가 손을 꽉 잡았다. 그러자 그가 헛웃음을 터뜨리면서 말했다.

"난 어차피 너 못 이겨."

"……고마워요."

나는 수줍게 두 손을 올려 그의 얼굴을 잡고 짧게 키스를 했다.

"그리고 사랑해요."

집으로 돌아가는 차 안에서 나는 신노 오빠에게 아까부터 궁금했던 것을 물었다.

"근데 아까 나인 줄 어떻게 알았어요?"

내 질문에 신노 오빠는 너무나 당연하다는 듯이 대답했다.

"웃으니까 딱 알겠던데, 뭐."

"아, 그래요? 내가 봤을 때 나 진짜 완벽하게 신애였는데."

길게 붙인 머리카락과 화려한 네일을 쳐다보면서 나는 중얼거렸다. 그러자 내 옆에서 신노 오빠가 피식 웃음을 터뜨렸다.

"내 앞에서 넌 절대 완벽하게 신애일 수 없거든? 락이면 또 모를까."

"후후."

맞는 말이다. 나는 항상 신노 오빠에게 정체를 들키니까. 락이는 바보라서 항상 눈치 못 채고.

"방금 내가 한 말, 무슨 뜻인지 이해했어?"

그때 신노 오빠가 나를 힐끗 보며 물었다.

"네. 락이는 바보란 말 아니에요?"

내 대답에 그는 또 피식 웃었다.

"틀린 말은 아니지만…… 방금 내 말은, 내 앞에서 넌 완벽하게 한라현이라는 거야."

누군가에게 정체를 들키는 일이 이렇게 행복한 일일 줄은 정말 몰랐다.

"내가 사랑하는 한라현."

한 사람 앞에서 온전하게 나로 있을 수 있다는 거, 그건 생각보다 무척 행복한 일이다.

처음 하는 광고 촬영이었는데도 나는 하나도 힘이 들지 않았다. 그저 모든 게 신기하고 재미있게 느껴졌다. 카메라 앞에서 움직이는 게 어색했던 것도 잠시, 나는 곧 자연스럽게 촬영장에 녹아들었다.

음료를 여러 번 들이켜는 게 조금 힘들었을 뿐 나머지는 꽤 즐겁게 촬영을 마쳤다. 마치 이곳에 놀러 온 사람처럼 나는 즐거웠다.

"수고하셨습니다."

스태프들에게 인사를 하는 내게로 감독님이 다가왔다. 빨강색 파마머리를 쓸어 넘기며 그는 내게 찡긋 윙크를 날렸다.

"잘 가, 자기야. 또 보자."

"네?"

또 보자는 감독님의 말에 내가 조금 놀란 얼굴을 하자 감독님이 씨익 웃으며 말했다.

"우린 또 보게 될 거야. 자긴 스타가 될 테니까."

"말씀만이라도 감사해요."

감독님에게 허리 숙여 인사를 한 후 스튜디오를 빠져나왔다.

밖은 이미 해가 져서 어둑어둑했다. 버스정류장으로 가기 위해 어두운 밤길을 바삐 걷고 있는데 내 시야로 익숙한 남자가 들어왔다. 그를 발견한 순간 내 얼굴에 미소가 피어올랐다.

"와, 나 데리러 온 거예요?"

신노 오빠는 대답 없이 나를 향해 두 팔을 벌렸다. 나는 곧장 그에게 달려가 그의 품에 쏙 안겼다.

"수고했어."

그의 품에서 벗어날 생각은 않고 폭 안긴 채 나는 물었다.

"오늘 찍은 광고가 과연 반응이 있을까요?"

"글쎄."

"감독님이 그러는데 나 엄청 예쁘게 찍혔대요. 나중에 화제 좀 될 거라고 장담하시던데요?"

"흐음."

"관심 없구나? 근데 난 재미있었어요."

"으음."

"다음에 또 하라고 하면 할 거예요."

이렇게 말하면서 나는 그의 품에서 벗어났다. 나를 보는 신노 오빠의 표정이 곱지는 않았지만 나는 계속 내 말을 이었다.

"찍으면서 나는 스스로 굉장히 즐거웠거든요. 그런데…… 사실은 좀 불안해요. 내가 뭐라고 사람들이 날 좋아하겠어요?"

그때 신노 오빠가 내 손을 잡았다. 그러곤 내 손을 잡은 채 걷기 시작했다. 그래서 나도 그를 따라 걸었다.

"인정하긴 싫지만 넌 유명해질 거야."

내 옆에서 그가 하는 말에 나는 피식 웃으며 물었다.

"왜요?"

"내가 반한 여자니까."

그의 진지한 대답에 나는 또다시 미소를 지으며 그를 올려다보았다. 내 눈을 본 신노 오빠가 검지로 하늘을 가리키면서 말했다.

   "분명 몇 년 후면 저 위에서 반짝반짝거리고 있겠지."

   "에이, 아닐걸요? 저 아래에 숨어 있을걸요? 사람들 눈에 안 띄게. 아, 근데 그럼 좀 슬프려나?"

   내가 씁쓸하게 웃으며 시선을 내리자 내 위쪽에서 신노 오빠의 목소리가 다시 들려왔다.

   "걱정 마. 네가 어디에 있든, 저 위에서 반짝거리고 있든, 저 아래에 숨어 있든 난 한눈에 널 찾아낼 테니까. 늘 그랬듯이."

   그랬다. 내가 처음 신애 행세를 하고 신가네에 들어갔을 때도, 며칠 전 완벽하게 신애처럼 꾸미고 카메라 앞에 섰을 때도, 이 남자는 늘 나를 찾아냈었다.

   "그리고 네 곁에 있을 거야. 늘 그랬듯이."

   그렇게 우리는 또다시 서로를 찾아내고 사랑에 빠질 것이다. 늘 그랬듯이.

   —마침—

작가 후기

오랜만에 지면으로 인사드립니다.

고지영입니다.

이번에 저는 등장인물이 많이 나오는 소설을 한번 써보고 싶었습니다. 개인적으로 캐릭터 설정 짜는 걸 너무 좋아해서 말이죠.

그래서 처음 이 『언니는 연극 중』을 구상할 때 형제들을 많게 설정했습니다.

(사실 제가 형제가 많거든요. (아, 물론 제 주변 친구들에 비해서입니다만.) 언니도 있고 동생도 있어요. 우애가 좋은진 모르겠고. 암튼, 소설에 나오는 말처럼 남이 우리 형제 까면 싫고, 짜증

나고 그래요. 까도 제가 깔 거거든요. 후후.)

소설 속에 개성 넘치는 사 남매 중 신희가 조금 못되게 나오는데, 저한테 신희는 악역은 아닙니다. 그냥 불쌍한 인물일 뿐이에요. 형제들을 지나치게 아껴서 이기적이 된 안쓰러운 인물.

그런데 이렇게 형제들의 이야기를 쓰다 보니, 나는 참 재미있는데 이걸 읽는 분들이 로맨스 소설로 재미있게 느끼실까 의문이 들더군요.

로맨스를 갈망하는데도 늘 로맨스가 부족한 인간인지라 로맨스 소설을 쓸 때면 항상 어려움을 느낍니다.

아니, 로맨스 소설뿐만 아니라 그냥 소설, 글 자체가 너무 어려운 것 같습니다. 늘 느껴요.

항상 난 재미있게 쓰는데 이걸 누가 봐줄까, 누가 재미있다 할까 이러면서 쓰거든요.

그러니 제 소설 읽어주시고, 제 소설 검색해보시는 분들은 제게 은인이십니다.

정말 고맙습니다.

그리고 사랑하는 우리 가족들도 고맙고, 중2병 걸렸던 그 시절부터 함께해준 승지니, 혜영이도 고맙고 사랑한다!

그리고 지금은 이별하긴 했지만, 정말, 정말 사랑했던 우리 아모르 식구들과 작게님들. 멀리서나마 응원하겠습니다.

 아모르는 평생 못 잊을 거예요. 아모르는 제 처음이자 마지막 소속 카페가 될 거니까.

 다시 한 번 제 소설 읽어주셔서 정말 감사합니다.

-고지영 드림.